アメリカン・ルネサンスの現在形

American Renaissance

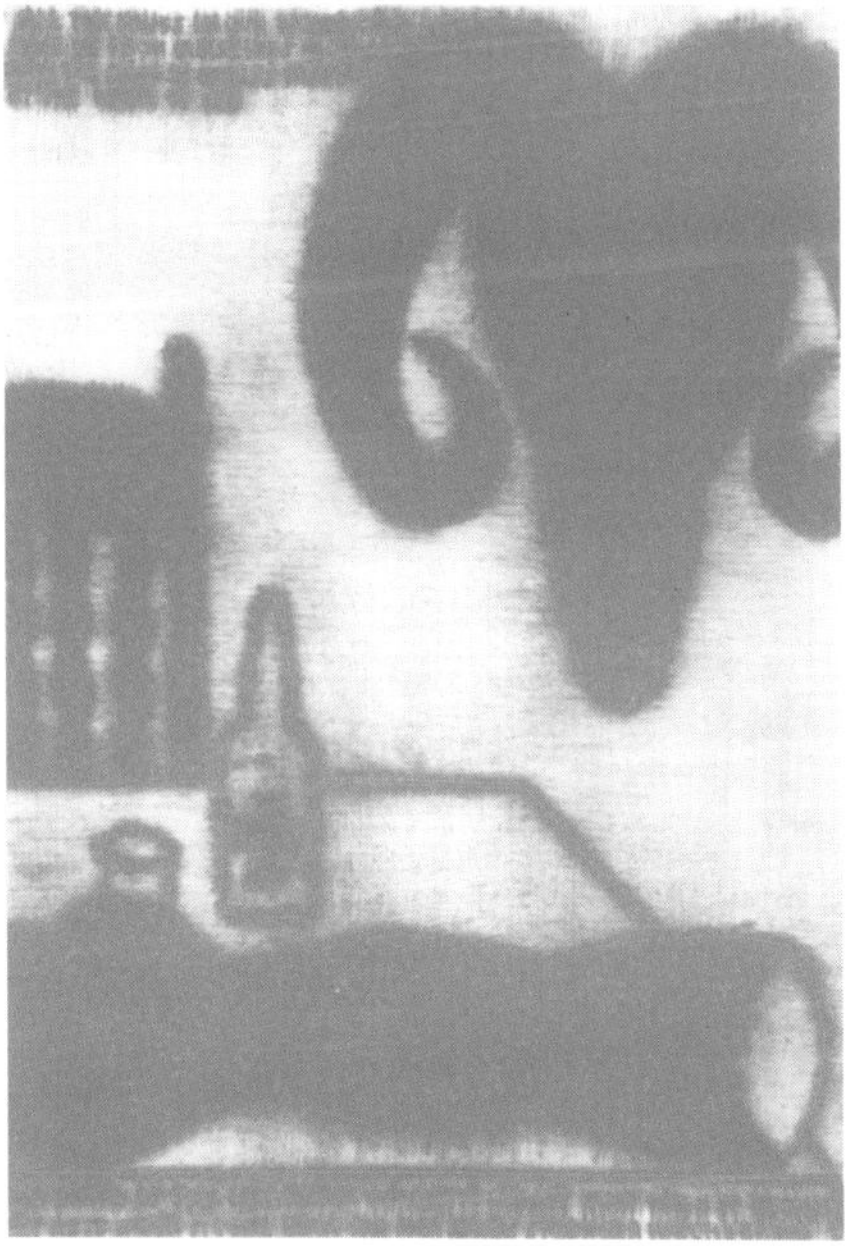

編著　増永俊一

著　小田敦子
難波江仁美
西谷拓哉
西山けい子
丹羽隆昭
前川玲子

松柏社

アメリカン・ルネサンスの現在形　もくじ

カバーイラスト――タダジュン

序章　「アメリカン・ルネサンス」の現在

増永俊一

マシーセンの『アメリカン・ルネサンス――エマソンとホイットマンの時代における芸術と表現』は、一九四一年の出版からすでに六十年以上もの時間が経過した。しかし、この大著が今なおアメリカ文学批評の世界において存在感を示すのも、著者の最期が衝撃的で翳りを帯びたものとして記憶されることとは対照的に、「アメリカの文芸復興」という言葉自体が放つある種の華々しさが人々を引きつけて止まないからに相違ない。マシーセンは、この華やかな言葉を自国文学に適用すべく、一八五〇年代アメリカをその誕生の時期と定め、偉大なる芸術の主要な担い手として五人の作家を選び出し、アメリカの文化的独立を高らかに宣言する。そして、「アメリカン・ルネサンス」期は、文学史上においてひとつの重要な節目として定着してゆく。ところが、一九八〇年代以降、周知の通りこのマシーセンの枠組みに対して一連の批判が展開されてきた。一九八五年に出版された『アメリカン・ルネサンス再考』は書名が既にその意図を明示するのだが、収められた諸論文は、マシーセンとそのキャノンに依存する従来のアメリカ文学の「標準（*locus classicus*）」（『再考』vii）のあり方に疑問を投げかけ、その妥当性を文字通り「再考」しようとした。マシーセンの『ルネサンス』は、こうして時代と共に毀誉褒貶の波に晒されてきたわけであるが、一連の批判の全般的な傾向とは、マシーセンの著書における時代設定と作家選択の恣意性を問題とするものであったと言えるだろう。

本書は、しかし、マシーセン以降のアメリカ文学批評史の検証を意図するものではない。むしろ、マシーセンが選び出したいわゆるキャノン作家たちを中心に、その表現と時代との関わりを考察しようとするものである。従って、マシーセン以後の批評の流れをそれぞれ詳細に辿ることは本来の趣旨ではないが、修正主義をくぐり抜けてきた「アメリカン・ルネサンス」の現在形を語るにあたって、その成りゆきを大まかに見ておくことは必要であるかも知れない。『アメリカン・リテラリー・ヒストリー』

十三号に掲載されたマイケル・クレイマーの論文、「アメリカの作家像――〈アメリカン・ルネサンスは誰のもの？〉再訪」（二〇〇一年）[1]は、「アメリカン・ルネサンス」に向けられた批判の動向を簡潔に、しかし、明瞭なかたちで俯瞰する。

クレイマーがひとつのグループを形成しているものとして挙げるのは、「ニュー・アメリカニスト」たちである。独立革命以後アメリカにおいて文化の醸成が進み、十九世紀半ばになってようやく「アメリカ文芸復興」が達成されたとするマシーセンの枠組み自体の妥当性を彼らは問う。クレイマーはニュー・アメリカニストを「いかなる作家も時代の過ちや犯罪と共犯関係」（クレイマー 一一〇）にあることを強調する批評家たちと定義する。ニュー・アメリカニストは、マシーセンが「芸術と表現」の領域に傾斜し、経済や政治の現実からはむしろ目を逸らすその態度に疑義を唱えるが、中でも急進的な論客のジョナサン・アラクは、マシーセンの『アメリカン・ルネサンス』とは南北戦争をその記述からすっかり消し去ってしまうという「途方もない理想化」の産物であると論じる。マシーセンは、彼の「ルネサンス」から南北戦争を切り離し、戦前、戦後それぞれの質的差異をないがしろにしたとして非難されるのである（『再考』九七―九八）。

再度『アメリカン・ルネサンス再考』の「序章」を書いたドナルド・ピーズの言葉を借りれば、アメリカの「ルネサンス」も、その「世俗の歴史（not *without* but within America's secular history）」（『再考』vii）の中で再検討されなければならない。世俗の歴史とは、つまりそれぞれの文学作品を取り巻く「社会的、経済的、政治的、ジェンダー的コンテクスト」（ピーズ「作者」一一一）であって、文学の自律性を強調して止まない批評が意図的に排除してきたものに他ならない。ピーズは、独立革命期以降のアメリカにはすべてを「対立関係」に還元しようとする精神構造が醸成されてきたと指摘し、それを彼は「独立革命神話（Revolutionary mythos）」と呼ぶが、ホーソーンやエマソンたちが模索していたものとは、あらゆる妥協も空しく対立の解消には至らず、やがては南北戦争勃発が不可避となる切迫した状況下、「文化的合意の形」（『幻影の盟約』ix）であったとピーズは言う。そして、第二次世界大戦とその後の冷戦構造に再び「対立関係」の反映をピーズが見るように、「アメリカン・ルネサンス」のキャノン見直しに端を発した批評動向は、十九世紀中葉のみならず一九四〇年代のアメリカ、つまり不調和の時代にあって調和と民主主義を志向した左翼系知識人マシーセンとその挫折、さらにはヴェトナム戦争を経て現在のアメリカに至る拡がりの中で論じられてゆくのである。

クレイマーがもう一つのカテゴリーとして挙げているのは、「別のアメリカン・ルネサンス(The Other American Renaissance)」と呼ばれるものである。この立場にあっては、マシーセンが文学的な分析に値するとして挙げているキャノン作家たち、すなわちエマソン、ソロー、ホーソーン、メルヴィル、ホイットマン、そしてホーソーンと絡む形でのヘンリー・ジェイムズという「アングロサクソン・白人・男性」に偏った選考規定のあり方そのものを問いただす。ジェイン・トムキンズの『煽情的な構図』(一九八五)はその集大成であり、神聖不可侵の従来のキャノン作家の陰に隠れて、これまで「無視されてきたテクスト」(『煽情的な構図』xii)であるストウ夫人やスーザン・ウォーナーに光を当て、ルネサンス作家の再定義を試みる。同書の第一章、「名作劇場——ホーソーンの文学的名声の政治学」が、ホーソーンの文学的名声が、いかに当時の社会的状況によってつくり上げられていったかを検証することから始められているように、トムキンズはキャノン構成そのものの恣意性に疑問を呈するのである。

一方、デイヴィッド・レイノルズの『アメリカン・ルネサンスの基層』(一九八八)

は、マシーセンのキャノン作家たちを主要な考察の対象としつつも、アメリカン・ルネサンス期の文学を時代の大衆文化という「世俗の歴史」の中に解放する。レイノルズは文学テクストを「社会文学的要素の豊かな複合体」と措定し、当時の「煽情的な文学」や「社会改良運動」がキャノン作家たちに及ぼした影響力をつまびらかにする。そして、「本書は正統的な精読という概念を拒否する」(『アメリカン・ルネサンスの基層』一〇)とレイノルズが宣言する時、「芸術と表現」を副題としたマシーセンのルネサンスとは、その手法においてまさに対極に位置していることが明らかとなる。

更に「再考」を迫られたのは、「ルネサンス」ばかりではなく「アメリカ文学」そのものでもある。ローレンス・ビュエルは「アメリカ文学の自律性という幻想」(『アメリカン・リテラリー・ヒストリー』第四号、一九九二)に疑念を呈し、アメリカ中心主義に抗して「アメリカの文学出現という概念それ自体」(四一五)を再検討しようと試みる。修正主義の動向は、アメリカの特殊性に寄りかかろうとする文学史観そのものの問い直しも、その視野に入れるのである。

一九八〇年代以降の修正主義の流れを経た現在、マシーセンとこのアメリカ文学史上の枠組みを再び検証しようとする動きがあるように見える。二〇〇二年にイタリアで発行された雑誌『アングリスティカ』（*Anglistica*）は、「アメリカン・ルネサンスの行方」と題する特集号を組み、イタリア人研究者に加え、ニナ・ベイム、マイケル・ギルモア、ピーズ、エリック・サンドキストなどのメンバーが、「アメリカン・ルネサンス」の過去、現在、そして未来をめぐって誌上アンケートに答える形で寄稿している。アメリカ文学研究において、「アメリカン・ルネサンス」という枠組みは依然としてその求心性が強い。また、二〇〇三年に発行されたピーター・ベリスの『書くことの革命——ホーソーン、ホイットマン、ソローの美学と政治学』は、同書冒頭でその趣旨として「ディスコースが社会的、文化的コンテクストと交差し得る中間地帯（middle ground）」を探ることを謳い、執筆活動とそれぞれの作家の社会的関与の両面に眼差しを注ごうとする。(2) さらに、二〇〇四年九月発行の『アメリカン・リタラチャー』（七三巻三号）は、「美学と文化研究の終焉」（"Aesthetics and the End(s) of Cultural Studies"）という特集を組み、美学をひとつの方法論として活用することを謳い、従来の文化研究と美学との接合を試みている。

このような一連の「再考」の流れの中にあって、本書が改めて考察の対象とするのは、エマソン、ソロー、ホーソーン、メルヴィルというマシーセンのキャノンに属する作家たちであり、さらにポー、ジェイムズという「アメリカン・ルネサンス」期の前後に位置する作家であり、そして批評家マシーセンである。本書は、文化研究の成果を踏まえつつも、既に語り尽くされた観のあるキャノン論争に新たに加わろうとするものではない。「アメリカン・ルネサンス」をめぐる一連の議論は、誰が、そして何がキャノンであるかを問いただすものであったけれども、社会的、文化的コンテクストへの強い関心の一方で、ともすれば個々の作家の「表現」というものが埋没する傾向にあったことは否めない。二〇〇七年現在において、本書は「アメリカン・ルネサンス」という枠組みをあえてひとつのランドマークとして設定する。そして、それぞれの作家たちとその作品に共感を寄せる各執筆者は、再度その「表現」のあり方に眼差しを注ぐことを試みた。

マシーセンの取り上げるキャノン作家たちは同時代の空気を共有し、表現においても相互に共鳴し合う。本書第二章の小田論文「エマソンの〈マスター・ワード〉」は、エマソンという時代の「偉大な独創的思想家」の影響力を語るために、ホーソーンが使った「マスター・ワード」という表現を軸として、エマソンの言葉の独自性を同時代において誰よりも正当に評価したのはホーソーンであったと論じる。
『ウォールデン』は、その出版以来、アメリカが危機に瀕する度にそれぞれの時代の読者の関心を集めてきた。一九六〇年代において、それは対抗文化《カウンター・カルチャー》のバイブルとなり、現在では環境保護運動の手引きとなる。第三章の丹羽論文「〈成熟〉から回顧する〈熱狂〉――『ウォールデン』覚え書き」は、文明からの離脱と回帰という主題に対する作者の語りのあり方が、過去を振り返る成熟した視点からのものであると説く。

それぞれの作家の「表現」は、狭義の美学に帰属するばかりではなく、時代の政治や社会と否応なく交差する。第四章の増永論文「ディセンサスを生きる――ホーソーンと時代と表現と」は、一八四〇年代の短篇と「税関」を中心に、ホーソーンの表現と時代との共振を検証する。空想と現実が交わり、事物が陰影を帯びる「中間地帯」の発見とは、無骨とも言えるアレゴリカルな表現を経て、作家が到達した新たな表現のあり方である。そして、それは作家と時代との間合いと態度をも示唆する。

十九世紀アメリカの文学作品の受容において、読者が求めた重要な要素は感傷性であった。第五章の西谷論文「メルヴィルの小説における死と感傷——一八五〇年代の短篇に見る反センチメンタル・レトリック」は、メルヴィルが一八五〇年代に発表した短篇において「死」を描く際の感傷的レトリックを再検討し、時代の流行に敏感でありながらも、結局、反センチメンタリズムに向かわざるを得なかったところにメルヴィルの反時代的作家性を読み取る。

十九世紀前半のアメリカとは、都市化と群集の均質化が急速に進展した場所でもある。第六章の西山論文「都市の欲望——「群集の人」再読」は、ロンドンを舞台とするこの作品にニューヨークの群集とその近未来の風景を読み取り、「平等」の拡大が人々の欲望を刺激し、個人がむしろ共感から疎外されてゆく様を明らかにする。

ジェイムズは、南北戦争を介して「ルネサンス」作家のホイットマンと共鳴する。第七章の難波江論文「共感する〈わたし・たち〉——ヘンリー・ジェイムズの政治性《ポリティックス》」

は、ジェイムズの「触れる《タッチ》」という言語表現が作家の社会的関与へと発展してゆく軌跡を辿り、その共感の眼差しが第一次世界大戦の兵士たちにも注がれてゆく様を解き明かす。

「アメリカン・ルネサンス」とは、それぞれの作家たちが「自分たちの成熟を意識するという現在進行形の自己確認の瞬間」(前川 本書二一)でもあった。第一章の前川論文「F・O・マシーセンの〈ルネサンス〉」は、マシーセンを時代に内在する漠たる不安を鋭敏に捉える独特の感受性を持った批評家と規定し、その「ルネサンス」の重層性を抽出する。「アメリカン・ルネサンス」とは、十九世紀半ばのアメリカという過去の瞬間であったにとどまらず、両大戦を挟んで不安の真っ只中にあった二十世紀前半というマシーセンの時代を映しだし、さらに「9・11」以降のアメリカをも照射するものであるのだ。

先述の『アングリスティカ』誌上のアンケートにおいて、ベイムが「いわゆるキャノン論争は終焉を迎えた」と答えていることは、研究動向におけるひとつの変化を感じさせる。個人と集団の利害が衝突し、地域と地域の利害が対立し、やがては内戦に突入せざるを得なかった激動の十九世紀にあって、それぞれの作家たちは如何にその社会との関係を結んでいったのであろうか。時代を視野に入れつつもその関係性を作品の「表現」を通して考察すること、これこそがかつては修正主義者によって批判されつつも、本書が「再考」を目指すところである。各作家がその表現において模索した「共感」のあり方は、ポスト「9・11」の現在いよいよ切実さを増しているように思える。まずは、十九世紀中葉のアメリカの作家たちに「再生」の希望を託した批評家、マシーセンについて考察する前川論文から、本書を始めることとしたい。

■註

(1)この論文タイトルは、一九八八年十月二十七日発行の『ニューヨーク・レビュー・オブ・ブックス』にフレデリック・クルーズが寄稿したエッセイ、「アメリカン・ルネサンスは誰のもの?」に呼応するものである。

(2)文学のイデオロギー的側面を強調する批評の一方で、作家の表現や美学の復権を試みる動きは、ベリスをもって始まったというわけではない。一九九三年に出版されたラヴィングの *Lost in the Customhouse: Authorship in the American Renaissance* は、作家の想像力が生み出す最良かつ独創的な作品は、作家の感情や知的生活の重要な節目において個人と社会との相互作用から発生するとし、文学作品と社会的コンテクストとが不可分であることは認めつつも、創作活動は作家のパーソナルな事柄のアレゴリーであるとする。(Loving, *Lost in the Customhouse*, x.)

第一章　F・O・マシーセンの「ルネサンス」

前川玲子

はじめに

ロバート・スピラーは『アメリカン・ルネサンス』の書評で、「危機の時代にあって、一国の国民は自分たちの運命に対する信念に確信を与えてくれる歴史家、批評家、そして預言者の言葉に自然に耳を傾けるものである。マシーセンはこうした三種類のリーダーの特徴を兼ね備えている」と述べている。スピラーの書評は、マシーセンの『アメリカン・ルネサンス』が同時代の文学史家にどのように受けとめられたかを示す一つの典型的な例となっている。そのキーワードは「危機の時代」であり、政治的、経済的、社会的な大変動の時代において「単なる事実ではなく価値観」を提示した

「歴史的原則にもとづく批評」(スピラー 六)の実践者としてマシーセンは評価されているのである。こうした見方は、例えば一九八六年にラッセル・J・ライジングがマシーセンについて書いた次のような評価とは際立った対照をなしている。

……マシーセンは文学をこのように社会的、歴史的に理解することに関心を示しはしたが、後世に影響を与えたのは彼の新批評的な側面であった。それは、歴史、政治、社会といった「背景」を捨て、アメリカ文学における美学や表現を「前景」とし、「言葉と事物を一つ」と見なす研究の先例となったのである。こう解釈せざるを得ないのは、マシーセン自身の強調の置き方に問題があるからだ。意図とは裏腹に、彼の関心は、アメリカ文学の民主主義的本質によりは、アメリカン・ルネッサンス期の作品における多義性、パラドックスといった複雑な言語的ニュアンスにあったのだ。(ライジング 二二四)

さらにライジングは、マシーセンの「審美的姿勢と社会的事象に対する彼の関心」との「根本的」な「矛盾」を指摘し、「エリオットの影響で、マシーセンの批評はあまりにも審美的な方面に偏り」、「文学研究の社会的責任を説く一方で」「自分の社会的な指向をいともあっさりと放棄した」(二二五―二二六)と断定する。

たしかにライジングが指摘するようにマシーセンの『アメリカン・ルネサンス』が六十年以上もアメリカ文学研究者に「使用」されてきたのは、新批評的分析理論を十九世紀中葉のアメリカ文学作品に適用した初期の作品であったからであり、スピラーが当時述べたような危機の時代における「歴史家、批評家、預言者」としての声に耳を傾けるためではなかったかもしれない。しかし、少なくとも一人の同時代の文学研究者にとって、マシーセンは、アメリカ文学のキャノンの創始者でもなければ、新批評の美学の信奉者でもなかった。スピラーは、十九世紀中葉のアメリカ文学の世界へと埋没していくかにみえるマシーセンの一見回帰的な眼差しが、実は歴史的現在を生きる人間の未来に向けた眼差しと二重になっていることを感じとっていたのである。もし観照の達人を「預言者」(seer)と呼ぶとすれば、スピラーがマシーセンを預言者と呼んだのは単なる突飛な思いつきではなかったといえる。

スピラーは、「一八五〇年から五五年にかけての短い時期にアメリカ文化が神秘的ともいえるように開花したというのは、すでにヴァン・ワイク・ブルックスやルイス・マンフォードなどが述べていた」(六) ことであって、マシーセンの新しい発見ではなかったことを指摘する。マシーセンが取り上げた五人の作家——エマソン、ソロー、ホーソーン、メルヴィル、ホイットマン——のいずれも当時、すでに多くの伝記や批評書が出ている作家であった。一九二〇代以降、D・H・ロレンスの『アメリカ古典文学研究』などが先鞭をつけたアメリカ文学再発見の機運は、南部農本主義者からマルクス主義批評家にいたるまでマシーセンの世代の幅広い批評家を巻き込みながら高まっていった(ルーランド、ガン 第一章)。『アメリカン・ルネサンス』が出版された一九四一年にはジョン・クロウ・ランサムの『新批評』も上梓されており、戦後に全盛期を迎える新批評理論は三〇年代末までにほぼ枠組みが出来ていたといってもよい。『アメリカン・ルネサンス』が重要な書であったのは、それが旧来の文学的キャノンを打ち砕く文学史上の新機軸を打ち出したり、新しい批評理論を打ち出したりしたからではなく、ある時代の中に存在した漠然とした不安に対し独特の感受性をもった一人の批評家が「再生」(ルネサンス) の希望をそこに投射した書であったからではないかと思えるのである。

マシーセンは、文学史の領域にその視野を限定しようとしながら、常に、広漠たる精神史ないしは文化史の問題圏に足を踏み入れていく。それは、ある種の止むにやまれぬ衝動であったのではなかろうか。二つの世界大戦に挟まれ、ボルシェヴィキ革命、大恐慌、ナチズムなどが世界を揺さぶっていた時期に、近代的精神の源泉であると考えられたルネサンス、ピューリタンの精神的遺産、トクヴィルがアメリカの成立に深いかかわり合いをもつとした民主主義といった多様な思想潮流をもう一度、現在の時点から検証していくといった大きな構想がマシーセンにはあった。おりしも、『アメリカン・ルネサンス』出版の前年にはエドマンド・ウィルソンの『フィンランド駅へ』が発表されている。この書でウィルソンは、ミシュレのヴィーコ発見のエピソードから論を進めて、フランス啓蒙主義者からユートピア的社会主義者を経てマルクス、エンゲルス、そしてレーニンにまで受け継がれていく社会変革思想の変遷を辿った。(1)二つの著書は異なった方向性を持っているが、そこに共通するのは、空間軸や時間軸を自由に超えて学際的な思索をめぐらしながら、著者の歴史的現在の核心的問題に迫っていくという姿勢である。

本章では、十九世紀中葉のアメリカという限られた時空で開花した文芸活動という狭い意味での「アメリカン・ルネサンス」を超えた拡がりと深みをもつマシーセンの重層的な「ルネサンス」を見つめ、その意味を考えてみたいと思う。文芸評論家としての思想的成熟の過程、両大戦間を生きた知識人としての問題意識、および私人としての生き様は、『アメリカン・ルネサンス』のテクスチャーにどのような光や陰影、調和や不協和音を与えたのだろうか。そして「ルネサンス」という言葉にマシーセンはいかなる血や肉を宿したのか。なぜ、彼は、「アメリカン・ルネサンス」にこだわったのか。危機の時代の中で、いかなる意味で何を「再生」しようとしたのか。もし六十年以上前に書かれた一冊の批評書が現在でも意味があるとすれば、こうした素朴ともいえる疑問に答える誠実さがそこに隠されているからのような気がしてならないのである。

1　「ルネサンス」の位相

その著書を『アメリカン・ルネサンス』と名づけたのは、どちらかといえば控えめな学者肌であるマシーセンには珍しく大胆な行為だったと思える。アメリカで起きた文芸運動については「シカゴ・ルネサンス」や「ハーレム・ルネサンス」などの地域的な活動について「ルネサンス」という言葉が用いられることがある。しかし、十九世紀中葉のアメリカで開花した文芸運動という意味で、「アメリカン・ルネサンス」という用語が使用されるようになったのはマシーセン以後のことであろう。しかし、今ではアメリカ文学史では常識のように使われるようになったこの用語は、「イタリア・ルネサンス」や「フランス・ルネサンス」などといった歴史上の一時期を画した文芸運動を指す言葉としてはいまだ、歴史学や思想史の中で市民権を獲得しているとはいえない。ヨーロッパ各地で起こったルネサンスは広い意味でギリシャ・ローマ古典の復興運動であるために、再生を意味する「ルネサンス」という用語が使われてきた。これに対して、アメリカにおける十九世紀の「ルネサンス」についてはその源をどこに求めるのかという当然の疑問が起こってくる。マシーセンはこの疑問を予想していたかのように、『アメリカン・ルネサンス』の「方法と範囲」と名づけられた序文で次のように書いている。

我々の過去の名作が、とてつもなく凝縮された瞬間に自己表現を獲得し、次々に産声をあげていったことに私は思わずはっとさせられる。これこそが本書の出発点である。我々の十九世紀中葉を指して「再生」(*"a re-birth"*)と呼ぶことは綿密な意味で正確とは思われないであろう。しかし、この時代の作家自身が自分たちのことをそのように考えたのである。アメリカに既に存在していた価値の再生ということではなく、ルネサンス（"a renaissance"）の名にふさわしいものを創造するアメリカ的なやり方があるという意味においてである。すなわち、自分たちの最初の成熟期に到達し、芸術と文化の全領域においてこれが自分たちの遺産だと自信をもって主張できるようになったのである。（vii）

ここでマシーセンが、「ルネサンス」を小文字でしかも不定冠詞をつけて表現していることをみても、「アメリカン・ルネサンス」は必ずしも時空を限定した歴史的区分として定義されていない。あえていえば、アメリカ的な「ルネサンス」とは、それに参加した当事者が自分たちの成熟を意識するという現在進行形の自己確認の瞬間であり、自分たちの受け継ぐべき遺産を自分たちで創造していくという一見矛盾した営為を指していると考えられるのである。

マシーセンの「ルネサンス」の概念は、このように無定形で曖昧ともいえる様相を孕んでいる。それでは、マシーセンがルネサンスという言葉を単に文芸の開花した時期という一般的な意味に使っていると解釈するほうが適切であろうか。しかし、例えばブルックスが、同じく十九世紀中葉のアメリカ文学の興隆期を「ニューイングランドの開花」と表現したことを思うと、マシーセンがあえて「ルネサンス」という言葉を選び、それに特定の地域ではなく「アメリカン」という形容詞をつけたことには特別の意味があった。一方で「ルネサンス」という言葉の選定は、マシーセンが、アメリカ文化をヨーロッパのルネサンス精神と時空を超えた繋がりをもつものとして想定していたことを窺わせる。他方で、フランス・ルネサンスやイギリス・ルネサンスが、近代国民国家の形成や国語の生成過程と密接に結びついていたことを考えると、アメリカン・ルネサンスという表現の中にも、アメリカの言語や国のあり様の独自性を主張する昂奮といったものが感じられる。マシーセンは、アメリカ文化が広い意味でヨーロッパの知的・精神的遺産を継承すると同時に、イギリス植民地の派生的な文学ではない独自な形と内容を獲得していったことを示唆しているといえる。

この文化における継承と離脱という考え方は、一九三一年に『翻訳——エリザベス朝の芸術』として出版されたマシーセンの博士論文の中にその萌芽がみられる。マシーセンは、十六世紀のイギリス・ルネサンスが、イタリア・ルネサンスやフランス・ルネサンスの強い影響下に起こった全ヨーロッパ的なルネサンス運動の一貫であると同時に、独自にイギリス的な特質をもつにいたったことを強調する。すなわち、イタリアやフランスのルネサンスが、ギリシャ・ローマ文化の復興であったと同時に、新しい近代的な感性の幕開けとなったと同じような意味での、文化の継承とそこからの離脱、飛翔の過程があったと考えるのである。興味深いことに、マシーセンはこうした過程の触媒となったのが翻訳家であると主張する。「翻訳家の仕事は愛国主義の営為であった」とするマシーセンは、「エリザベス朝の翻訳家は学のある者のためだけではなく、国全体のために書いたのだ」（マシーセン『翻訳』三）と述べている。カスティリョーネの『廷臣論』の翻訳者トーマス・ホービー（Thomas Hoby）、プルタークの『英雄伝』を翻訳したトーマス・ノース（Thomas North）、モンテーニュの『エッセイ』の翻訳者ジョン・フロリオ（John Florio）、リウィウスの『ローマ建国史』やスエトニウスの『ローマ皇帝伝』の翻訳を手がけたフィルモン・ホランド（Philemon Holland）に共通するのは、「自分の国語への愛着」（一八三）と「表現の豊かさに対する情熱的な喜び」（四）だったとマシーセンはいう。

『アメリカン・ルネサンス』の序文で、「芸術家がどのような言語を使うかは、文化史の最も感度のよい指標となる」(xv)と述べていることを思い出すと、マシーセンがエリザベス朝の翻訳家の用語法に触れて次のように書いているのは興味深い。

彼の言い回しには生き生きとした独特の味わいがあり、格言や街を行き交う俗語、大胆な複合語、精力的なサクソン語の形容語句、イギリスの港や田舎で耳にする暗喩がひしめきあって言葉の雑踏をつくり出しているのである。(『翻訳』四)

マシーセンは、エリザベス朝時代の翻訳家は、土着的で庶民的で肉感的な言葉を駆使することで、原典を「イギリス国民の意識の深部に誘った」(四)のだという。すべての言葉を巧妙に「英語化」するにしても、翻訳家は「原作を鏡のように模写しようとしたのではなく」(一九〇)、ついには「翻訳がむしろ原作だと思われるような新鮮さ」(一八二)を注入したのだというのである。マシーセンが、古典と向き合って書斎に籠もっていたエリザベス朝の翻訳家に「アメリカへの危険な旅に漕ぎ出した航海士」(一七七）と同じような使命感、新しい国や世界像を創造する力を付与したことは重要である。過去からの文化の継承と新しい文化の創造の接続点に、「模写」から出発して言語の「再生」の仕掛け人となった「翻訳者」を据えたのである。

マシーセンがその初期の作品において、国民文学の誕生を言語の再生に結びつけ、言語を使っている民衆の日常生活の中にその源を求めたことは、彼のなかで言語への関心と社会的関心とが相互に切り離せない一体をなしていることを示している。マシーセンは『アメリカン・ルネサンス』の中でエマソンの言語観について次のように書いている。

抽象的なものも物質的な起源をもっていることに気づいたエマソンは、詩人についてのエッセイで次のように宣言した。「語源学者は、今では死語になってしまった言葉もかつては華麗な一幅の絵であったことをつきとめた。言語とは化石となった詩である。」このような暗喩を手がかりにエマソンは、言語とは歴史の最も簡潔な指標であるという認識にいたった。言語にはすべての人間の職業、その商いや芸術や遊びなどの遺跡がぎっしりとつまっており、故にそれ

自体が強烈な磁力を放つ行為なのだ。(三三)

ここでマシーセンは、コンコードの哲人エマソンの中に、抽象化し事物そのものから疎遠になった言葉に「自然の原初的な力」(三三)を復元させたルネサンスの設計士をみるのである。

エリザベス朝時代の翻訳家が「翻訳」という行為によってその愛国心を示したとするると、エマソンは言語の源に帰る新しい詩人となることで、アメリカという国、そしてその文化の成熟(ripeness)を体験し、その体験をことほぐ言語をもつ「代表的人間」となる。『アメリカン・ルネサンス』の題詞の一つが、エマソンの『代表的人間像』からの次の一節であることは、マシーセンの全体的構想のなかでエマソンが中心的役割を果たしていることを示唆している。

どの国の歴史にも、知覚力が、粗野な青年時代を通り越して成熟へと向かう一瞬があるものだ。それでいて、こうした瞬間を生きる人間の視界は、顕微鏡でものを見るように狭められてはいない。人間は天と地の間に体を思いっきり広げ、その足をいまだ黎明期の茫洋たる闇のなかに突っ込んだままで、その眼と頭を使って、太陽や星の世界と交渉をもつ。これこそが成人としての健康がみなぎる一瞬であり、力が絶頂期に達するときだ。(2)

マシーセンは、溢れ出る人間の力の喜びを味わうエマソンに、ルネサンス的な人間中心主義と新しき国アメリカに託した文化的自負心の交差する点を見出したのであろう。そこには、個人がどこまでも拡張し、社会という障害物すらもなく天空と直接関係を交わすような個人主義的な自由が謳歌されているようにみえる。『アメリカン・ルネサンス』では、ルネサンスの詩人ダンテやエッセイストのモンテーニュのことを考えながら思索しているエマソンの姿が描き出される。例えば、エマソンがダンテに思いを馳せ、「彼はその肉体の重みをすべて投入して一字一句を書き進め」、自分たちを取り巻く日常の環境が「詩を生み出す最良の基盤である」(三三)ことを教えてくれたと書き留めていたことに言及する。

しかし、マシーセンは「アメリカン・ルネサンス」の中心人物であるエマソンに、単なる文化ナショナリズムや人間中心主義を見たわけではない。マシーセンは、エマソンの好んだ偉大な書には二つの流れがあったという。第一の流れは、「キリスト教から新プラトン主義を経て十七世紀の敬虔詩人や神秘主義的詩人からスウェーデンボルグ、バークリー、コールリッジ、カーライルからさらにドイツ哲学を経て東洋の詩や聖典」にいたる「束縛のない自由な思索」への没頭である。第二の流れは、「土着的な知恵を良しとするもの」で、「モンテーニュの生き生きとした具体性に接する喜びは生涯を通して消えることはなかった」(一五)とマシーセンは書いている。ルターの新約聖書の力強い言語を絶賛したレッシングを引用する形で、「家で立ち働く母親、道端で遊んでいる子供たち、市場で仕事をする父親」(三四)といった普通の庶民の生活に密着したルターの宗教改革と言語改革を、エマソンの「言葉の再生」の営為に重ねるのである。

マシーセンにとって、言葉の再生は、同時に視覚による現実の再現と結びついている。例えばマシーセンは、「リアリティに近づいていくプルタークの「鋭敏で客観的な眼」」(一五)にエマソンが惹かれたことを指摘している。思索や思弁の世界への没頭からエマソンをリアリティに引き戻すきっかけが視覚であることは興味深い。序文の中でマシーセンは「十九世紀における見ることの強調」そして、こうした「視覚に重きを置く傾向と写真術や外光派絵画における光線の重要性」（マシーセン『ルネサンス』xiv）に触れている。天蓋に向かってとめどなく広がっていくようなエマソンの思索の世界からリアリティへの移行には、過去の一瞬の忠実な複写を超えた何かを残そうとする「凝視する人」の眼差しが必要だったと、マシーセンは示唆しているかのようである。マシーセンの『アメリカン・ルネサンス』の中では、ダンテやモンテーニュを読むエマソン、古今東西の哲学者と孤高の対話を続けるソロー、シェイクスピアの悲劇に魂を吸い寄せられるメルヴィルなどの姿がまるで、過去から切れ取られた一枚の肖像画のように描かれている。二十世紀に生きるマシーセンは、ルネサンス期を生きた作家の精神と十九世紀中葉のアメリカに生きた作家の精神が共鳴し、反発しあう様を描く。十九世紀作家の眼というファインダーをとおして、マシーセンの視線は、イギリス・ルネサンスからイタリア・ルネサンスへ、さらにはギリシャ・ローマの精神やキリスト教といった源泉へ遡行していく。と同時に、その視線は二十世紀の世界が進んでいく方向にも向けられている。マシーセンの「ルネサンス」は、過去の様々な思想潮流——なかでも人間中心主義的な思想とキリスト教の世界観が十九世紀中葉のアメリカ作家たちの内面でどのようにぶつかり合ったのかを検証し、その葛藤のドラマを「再現」する試みでもある。こうした葛藤のドラマをマシーセンがどのように解釈し、それはマシーセンの生きた時代にいかなる光を投げかけるものであったかを次に見ていきたい。

2　民主主義と悲劇――「成熟」への視座

マシーセンが『アメリカン・ルネサンス』の題辞に、既に引用したエマソンの一節と並べて、メルヴィルが『リア王』の愛蔵版に自ら印をつけていた次の一節を引用しているのは興味深い。これは第五幕第二場で、異母弟エドマンドの計略により父グロスターに追放され、狂気を装って放浪中のエドガーが、荒野で再会した父にいう台詞である。裏切りの刃によって今は盲目の身となった父の手を引き、息子は正体を隠したまま、野垂れ死にを選ぼうとする老人を諫める。

人間、忍耐が肝腎、己れの都合でこの世を去る譯には行かない、こいつは出て来た時と同じ理窟さ、萬事、木實の熟して落ちるが如し。(3)

マシーセンは、このシェイクスピアの一節とエマソンの一節のなかに共に、成熟した状態を指す言葉［ripeness］が使われていることに注目したのであろう。引用された二つの題詞の中でこの言葉は極めて対照的に、まさに「アメリカン・ルネサンス」の光と陰を暗示するような形で使われている。エマソンは、「知覚力が成熟(ripeness)に向かう一瞬がどの国民の歴史にもある」と述べて、蕾が果実になっていく実りの瞬間を謳歌する文脈で使っている。それに比べて、メルヴィルが好んだシェイクスピアの一節［Ripeness is all］では、人間の自由意志を超えたところで人間の生死を決定する神意あるいは運命が働いていることが暗示される。だからといって運命に盲従するしかないのが人間の定めであるというような諦観が支配しているわけではない。むしろ、人間だからこそ、悲劇的な運命を見えない眼で凝視する最後の勇気をもち得ることを暗示しているようにも思える。マシーセンがこのように二つの題詞を用いたことは、十九世紀アメリカの思想的核となった超絶主義の代表者エマソンと、エマソン主義への最も複雑なアンチテーゼを提出したメルヴィルとの対比が『アメリカン・ルネサンス』を貫く一つのプロットを形成していることを示している。

マシーセンは、善なるものとしての人間の可能性についての確信がエマソン主義の底流にあると示唆する。このような確信に危うさを覚え、超絶主義の限界を最も鋭敏に感じていたメルヴィルについて、次のように書いている。

彼は大抵の本質的な問題に関して超絶主義の不十分さを認識していた。しかし、原罪の重要性を再主張しようとしても、彼にとってもはや受け入れ可能な正統派的信仰は存在しなかった。……メルヴィルがその影響下で育った厳格で薄ら寒く無味乾燥な長老派教会は、彼を聖書の神の善性すらも疑うところまで追い込んだのである。

その一方で彼は、教義の制約をすべて取り払ってしまい、神のような人間を誉め称えることで安心感を得ることもできなかった。もし、［超絶主義の］新しい信念が主張するように人間の意志が自由であるならば、その意志は善とともに悪を行うのも自由だということが彼にはわかっていたのだ。(『ルネサンス』四五八)

マシーセンによれば、メルヴィルは同時代人であるエマソンの思想に惹かれると同時に、その最も鋭い批判者ともなった。自由な可能性を持つ個人を謳歌するエマソンに対して、メルヴィルは、そうした個人の行き着く先を小説世界の中で暗示することで鋭い警告を発したのだというのである。そして『アメリカン・ルネサンス』の中の代表的一節としてよく引用される次のくだりとなる。

メルヴィルは、いたるところで脅威にさらされ、崩壊の兆しを見せながら危うい均衡を保っていた民主主義的なキリスト教の価値観の行方に強い懸念を抱いていた。だから、そうと意識はせずに、エイハブの悲劇の中に個人主義の恐ろしいシンボルをつくり出したのだ。そのような個人主義は、自分の周りに壁をめぐらせていき、極限にまでいくと、自分自身および自分を構成メンバーとする集団に災禍をもたらすものだった。彼はまた、エマソン流の徳をなさんとする意志が、エマソンほど無垢ではない人間によって権力や征服への意志になったときにどんなことが起こりうるかという地獄絵を我々に垣間見せてくれるのである。(四五九)

マシーセンは、このようにエマソンとメルヴィルを対比させながら、次第にその関心は十九世紀中葉から彼の同時代へと転移していく。マシーセンによれば、「人間のいや増す偉大さ」(七五)を肯定するエマソンは、不定形な流動の中に身を委ねながらも、「川が前へ前へと進んでいくことに確信をもっていた」が故に、「一貫した共同体から孤立していくという」不安を抱くことはなかった。しかし、「歴史的時間から飛び出して今という瞬間の中にある永遠を生きることができるというエマソンの確信」(七〇)や無邪気ともいえる自己のエネルギーへの信頼感は、マシーセンの時代の政治的文脈では危険な要素を孕んでいると示唆するのである。エマソンがその詩「サーディ」("Saadi")の中で同名のペルシャ詩人に生を謳歌する詩人としての自己を重ねあわせたことを読者に想起させながら、マシーセンは次の一節の中で、エマソンの個人主義が一世紀を経て変容していく姿を描く。

サーディがニーチェのツァラトゥストラになるとき、自己信頼のエネルギーに満ちた理想の人間は、非情の意志をもつスーパーマンとなり、そのイメージはさらに形を変えてファシズムの残忍な人間へと堕落していく。しかし、こうした連続性をもっと身近な例でも説明できよう。エマソンの思想の脆い側面の延長線上には、メアリー・ベイカー・エディのクリスチャン・サイエンスがあり、エマソンに見られる見境のない力の賛美は、やがてエマソンの本の愛読者を称するヘンリー・フォードの搾取者としての経歴へとつながっていくのである。

（三六七―六八）

マシーセンは、ヨーロッパのファシズムおよびアメリカにおける正統的なキリスト教世界の解体と無節操な資本主義的搾取の横行という現象を現代的課題として取り上げる。そして、個人の善性と無限の力を謳歌するエマソンの個人主義が「ヒットラーの誇大妄想的な叫び」（五四六）にまで辿りつく危険を指摘するのである。マシーセンは、ホーソーンの章でも、「ヒットラーの時代に生きていると、宗教的でない人間でさえ人間が何かに取り憑かれるというのはどういうことかわかるし、それに恐怖を感じるのである」（三〇七）と述べており、十九世紀中葉の作家を論じながらも彼が常に、自分の生きていた時代の危機を意識していたことがわかる。

マシーセンは、ルネサンス以降の近代人が、人間の原罪や有限性というキリスト教的概念に代わるものとして、人間の無限の可能性を信じる新しい希望の思想を産みだし、それが若いアメリカでは十九世紀中葉に一つの開花を迎えたと論じてきた。しかし一九三〇年代という今を生きる一人の知識人としてのマシーセンは、個人が自己の可能性を最大限に発揮し、それが共同体の発展にもつながるようなユートピアが出現する代わりに、なぜ独裁者の出現、社会の崩壊、暴力の恐怖という現象がヨーロッパを蔽い、その影がアメリカにも忍び寄っているのかと自問自答せざるを得ない。そして、未来への希望を過去からの遺産の批判的継承に託すというマシーセンの意匠は、十九世紀中葉のアメリカ文学を紐解きながら現代の病弊を検証するという複雑で困難な作業を生じさせる。マシーセンは、近代の人間中心主義がある種の袋小路に陥るなかで、メルヴィルやホーソーンの作品は多くの示唆を与えると考える。マシーセンによれば、ホーソーンは「新しい倫理的および文化的な共同体の必要を指し示すことで、我々が無謀な個人主義から自分たちを解き放つ手伝いをしてくれた」(三四三)というのである。これを可能にしたのは、ホーソーンがピューリタニズムの遺産を継承しているからだとマシーセンは示唆する。「フロイト心理学と最近の政治の厳しい現実を見れば、人間を完璧であるとか、あるいは生まれながらに善であると見なすのは有益とはいえない」と指摘し、ホーソーンの「強固な倫理的価値の世界」の新たな有用性を提示するのである。「人間を根源的に不完全な存在であり、数々の過ちという長い迷路を格闘しながら進んでいって、厳しく残酷なショックを耐え忍ぶという宿命を負う存在と見なす」(三二二)というホーソーンの人間観は、エマソンの楽観主義的な人間の可能性への信頼感と対置される。こうした悲観的ともいえる人間観の中に、マシーセンは、世俗的な人間中心主義が陥りがちな底なし沼への落下を未然に防ぐ倫理的抑制の可能性をみるのである。

それでは、マシーセンがいう「新しい倫理的、文化的共同体」とは何を指しているのであろうか。彼がメルヴィルに見た「民主主義的なキリスト教の価値観」は、こうしたビジョンとどうかかわるのであろうか。マシーセンは、人間の善性と無限の可能性を謳歌するアメリカの個人主義に対してある種の対抗力となってきた政治的・宗教的伝統について次のように書いている。

我々の社会的遺産の中で、フランクリンやジェファソンの人道主義や寛容さは、「無節操な個人主義に対する」最も確かな防波堤を築いたといえる。にもかかわらず、現代人の我々にとっては、彼らの理性主義は人間性の孕む複雑さを解明するには深みに欠けるという感を禁じえない。こうした理性主義、さらには超絶主義的そしてユートピア的な系譜の対極に立っているのが、誤謬を犯し得るという人間の悲劇的な性質に関するピューリタンの洞察力である。最悪を予想して備えをするその精神的強靭さは賞賛に値する。(三一二)

マシーセンは、人間に与えられた自然権としての自由と平等を重んじるアメリカ建国のビジョンをアメリカ的なヒューマニズムの政治的表現として評価する。しかし同時に、人間の理性への信頼、人類の進歩への確信、世界改善説(meliorism)などを無邪気に信じるには、一九三〇年代の政治的現実はあまりにも厳しいものであるという意識があった。例えばマシーセンは、カフカが『裁判』において「ナチス国家という現象が現実のものになる前に、歯止めのない権力主義の恐怖を寓話的な類型としてつくりだした」ことに注目している。そして、「第一次世界大戦後、ヨーロッパ人の中で、社会は崩壊しつつあるという意識がますます拡大し、暴力や残忍さの恐怖が根深いものになっていった」(三一三)ことを指摘している。このようにヨーロッパの思想状況に考察を加えていくマシーセンには、アメリカを旧世界から切り離された新世界として例外視していた形跡はない。(4) むしろヨーロッパの問題を自分たちの問題として考えていたのである。

アメリカにおいては、ヨーロッパが経験したような経済的・政治的な矛盾が延期されたとはいえ、それから免れたわけではないという認識がマシーセンにはあった。このことは、例えばマシーセンが、一九三〇年に出版されたオルテガ・イ・ガセットの『大衆の反逆』から次のような箇所を引用していることからも推察される。オルテガは、「異質の歴史をもった文化にすでに支配されている地域に生まれ発展する民族」(オルテガ 一九八)の例として、ギリシャ＝オリエント的文明を吸い込んだ地中海に生まれたローマをあげ、ギリシャ的観念や理念の皮膜という「歴史的カムフラージュ」の下に「実質的で本質的な下層の現実」(一九七)が覆い隠されているという二重性を指摘する。そして、このアナロジーをアメリカにも援用するのである。

したがってローマ人の動作の半分は彼ら本来のものではなく、学んだものである。他から学んだ動作は、つねに二重性をもっており、その真の意味は直線的には現われず斜線的に現われる。習得した動作を行う——たとえば外国語を話す——者は、その背後で彼本来の動作を行っている。たとえば、外国語を自国の言葉に訳しているのである。……アメリカはロシアよりも若い。わたしはかねがね、誇張に陥ることを恐れながらも、アメリカは、最新の技術的発明によってカムフラージュした原始民族であると主張してきた。(5)（マシーセン『ルネサンス』四七五）（オルテガ 一九九―二〇〇）

オルテガは、個人としての独立した思考を伴わずに群集として画一化した言動をとる「大衆人」の出現をヨーロッパ文明の危機として捉えた。そして、文化的統一性を欠いた若いアメリカやロシアの無定形なエネルギーの中に、そうした「大衆人」の「野蛮性」が渦巻いていると感じていた。マシーセンは、オルテガが皮肉をこめて「大衆の天国」（オルテガ 一六五）と呼ぶアメリカで、「ヨーロッパ的な観念の皮膜」の下に隠蔽された「実質的で本質的な下層の現実」（一九七）に無知であり無関心である知識人がある種の自己欺瞞に陥っていないかという疑問を呈しているように思える。マシーセンが「この実態と理論との間の尋常ではない裂け目は両極端の傾向、我々の国籍離脱者を帳消しにするために政治および芸術において最も盲目的な愛国主義者を生み出した理由でもあり、また我々の思想に見られる理想主義的系譜が実質性を欠き、我々の日常習慣を貫く強固な物質主義とは無関係に存在している原因でもある」（『ルネサンス』四七五）と述べていることは重要である。

マシーセンはオルテガの「大衆人」への不信を共有はしないが、知識人の抱く理想的な民主主義的人間像と現実の「大衆」との間の落差には気がついていた。マシーセンの民主主義の概念は、彼の悲劇的な人間観、その底流にあるキリスト教の原罪の意識とせめぎあう。大志を抱く民主主義的な人間──「コモン・マン」への信頼感は、「南北戦争後のアメリカ帝国の建国者」（『ルネサンス』四五九）の「貪欲な精神」（ix）への不信の念と衝突する。マシーセンの中では、「コモン・マン」を歴史の進歩の担い手として見る「プログレシヴ」（進歩主義的）な歴史観と、人間性における善と悪の二面性や動機の曖昧性を強調するカウンター・プログレシヴな人間観が混在していた（バーゴヴィッチ 三一二、ワイズ 二三八－三九、村山 八六）。特にマシーセンが原罪を負い、誤謬を犯す存在としての人間存在に光をあてるときに、彼の進歩主義は複雑な変調音を奏でるのである。しかしマシーセンの民主主義の概念が、次のような悲劇作家の定義と重なるときに、彼が到達不可能ともいえる知的な均衡を維持しようと試みたことが見えてくる。

悲劇作家は、人間性の中の善と悪の共存を受け入れなければならないだけではなく、そうした両極の間の和解を思い描く能力と、その間で冷厳なバランスを維持する自制心を持たなくてはならない。彼は根拠の薄弱な楽観主義からも絶望の混乱からも最も離れた地点に立たなくてはならないのである。(『ルネサンス』一八〇)

マシーセンには、アメリカ文化への愛国的な礼賛でもなく、また絶望的な訣別でもなく、その社会の中に存在する様々な矛盾や裂け目をありのまま見つめる冷徹にして共感に満ちた視角を獲得したいという願望があった。そこに彼自身の批評家としての成熟への願望も込められていたのである。

3　自己回復への道——結語にかえて

『アメリカン・ルネサンス』の中で、マシーセンは「言語」の再生を軸にした文化的ルネサンス、民主主義の再生を軸にした政治的ルネサンスをいわば不断の永続的な運動として思い描いている。マシーセンは序文の註のなかで、アンドレ・マルローが一九三六年に「文化擁護国際作家大会」で行った講演（"The Cultural Heritage"）から引用して、文化の「再所有」（repossession）とはいかなることかを説明している。「すべての文明はルネサンスのようなもので、過去のすべてのものから自分たちの遺産を創造する。こうやって新しいものは古いものを乗り越えていく。遺産は継承されるのではなく、征服されるのでなくてはならない」（xv, マルロー 三三）というマルローの一節からは、いわば永続的な文化革命としての「ルネサンス」のイメージがある。一九三〇年代の左翼的文化人の代表としてのマルローの言説を一つのモデルとして、マシーセンはルネサンスを現在進行形で捉えるという視点を獲得したとも考えられるのである。ドレスデンは、「自らをルネサンスの精神的な後継者であると考えている現代のユマニスト」として「マルロー、カミュ、トーマス・マン」（一七）をあげているが、マシーセンは一九三〇年代の反ファシズムの文化戦線を代表するマルローなどと同様の問題意識を共有していたのだろうか。

マシーセンは、マルローやマンに代表される同時代のユマニストの「人間の尊厳」や「思想の自由」の主張――ナチズムの反知性主義に対する文化の防衛という考え方に賛同したという意味で、また、資本主義の「貪欲な精神」に反対を表明したという意味で、一九三〇年代の文化左翼からさほど遠くない政治的立場をとっていた。マシーセンが、一九四八年にスミス法違反で起訴された共産党員の裁判に弁護側証人として出廷するために用意し、死後発表された「マルクス主義と文学」と題されるエッセイでは次のように書かれている。

マルクス＝レーニン主義は、我々が住む社会において経済的要素がいかに本質的な重要性をもっているかを率直に語りかけてくる。だからこそ、それは私自身の思想にとっても重要な意味をもつのだ。近代的な工業社会においては経済的な不平等が蔓延している。そこから生じる問題が解決されなければ、民主主義の将来は危ういことを我々に気づかせてくれるのである。（「マルクス主義」四〇）

このように、「文学と文化史を学ぶ者」としてマルクス＝レーニン主義から「大きく避けがたい」影響を受けたことを自認しながら、同時に、「私はキリスト教徒であり、したがって、社会主義者ではあるが、いかなる意味でもマルクス主義者であったことはない」（三九九）と自分の立場を説明している。マシーセンが求めるラディカルな民主主義は、経済的な平等を可能にする社会的メカニズムを必要とするという意味で社会主義的である一方で、民主主義の源泉をキリスト教的な友愛と人間の限界の意識に見出すという点で原始キリスト教共同体の精神に近い要素をもっている。

マシーセンは、同時代のヨーロッパあるいはアメリカの左翼の、人類の救済と希望を共産主義的な政治・経済体制に託す考え方に対し、共鳴と留保というアンビヴァレントな姿勢を取っていた。『アメリカン・ルネサンス』の中でマシーセンは、「マルローやその他の若いラディカルな詩人たちは、明確な目的を持った社会的活動に関わっていく中で、宗教的衝動をそうしたコミットメントの一部とみなす傾向がある」（三六七）と分析している。一方で彼は、経済的、社会的な危機の時代には、宗教的情熱が「この世」の中での政治的な変革のエネルギーへと転化されていくことを必然的なことと考えていた。他方、政治的には保守的なエリオットの「我々の危機は一つの崩壊であり、暗黒時代への回帰であるかもしれない」（三六八）という警告にも耳を傾ける。原罪の教義を受け入れた宗教的な人間には、いかなる政治的行動も人間をその精神的腐敗や荒廃から全面的に救い出すものとはなりえないと、マシーセンは示唆するのである。

マシーセンは、知識人が社会的現実にかかわっていくという責任を回避すべきでないと考えたが、同時に、世界を変えることができる人間の能力への過信は新たな問題性を生み出すという懸念もあった。マシーセンの感じていた危機感は、政治的、社会的なものであると同時に、精神的なものであり、それは彼が生きた時代の荒廃への感受性であると同時に、私的なものでもあった。舌津智之氏は、マシーセンは「一般に抱かれている重厚なイメージよりも、ずっと柔らかくしなやかでパーソナルな側面をそなえている」（一二六）と書いているが、これは的を射た指摘だと思われる。『アメリカン・ルネサンス』は、一人の壊れやすい人間が自己崩壊の危機と戦いながらやっとのことで書き終えた極めてパーソナルな「ルネサンス」の書でもあった。実際、『アメリカン・ルネサンス』は、未完の遺稿としてマシーセンの死後に出版された『セオドア・ドライサー』と同じような運命を辿る可能性があった。ルイス・ハイドの編集したマシーセンと同性愛の友人ラッセル・チェーニーとの往復書簡の中には、一九三八年の十二月に、マシーセンが自殺願望を伴う強度の神経衰弱に襲われて十八日間を病院で過ごした時の日記や手紙が収められている（ハイド 二四三―四八）。それによれば、メルヴィルの章がほぼ終了し、ホイットマンの章が残されていたという段階で、マシーセンは『アメリカン・ルネサンス』を完成させることは不可能かもしれないという絶望に取りつかれていた。(6)

こうした個人的危機を知った上で『アメリカン・ルネサンス』を再読すると、この作品のテクスチャーが、メルヴィルに関する最後の章あたりから微妙に変化するように感じられる。六章の「不安を抱えた知性」の最終節「アメリカのハムレット」は、「極限状態の中では人間の魂は溺れかけている者のようだ」（四八七）という小説『ピエール』の主人公についてのメルヴィルの一節で終わっている。その悲観的な音調とは対照的に、メルヴィル論の最終章では、「多くの苦しみにもかかわらず、メルヴィルは一つの信念を拠り所にして最後まで耐え抜くことができた。それは、とりもなおさず、善は敗北と死を余儀なくされようとも、その輝きによって生に新しい命を与えるという信念だった」（五一四）という希望を感じさせる一節に遭遇するのである。

『アメリカン・ルネサンス』が扱う最後の人物となるホイットマンを論じるマシーセンは、エリオット的な悲劇の感覚や研ぎ澄まされた知性よりもむしろ、「人間にたいするなりふりかまわぬ愛」[7]――詩人ロバート・ローウェルがマシーセンに捧げた詩の一節を借りれば――に共感を示している。マシーセンは、ホイットマンの示す他者、共同体との連帯意識、老いも若きも富める者も貧しき者も包みこむ「民主的な息吹」をエマソン的な個人主義を補完するものとして評価する。さらにマシーセンは、「僕が求めるのは今ここにある現実の生活――最も神聖にして最良のもの」と言い切ったホイットマンの「ある種の唯物主義」に観念の楼閣を築く抽象論者にないエネルギーを感じている。汚い都会で働き生活する男や女を詩の素材としたホイットマンは、「魂のない都会の生活に生気を与える自然の癒しの力に酔いしれる」(六一五)イギリス・ロマン派よりも、「社会的存在」としての人間を深く理解していたと指摘する。こうした文脈でホイットマンを論じながら、マシーセンは『ドイツ・イデオロギー』から「意識が生活を規定するのではなく、生活が意識を規定する」というテーゼを引用している。さらに「現実的に活動している人間から出発」し、「現実的な生活過程からこの生活過程のイデオロギー的な反射および反響の発展」(マシーセン 六一五、マルクス／エンゲルス（三二一―三二二）を記すことが唯物論的な歴史叙述の特徴だという一節に注目する。マシーセンは、人間を「社会化された人間」という有機的な観点から捉えるホイットマンの人間観に共鳴し、その「現実的な生活過程」に根ざした生の賛歌の中に、バラバラになった個人の連帯の可能性を見出す。ホイットマンに関する章で、マルクスやエンゲルスからの引用が増えているのも、神経衰弱を経験したマシーセンが、社会的連帯を通じた自己回復の道を模索したためではないかと思える。[8] 入院中に「自分を外界から遮断する非現実の膜」（ハイド 二四八）の存在に悩まされたマシーセンは、より確かな現実との接点を求めてホイットマンの軌跡を追うのである。

マシーセンがホイットマンのすべてを抱擁するようなエネルギーの中に、重層的な「ルネサンス」――言語の再生、民主主義の再生、そして肉体と魂を持った個体の再生の手掛かりを見出したとしても不思議ではない。同時にマシーセンは、ホイットマンが時として「自我を拡大させ、その誇りはついに現実と理想との間の区別を消滅させ」「自分自身を神のような崇高さを帯びた存在として思い描く」（五四五）ことに懸念を表明している。ホイットマンの詩の「形のなさ」や自我礼賛の傾向、「明白な使命」を掲げて自己肥大していくアメリカとの一体感の中に、一抹の不安を覚えずにはいられなかった。しかし、それでもなおかつ、マシーセンは、ホイットマンの中に、死の瀬戸際までできた自分を生に引き戻し、その疎外感から解放する希望の哲学を見出したのだろう。もしスピラーが述べたように『アメリカン・ルネサンス』が危機の時代にあって読者に何らかの確信を与えたとすれば、それは、個人的な絶望感を乗り越えて、批評家としての、また一人の人間としての成熟の一瞬に到達したマシーセン自身の束の間の「ルネサンス」の所産だったのかもしれない。

■註

(1)この作品については、拙稿「フィンランド駅からの帰還——そして何処に」(『英語青年』二〇〇一年六月号)で考察をしている。

(2)引用部分は拙訳であるが、酒本雅之訳(エマソン選集6・『代表的人間像』日本教文社、一九六一年、十一頁)からも教示されるものがあった。

(3)引用部分の翻訳には福田恆存訳『リア王』(新潮社、一九六二年)を用いた。

(4)マシーセンがアメリカ例外主義的立場をとっていると主張するマイケルズとピーズの諸論文および例外論にはくみしていないとするビュエルの論文を参照されたい。

(5)『アメリカン・ルネサンス』では引用文献についての註が付されていない。ここでは参考までに『大衆の反逆』の日本語訳のページ数を付記した。

（6）マシーセンの政治的活動や個人的苦悩については、拙書『アメリカ知識人とラディカル・ビジョンの崩壊』（京都大学学術出版会、二〇〇三年）などで扱ったので重複を避けた。

（7）Robert Lowell, "F. O. Matthiessen: 1902-1950," in *Notebook*, 3rd and rev.ed. (New York: Farrar, Straus & Giroux, 1970). 引用部分の翻訳は、鶴見俊輔『北米体験再考』（岩波書店、一九七一年、七四頁）からのものである。

（8）マシーセンは、引用にあたって『ドイツ・イデオロギー』のアメリカ版 *The German Ideology* (New York: International Publishers, 1939) を用いたと思われる。参考までに『ドイツ・イデオロギー』の日本語訳のページ数も付記した。他にも『アメリカン・ルネサンス』には、『フォイエルバッハに関するテーゼ』からの引用（六一六）、エンゲルスの『フォイエルバッハ論』からの引用（五二六）、『反デューリング論』からの引用（五九一）だと思われるものがある。ホイットマン以外の章では、ホーソーンの章でエンゲルスの文学論への言及があり、ソローの章の註（七八）で、フランス語訳のマルクスとエンゲルスからの抜粋集 *Les Grands Textes du Marxisme* が言及されている。

第二章 エマソンの「マスター・ワード」

小田敦子

マシーセンの『アメリカン・ルネサンス――エマソンとホイットマンの時代の芸術と表現』（一八四一）は何よりもエマソンの芸術家としての表現力に注目した。エマソンの時代と同様マシーセンの時代もまた観念論への不信があり、エマソンは民主主義の思想家であり芸術家であると言って失敗したデューイに学び、エマソンの思想を前面に出すことは避けられた（Wider 123）。マシーセンもしばしば言及するウィリアム・ジェイムズの「反形而上学」に始まり、哲学が必ずしも体系的である必要はないと考えられる現在では、エマソンは思想家としても再評価されている。しかし、エマソンの独創性はその表現力にあることは時代の情況に関わらず動かない。西田幾多郎は『善の研究』の序文で思想家の仕事を喩えて「緑の野にあって枯れ草を食う動物の如しとメフィストに嘲られるかも知らぬが」と言ったが、エマソンの思想は緑の草である。「自己信頼」のなかでは「私の本は松の匂いがして、昆虫の唸る音に反響すべきなのだ」（一二五）とか「人間は草の葉やバラの花の前で恥じ入る」（二一八）と言うように、彼の思考の理想的な形は生きている自然とともにある。[1] エマソンの作品は、抽象的な議論よりも、具体的な物や生活の卑近な事実で観念が語られる時、思考が具体化されるところに強味がある。マシーセンは序文でエマソンを、「すべての人が飲むミルクを供給した乳牛だ」と、エマソンがゲーテについて言った言葉を引用して評した。ありふれた比喩ではあるが、エマソンはゲーテというドイツ文化を代表する天才を、人間の身体の滋養の供給源である乳牛に喩えることで、人間の生命にとっての精神文化の重要性を誰もがわかるように具体的に表した。また、ゲーテというドイツの都市文化を代表する知識人を素朴な自然物に喩えるメフィストばりの偶像破壊の精神を垣間見せてもいる。マシーセンの引用は、エマソンがアメリカ文化の親であることを、「自然」に立脚した偶像破壊的な精神と、そのありふれた「普通の人」にわかる表現によって新しい意識を具体化したことを指摘する卓抜な引用である。

1　『アメリカン・ルネサンス』から現在のエマソン論へ

マシーセンは、エマソンのジャーナルにある「私という個人の無限性」(六)を伝えたいという記述を大きな手がかりにして、エッセイだけでなく、現在でも取り上げられることの少ない詩に至るまで広範な引用をしながら、内省的知的になった人間の「内的生命」の意味を拡大したことをエマソンの功績と捉え、それを表現する形として松やバラなどの自然の存在が表すような「有機的な全体性」(二八)への志向に彼の表現力の本質をみる。第一巻第一章のエマソン論で取り上げられる小章題はすべて、「有機的な全体性」である「意識」を表現しようとするエマソンの特徴、そのために「シンボル」を志向する特徴を的確に表している。エマソンはシンボルや意識についての考え方をコールリッジから学び、アメリカ人ではじめて言葉の起源を探り、その「神秘的な力」(三十)の源を見つけようとしたと位置づけ、コールリッジの「生命力としてのロゴス」を回復する試み、超絶的な芸術論は、エマソンの知と宗教の理論に影響を与えたと論じる。

拙論の「マスター・ワード」はマシーセンが指摘したような内的生命或いは意識の

表現者としてのエマソンが、コールリッジの影響をアメリカに帰化させて、シェイクスピアが近代英語の文化をつくったように、アメリカ人の意識を表現するその文化の「親となる言葉」をつくったことを指すものである。「意識」や「心理」という言葉自体はコールリッジの用語であるが、トクヴィルが『アメリカの民主主義』のなかで「個人主義」という造語をつくって表したようにヨーロッパ人を驚かせた、社会より個人が優越すると考えるアメリカ人の、或いは、マシーセンが言うように、キリスト教の神との対話を通じて内省に向う人間の精神が、主観性を確立し(八)、やがて「個人が世界だ」(六)と考えるようになる近代人の「意識」或いは「心理」が表現されるとき、それはエマソン独自の用語になった。特にエマソンは、コールリッジの「ロゴス」に代えて「ジーニアス」という言葉で、アメリカ英語の言語精神を想定し、キリスト教の神に代わる精神性を表現しようとしたということに注目したい。『自然』(一八三六)の序論でエマソンは「宇宙は『自然』と『魂』とで成り立っている」(二八)と述べた。私の肉体を含む「自然」とは「非我」であると言い換え、自然に対峙する私、自然を意識する行為の中心である私という構図を提示した。私が自然や無意識を意識していく「行為」(アクション)が言葉であるということ、そのような私の行為に生命力の発現を見ることがエマソンの表現力に寄与していると考えられる。[2] エマソンの「マスター・ワード」はそれまでの大文字で表されていた「言葉」に代わって「私という個人」の立場から生命意識を表現する形式を求め、新たな親となる言葉を提示しようとするものだ。

そのような「私」の意識を表現するエマソンの言葉の独自性を同時代において正しく評価したのが、ホーソーンであったということを以下で考えてみる。「マスター・ワード」という言葉自体はホーソーンがコンコードのエマソン家所有の旧牧師館に住んだ時代をスケッチした「旧牧師館」のなかで、老若男女を問わず多くの奇妙奇天烈な信奉者や弟子を集める「偉大な独創的思想家」の影響力を語るために使ったものだ。「旧牧師館」の一節はマシーセンも引用しているが、ホーソーンの一八四二年コンコードへの引っ越し直後の日記の記述と共に、エマソンへの批判、否定的評価として読まれてきた。ここではそれを肯定的な評価として、エマソンに対するホーソーンの理解と共感を示すものだと考える。マシーセンが確立したエマソンの楽観主義とホーソーンの悲劇的認識という対立を再考し、ホーソーンに言葉を提供した、つまり、ホーソーンの無意識にあった彼らの同質の精神をホーソーンに気づかせたのがエマソンであるというように、二人の関係を考えてみたい。マシーセン以後の代表的エマソン学者であるウィッチャーは主著『自由と運命』（一九五三）の中で、エマソンのアナーキックで偶像破壊的な「自由と支配」をめざす魂の「力」について次のように述べている。ハロルド・ブルームは「エマソン――アメリカの宗教――」のためにこの部分を援用したが（*Agon* 163）、マシーセンがピューリタニズムへの傾向を強調してエマソンと区別したホーソーンもこのようなエマソンを評価したのではないか。

しかし彼の本来の目的は、実際にはストア主義的な克己でも、キリスト教の神聖でもなく、より世俗的で、明確に述べることがよりむずかしいもの――彼が時々「全体性」とか「自己合一」と呼んでいる特質であった。（一〇二）[3]

ホーソーンは過去のピューリタン社会を題材にした『緋文字』（一八五〇）の印象が強烈だが、彼の長編小説はみな世俗的で、超絶論者的と呼べる主人物の生の形（意識）を開示することが物語の中心を占める。たとえば、ホーソーンのロマンス小説のクライマックスには、主人物が行列を見ている時に自身と世界との関係の全体を意識するという場面が頻出するが、そこには個人が「透明な眼球」となって自然を見ているというエマソン的な構図に重なる関心がある。『大理石の牧神』（一八六〇）のように宗教的な感情と呼べるものが表現されるとしても、それはピューリタニズムではなく、主観性が生み出す「何かもっと世俗的で、明確に述べることがよりむずかしいもの」であり、ホーソーンの作家としての経歴のなかでエマソンの影響は大きいのではないかと考える。

マシーセンはシンボリズムを中心にエマソンの表現理論の影響力は、ホーソーンやメルヴィルにも深く浸透していることを随所で指摘しているが、実際には、『アメリカン・ルネサンス』はマシーセン自身は避けようとしたエマソンの楽観主義とホーソーン・メルヴィルの社会と個人との関係や善悪の本質をめぐる悲劇的認識とを対立させる白黒のコントラストを定着させ、T・S・エリオットのモダニズムによる基準に見合う後者の方を高く評価した。しかし、社会と個人との関係についての認識はエマソンにおいても悲劇的だということは、マシーセンが本論の巻頭においた章題「願望法で」にも示唆されている。この言葉はエマソンの講演「超絶論者」からの引用句で、エマソンが「私たちのアメリカの文学や精神史は願望法で書かれていると認めなければばならない」とアメリカの問題点を指摘したものである。この他にも、マシーセンはまず、エマソンは対立することを言うので難しいと論を始めて、それをやはり「超絶論者」からの引用句で「二重意識」と呼ぶなど、示唆に富む引用をしながら、エマソンはそれを「より高い法則」で解消してしまうと結論づけた(三)。しかし、エマソンは「人生は弁証法ではない」(「経験」二〇三)と認識している。マシーセンが「逆説」だと皮肉る「カントの言う『理性』に関わるエマソンの「大霊」は読むに耐えないが、単なる見かけのレベルだとみなされる『悟性』が捉えた、エマソンによる同時代の精神史は最良のものである」(三)というコメントは、エマソンの全体を捉えようとする現実認識、「願望法」と事実を区別して、しかも全体を現実として捉えようとする認識を示している。リチャード・ポアリエは『文学の再生』(一九八七)で、よく批判されるエマソンの未来志向について、エマソンは願望と可能性との相違について悲劇的な見解を持っていたと述べている(*Renewal* 70)。

エマソン没後百年にあたる一九八二年頃から、エマソンを脱・超絶主義化する再評価の動きが高まるが、それはポアリエやハロルド・ブルームらを中心にマシーセンの豊かな引用を、そしてエマソンの欠点とされたものを読み直すことでもあった。一九七六年にブルームの『詩と抑圧』が「二重意識」を「抑圧」と「崇高」という概念で読み替え、抑圧があるところに崇高が生れると、矛盾を生きていくところにエマソンの表現の原動力を見た（*Poetry* 235-48）。ブルームが「アメリカの崇高」と呼んだものをポアリエは「ジーニアス」と呼び、個人の意識と文化を代表する言語との相克から、「ジーニアス」は扱いにくい概念であるとエマソンが考えていたことを示し、「ジーニアス」は未だ存在していない、「願望法で」語られるもので、「天才」は「自己信頼」の個人主義の一面であると同時に、個人を越えた精神でもあり、他の神々に挑戦する人間の力と支配力への夢を表しているが故に、エマソンだけでなく我々にとっても本質的な問題だと論じる（*Renewal* 69,93）。人間の力を探求して「神」を再定義するという点では、ブルームの「エマソン——アメリカの宗教——」（*Agon* 1982）が、エマソンは神への信頼に代えて「自己信頼」をアメリカの宗教にしたと端的に論じた。

ブルームやポアリエのような高等批評だけでなく、それを踏まえてエマソンのアメリカ社会への政治的影響力をたどったアニータ・パターソンの『エマソンからキングへ』（一九九七）は、エマソンの「言葉もまた行為である」（「詩人」一八五）とはポアリエの言うように無意識の意識化にとどまるのでなく、社会的な行為でありうると考え、普遍的な権利と人種への「二重意識」が、アイデンティティを単純化せずにすむ思考方法として、黒人問題の思想家にも継承されていったことを示した。このようにより広範な影響力をもったエマソンに向う研究動向を受けて、エマソン生誕二百年にあたる二〇〇三年に出たローレンス・ビュエルの『エマソン』は、エマソンをアメリカ最初の「みんなの知識人」と呼び、「アメリカの個人主義」を代表する国民的イコンであると同時に、現在進行中の「ポストナショナル」な意識の形を先取りした側面を強調している。

マシーセン以後の論者たちが明らかにしたエマソンの、潜在意識の働きへの関心によって拡大した人間の多様な全体性を表現する試みは、エマソンとホーソーンをより近いものにする。藤田佳子氏の『アメリカン・ルネサンスの諸相』(一九九八)でも最初にエマソンとホーソーン・メルヴィルの差異を超えた共通性として「探求的想像力」があげられている。そのようなキリスト教の観念に囚われない意識の働きへの共通する関心に最初に気づいたのがホーソーンであったことを、「旧牧師館」の記述からたどってみる。

2　ホーソーンの「旧牧師館」とエマソンの「詩人」

「旧牧師館」は一八四六年に発表された短篇集『旧牧師館の苔』の序文として、超絶論者の共同体ブルック・ファームを出たホーソーンが新婚の家を見つけたコンコードでの一八四二年から四五年まで三年余りの生活を総括したものだ。紀行文のようでもあって、エマソンが『自然』を書いた旧牧師館での生活は、ホーソーンにとって少年時代の一時期を過ごしたメイン以来の、自然に親しむ生活であったことを語ってもいるのだが、『緋文字』の序文では、この短篇集の序文もまた、「自伝を書こうという衝動」から書かれたものとして言及されている。そして実際、『緋文字』の場合と同様、序文は一種の創作論であり、「旧牧師館」はホーソーンが短篇から小説に移る過程でのエマソンの影響力を語った創作論的エマソン批評として読むことができる。

この短篇集には「空想の殿堂」(一八四三)など超絶主義者たちの空想を批判する作品が幾つか収められており、次にあげる「旧牧師館」からの引用も、前述のように、エマソンへの否定的評価としてよく知られているものだが、実は、隠れたエマソン理解者としてのホーソーンを伝えている。エマソンという「偉大な独創的思想家」の家の周りに集まるいわゆる「超絶論者」たちを、自分の観念の世界に閉じ込められた

「肉と血をそなえながらお化け」だと批判して、ホーソーンはエマソンとの関係について こう述べる。

私自身については、人生のある時期、私もまたこの予言者から、宇宙の謎を解いてくれる万能の魔法の言葉(マスター・ワード)を求めたかもしれないことがあった。しかし今は、私は幸せなので、する質問はないように感じる。だから、エマソンを深い美と謹厳なやさしさの詩人として賞賛するが、思想家としての彼には何も求めない。……彼はとても静かに、単純に、もったいぶらず、生きている人間一人一人に出会う、その人が与えることのできる以上のものを受け取ることを期待しているかのように。本当のところ、多くの普通の人の心には、おそらく、読めない銘文が書いてあるのだ。しかし、彼の近くに住んで、多かれ少なかれ彼の高邁な思考の高山の霊気を吸い込まずにいることは不可能だ。ある人々の頭には、それは奇妙なめまいを起こす。新しい真実は、新しいワイン同様、頭をおかしくするのだ。(三一)

「宇宙の謎を解いてくれる万能の魔法の言葉」という言い方には、エマソンの気宇壮大な話への揶揄とともに、エマソン信奉者一般というよりは、「今は幸せなので」という言葉が暗示するように、とりわけ、ホーソーンと結婚する前からエマソンの信奉者であった妻のソファイアを揶揄すると同時に喜ばせる冗談めかした口調がある。しかし、たとえば「自己信頼」のような、奇妙な老若男女だけでなくホーソーン自身をも支配する「魔法の言葉」に対して本当は真剣な問いかけがあり、「詩人としてのエマソンは賞賛するが、哲学者としての彼には何も求めない」という率直な評価が出てくる。マシーセンは、ホーソーンは詩が嫌いなのでこの賛辞さえ冷めたものだと言うが（一九三）、むしろこれは、エマソンをよく知るようになったホーソーンが、頭の中ではエマソンとホーソーンは同じようなことを考えている、しかし、その表現において、エマソンには優れたものがあるということを認めた発言だと考えられる。ちなみに、エマソンのホーソーンに対する評価は、終生、ホーソーンは彼の偉大な精神にみあう作品を書かなかったというものであった（Porte 522）。

「旧牧師館」の語り手である作家ホーソーンに、「独り立ちできる肉体をそなえた小説」（五）を書くことを決意させたのは、間近に見た、人を引きつけ、人を動かすことのできるエマソンの言葉の力であり、ホーソーン自身がエマソンに感じた「詩人」としての力である。「マスター・ワード」には、弟子たちが師匠に求める万能の言葉という意味の他に、ホーソーンが認めた理念を具現するエマソンの「卓越した言葉」への敬意があり、諧謔と嫉妬とが混じったホーソーンのエマソン評が表れている。エマソンは一八四四年に『エッセイ――第二集』を発表した。その中の「詩人」と「経験」とは言葉と意識とをめぐる一対のエッセイだが、先の引用文は、それらのバーレスク的な借用からなるコメントであり、ホーソーンがそれらのエッセイに関心をもち、強い印象を受けていることを示している。たとえば、ホーソーンはエマソンと彼が出会う人との関係を、「与える」と「受け取る」とで表したが、それは次のようなエマソンの「詩人」の定義による。

詩人はこれらの力が平衡している人、表現上の障害を持たない人で、他の人が夢想するだけのことを目で見て、手で扱い、経験の全段階を踏破し、彼は最大級の受け取る力であり与える力であるおかげで、人間を代表する。(「詩人」一八四四)

鋭敏な感受性と精神で印象を受け取り、それを表現する力が平衡している詩人、「他の人が夢想すること」を「手で扱う」詩人とは、作中でしばしば「手で触れられない」(impalpable)という言葉を使うホーソーンが関心をもつ、微妙な感覚が捉える無意識を意識化して感覚できるもので表現するという過程に携わる人である。それがエマソンが出現を待望する「天才」詩人で、「若い人は天才たちを尊敬する、なぜなら、天才の方が自分よりも自分自身であるからだ」(一八四)と、人が詩人の言葉を介して自己の無意識を発見していくという関係、詩人は個人の「代表者」であるという見方を提示する。「天才とは活動であり」(一九〇)、詩人の想像力は見慣れた自然を「より高次の有機体に変身」(一九二)させ、それを読んだ人に新しい感覚を与える。それ故、人にとって「シンボル」は重要なのだと説く。シンボルは個人の意識の解放と拡大に関わるもので、その巧みな使い手である詩人は「解放する神」(一九三)であると言う。ホーソーンがエマソンを詩人と呼ぶとき、他の人にとっては自己中心主義を説く抽象的思想家であったかもしれないが、自身にとっては意識の活動を具体的に表現する詩人、たとえば、ピューリタンのアレゴリーの世界からシンボルへと自分を「解放する

神」であったと認めている。(4)

しかし、ホーソーンはエマソンの新しさが「肉と血をそなえながらお化け」であるエマソン信奉者や一般の人々に伝わるかという点では留保をつける。見たところ、エマソン自身、一種そのような「天才」とみなされて、人々から言葉を求められ、自分を語ることで「自分の持つ富ではなく、共通の富（commonwealth＝共和国）」（一八四）を人々に知らせているようにみえる。しかし、人々の中には表現を与える以前に、表現されるべき潜在的な共通の富がないということを、「旧牧師館」におけるホーソーンのコメントは指摘する。ディオゲネスよろしく人々の間に「詩人」を探して回るエマソンを滑稽に描きながら、ホーソーンはエマソンに同情的で、彼の周りに集まる老若の幻視者や理論家たちとエマソンとをはっきり分けて考えている。「旧牧師館」で描かれた人々をエマソン自身が描いたのが「超絶論者」であり、そこにはホーソーンとエマソンとが共有する時代への批評がみえる。

3　「超絶論者」

「自己信頼」がいかに魅力的な言葉であり、いかに実現困難なものかを語ったのが、ホーソーンの「旧牧師館」であり、エマソンの講演「超絶論者」である。エマソンの「自己信頼」は自己を高らかに謳い上げるが、それは彼が詩人に代表させた「共通の富（共和国）」の精神である「ジーニアス」を前提にしたある種の非個人性、公共性が基盤になった概念である。

あなた自身の考えを信じること、あなたの心の奥であなたにとって真実なことは、すべての人にとって真実であると信じること、それがジーニアスだ。あなたの密かな確信を声に出しなさい。そうすればそれは普遍的な意味になるでしょう。（一二一）

あなた自身を信じなさい。あらゆる心がその鉄の弦に感応して震える。神聖な摂理があなたのために見つけた場所、同時代の社会を、出来事の連鎖を受け入れなさい。偉大な人々はいつもそうしてきたし、その時代のジーニアスに子供のように身を任せてきた。そして、絶対に信頼できるものが彼らの心に座を占めていて、彼らの手を通して働き、彼らの存在のすべてにおいて支配している

という認識を示してきた。（一二一）

「ジーニアス」は土地や制度の守護神、霊であることから、ある時代・国の精神と言い換えられる。そして、天才とは、その時代のジーニアスを体現する個人であるとエマソンは考え、「アメリカのジーニアス」を実現することは「自己信頼」と表裏一体になった大テーマである。「自己信頼」はエマソンが観察した当時のアメリカの現実に対して提起されたものだが、その一つの現実が「新しい」「超絶論者」と呼ばれる人々であり、彼らを特徴づけるのは何よりも「孤独」であるとエマソンは指摘する。

「共通の富（共和国）」が表す公共性とは逆説的な彼らの「孤独」をエマソンは痛ましく思っている。若き超絶論者たちはみな天職を求めて見つけることができず、部屋に引きこもり、或いは、人が集まる町を避けて田舎に住み、「彼らは孤独である。彼らの書くものや会話の精神は孤独である。彼らは影響を拒み、一般社会を避ける」（九八）と見ている。子供時代の特権をいつまでも引き摺り、何もしない怠け者とみなされ、生きて「超絶論者」であるよりも死んでくれた方がましだと忌避される存在だという描写は、「経験」においては、ブルック・ファームのような実験農場で、若者が思想と現実との齟齬に悩み疲れている様として描かれている。エピファニーの瞬間に見た生と日常の商業主義の社会との乖離に戸惑う彼らを弁護して、エマソンはアメリカ文学や精神史はその実現を待つ「願望法で」という状態にあると言い、「二重意識」という言葉を使った。エマソンは彼らを代弁して、エピファニーの瞬間、つまり、無意識の捉え難さ、信頼のし難さを指摘している。

私の信念と他の人の信念との間には大きな相違があるに違いないことは否定できない。私のはある束の間の経験で、それが身体の中であったか身体の外からだったかはわからないが、大通りや市場、ある時ある場所で私を不意に襲い、……あの法則が私と全てのもののために存在しているということに気づかせるのだ。……一時間もすると、恐らく、私はこの高みから引き降ろされ…利己的な社会の利己的なメンバーに戻っている。

……この二重意識の最悪の特徴は、私たちがおくっている悟性の生活と魂の生の二つが、本当に殆ど全くお互いに関係がないようにみえることだ。(一〇二)

無意識に襲われて感じた「私と全てのもののために存在している法則」と「利己的な社会の利己的なメンバー」である私との対比は、「共和国」の住人として有機的な存在である私という「魂の生」と、現実の孤独な私への意識との対比であるが、超絶論者たちは無意識が現わす私を越えた私を信頼する力がないという点では、「自己信頼」に欠けた、未だ「ユニテリアンで商業主義」の時代の物質主義に埋没する者たちである。この差をエマソンは表現という行為の問題として捉える。

エマソンは当時から超絶論者の指導者とみなされているが、一派と思われれるのは誤解であるし、「超絶論」という名前にも驚いたと後に日記に書いている (Porte 540)。『自然』が出版された翌々月の日記では「超絶論者」を批判的な意味で使っている。

古代の精神があらゆる物に等しく与えた現実性、詩人の虚構にも彼ら自身の目で観察された事実にも等しく与えた現実性は非常にめざましいものだ。彼らは超絶論者にはみえない――いつも自発的な意識のなかにいるようにみえるのだ。(Porte 154)

古代人にあって超絶論者に欠けているものは「現実性」であると、エマソンは彼らを「お化け」と呼んだホーソーンと同じ観察をしている。エマソンは意識の自由な働き、言葉が活動を表す状態を現実性と呼ぶ。その点で、「超絶論者」の冒頭でエマソンが言うように、皆が「新しい」と言う思想は、思想の中でも「最も古い」観念論の一八四二年の形である。それは様々な観念論の結合したものだが、[5]「自然も文学も歴史も主観的な現象にすぎない」と明言して、エマソンは精神の優位を、「精神の法則」の「働き」の結果である物によって表す。言葉が物を表すのではなく、物が言葉を表す状態である。

彼は政府を尊敬しない、それが彼の精神の法則を繰り返しているのでなければ。……彼の思考——それが「宇宙」だ。経験から彼は、あなたが世界と呼ぶ事実の行列を、彼自身の中にある目に見えない、計り知れない中心、彼の中心であると同じく事実の中心でもある中心から外へ絶え間なく流れ出るものと見るようになる。そして必然的にすべての物が主観的な或いは相関的な存在、前述の彼の「未知の中心」に関係しているとみなすようになる。

このような世界の意識内への移動、すべてを心の中に見るということから、容易に彼の倫理が続く。自分に頼る方が簡単だ。人間の高さ、尊さは自身で支えられており、贈与物も、外からの力も必要としない。(九五)

彼の精神の働きが創っていく宇宙とは、「存在の法則の働き」が生み出す宇宙でもある。彼のからだの内と外とは一致している。個人を越えた非人称の存在の法則が私の中にもあって、ここでも私という個人の言葉を支えている。そこで『自然』の「観念論」の章の有名な一節が発せられる。

私は自然に対して敵意を抱いてはおらず、子供のような愛を感じている。暖かい日には私はトウモロコシやメロンのように伸び広がって生きているのだ。(四八)

一般論で語られる段落の間に「私は」と個人的な声をはさむエマソンの自在さは(藤田一九)、自分の存在と自然の存在とに均衡状態を作り出したという話の内容にふさわしい語りだ。観念のお化けである超絶論者に欠けているのは、「二重意識」にこの均衡をもたらす自然への支配力であり、非人称の存在の法則という抽象を「私」という個別具体で表現する自己信頼の見本のような個人主義である。そして、ここには、一般性と精神性に吸収しきれない私個人の身体性の主張が垣間見えるとも言え、エマソンの「自己信頼」の世俗性が暗示されている。

「メロンのような私」は、後にエマソン自身が「ヘッジのクラブ」、「超絶クラブ」或いは「審美クラブ」(Richardson 246) と呼ぶこともあったユニテリアンの牧師ヘッジをはじめとした友人との活動の目的である、ハーバード大学の「厳格で用心深く周到で保守的なケンブリッジの空気に独特の匂い」に抵抗していることをよく示す偶像破壊的な表現である。同時に、「有機的全体性」の感覚の美を愛でる「もっと深く広い見方」を実現したものでもある。これはエマソンの観念論にある一種東洋的な官能性を表しているとも言える。エマソンの周りの「超絶論者」たちは自然のなかにあっても孤独であるとは、悟性の世界を支配しようとしない不活動の意識の孤独であると言えよう。

4 「共通の富（共和国）」とホーソーンの「生命の行列」

「超絶論者」でエマソンが指摘したように、詩人としてシンボルによって無意識を表現することのできない人を、ホーソーンは『旧牧師館の苔』に収められた「生命の行列」の中で取り上げている。ホーソーンは「私にとって生命は祭りか弔いかの行列の形で表れる」（二〇七）と最初に述べて、当時の政党や職業団体が盛んに組織していた行列の見かけのつながりを批判して、すべての人間を包括した行列を組織する「本当の絆」を探して、病、罪、人生における誤りなどを尋ね、最後は死にたどり着く。生命意識の中に表れる「本当の絆」を求めることは、無意識の領域に「共通の富（共和国）」を仮定するエマソンの関心に重なる。ホーソーンが仮定する絆は、カルヴィニズムに即した人間観で、エマソン的な人間の知性や真善美への意志の普遍性を否定している。しかし、ホーソーンにはエマソンに触発されたことを認める意識があり、たとえば、「人生における誤り」つまりこの世に居場所を持てなかった人の不満足な人生の一例としてあげられる次の例は、明らかにエマソンの用語を使い、「旧牧師館」で描写したエマソンとは別種のいわゆる超絶論者たちを描いたものだが、スケッチの著者である作家ホーソーン自身について読者を楽しませる自己諧謔ともとれる記述によって、ここでも、エマソンの周りに集まる人たちの列に連なるホーソーンが暗示されている。

自然の気紛れが、彼女の哀れな子供たちをからかって、天才の自信を吹き込み、有名になりたいという強い欲望を吹き込み、しかし、それに対応する力を恵まなかった作家たちもこの列に入るだろう。また、高邁な天賦の才に、表現能力つまり霊妙な才能を人類に示すために必要な地上での仕掛けが伴っていない人もそうだ。(二一九)

「自然」の働き、「天才」をこの世の「力」に変える詩人の能力、つまり、自然という「象徴」を「受け取る力であり与える力である」詩人、「人類」に共通である「自己」の表現手段として「地上での仕掛け」である自然を利用する詩人など、エマソンの詩人と表現についての言説を繰り返したものである。エマソンにとって重要な概念を失敗例の形で提示するのは、「旧牧師館」の例と同様バーレスク的で、エマソンに対する諷刺と言えるだろう。自然の光に目を向ける知的なエマソンは、カルヴィニズムが正しく把握しているとも言える人間の情念の現実を軽視し過ぎているという批判もあるだろう。しかし、スケッチの著者であるホーソーンが想定している読者は、メルヴィルの手紙（一八四九年二月）の言葉を借りれば、エマソンの講演を「超絶論と神話と神託のように下される訳のわからないおしゃべりだらけ」(Leyda 287) と捉え、エマソンをカリカチュア、諷刺の対象とする世間一般の人々である。ホーソーンはそれに対し目立った異議を唱えないが、「生命の行列」からの引用の後半部分は、その翌年には「地上の仕掛け」で美を表現しようとする「美の芸術家」を発表するホーソーン自身の観点から行ったパラフレーズでもあると考えると、ホーソーンがエマソンのドン・キホーテ的取組みに対し、自身もその一端を担っていることを表明したとも言える。或いは、エマソンの優越を認めたとも言える。

「生命の行列」とエマソンの「詩人」との関係は、表題の「行列」にも暗示されている。「詩人」のエッセイが発表される前、一八四一年から四二年にかけて、エマソンは「時世」に関する一連の講演で「詩人」をとりあげている。現存する講演原稿の中からエッセイに使われた部分は少ない。どちらにも現れて、講演では一層強調されていたのが、人々の代表としての詩人の役割を説明するためにあげられた行列の例で、アンドリュー・ジャクソンの大統領選以来盛んになったキャンペーンのための「行列」の象徴性、詩的性質であった。民主党を表すヒッコリーやホイッグ党を表す大玉など結束を表す「物」の下に集合して行列をする人々を指してエマソンは、「人々は詩が嫌いだと思っていて、実のところ、彼らはみな詩人であり神秘家なのだ」（一八八）と結論する。「生命の行列」はこのキャンペーンの行列が一面的な結束であると批判するところから話を始めたが、エマソンもまた、その行列の象徴性を強調しつつもそれが「神秘家」の象徴であること、つまり、「偶然の個別の象徴を普遍的な象徴と間違える」（一九五）限界を持つものであることを指摘することを忘れていない。

「自己信頼」の中でエマソンは、現実のアメリカ社会について、人々は自分を卑小な価値のない者と思い、他人の権威に頼る、社会に順応する、ヨーロッパに旅行するなど自分の外にばかり目を向け、人が人に畏敬の念を抱くこともないただの群集であると批判的な見解を述べる。個人が目に見える形で組織化されていく政党のキャンペーンについても、「財産を信じることは、それを護ってくれる政府を信じることも含めて、自己信頼の欠如である」、「自分の外にあるものに頼ると、私たちは数を奴隷のように崇めることになる」（一三六）など、全く否定的である。教会の会衆についても、牧師が主導する礼拝が始まる前の静かな、会衆が一人一人である時の霊的孤独の気が満ちる教会が好きだと言うように、「人は町よりもよいものだ」（一三六）と信じるエマソンが人の内奥にみる絆である「ジーニアス・時代の精神」とは、政党の行列でも教会の会衆が表すものでもない。

説教者のいない静かな教会については、ホーソーンもごく初期の短篇「僕の親戚、モリヌー少佐」において、印象的な記述をしている。田舎から血縁を頼って街へ出てきたロビンが親戚を見つけられないまま覗き込んだ夜の教会では月光が聖書の上にさしている。自然が唯一の礼拝者なのか、それとも、天上の光がその場所を浄化したのかと思ったとき、ロビンは底知れぬ孤独を感じたとホーソーンは書いている。このロビンの体験した孤独を自然と観念と人間との関係として描く方法は非常にエマソン的といえるのではないか。そしてこの後にこれも印象的な象徴性の高い政治的な行列の場面が続く。題名の中にも一種の「絆」を意味する言葉を含むこの短篇は、「生命の行列」と同じく、また「自己信頼」とも同じく、個人を単位とする人間の生命或いは意識の働きというものの根源的な姿、或いは存在の法則を問いかけている。(6)

ホーソーンは元々、エマソンとは別個に行列への関心を持っていた。そして、ホーソーンは「モリヌー少佐」以後も好んで行列を描いたが、「生命の行列」にも当てはまるように、スペンサー風のアレゴリーの行列という傾向が強かった。それをまた「モリヌー少佐」の行列のように現代化することをホーソーンに思い出させたのが、エマソンの行列についてのコメントであり、詩人の「象徴は流動的であり、言語は乗り物であって、推移する」(一九五)という言語観であっただろう。この点で、エマソンはホーソーンの無意識にあったものを表現して気づかせてくれた「ジーニアス」であると言えよう。それは「時代の精神」としては、世界に一人で対峙しそれに自分の存在のための形式を与えていく、個人の精神と定義できるだろう。

5　「経験」と手で触れられないもの

「旧牧師館」の引用に戻ろう。エマソンの信奉者に対する姿勢を非現実的と斥けるのは易しいが、ホーソーンは「しかし」と話を継いで、「彼の近く」にいるとエマソンの影響を受けざるを得ないと言う。ここからはエッセイ「経験」をふまえて、ホーソーンがエマソンに負うものは言語(意識)と無意識の「近接」、「二重意識」のダイナミズムへの自覚であることを示唆する。「近く」はエマソンの「経験」の次の部分で使われている。

私が深い精神と対話をしている時、或いは、いつ何時でも一人でいてもよい考えが浮かぶとしたら、のどが渇いて水を飲む時や、寒くて火のそばに行く時のように、すぐに満足に達するというのではないのだ。断じてそうではない！最初、私は新しく優れた生の領域の近くにいるということを知らされるのだ。しつこく読んだり考えたりし続けることによって、いわば閃光のように、この領域はそれ自身の更なるしるしを与えるのだ、まるで、そこを覆っていた雲が時々切れて、近づいてくる旅行者に奥地の山を見せるかのような、突然の深い美と休息を発見する。山の麓にはのどかな永遠の野原が広がり、羊の群れが草を食み、羊飼いが笛を吹いて踊る。しかし、この思考の領域からのあらゆる洞察は、手始めとして感じられ、続きを約束する。私がそれを作るのではない。私はそこに至り、そこにすでにあるものを見るのだ。私が作る！いや、違う！私は子供のように喜んで驚いて手を叩く、この雄大な荘厳が始めて私に開かれるのを前にして。数えきれないほどの時代の愛と尊敬で古く、生命の中の生命で若く、砂漠の中で太陽に輝くメッカだ。そして、何という未来をそれは開くのか！　私は新しい心臓が新しい美を喜び鼓動するのを感じる。私は自然の世界から死に去って、私が西部に発見したこの新しいまだ近づくことのできないアメリカに再び生れ出る準備ができた。（二〇七―〇八）

「経験」でエマソンは生を「流動する気分」として提示する。その特徴は偶然性であり、人はそれを計算することができない。人間の生の特徴は、身体活動から精神活動まで「詩人」が踏破する「経験の全段階」で意識は働いているが、「二重意識」の例のようにそれぞれがばらばらに働いているらしいことだと言い、それは無意識の働きの重要性によるものだと考える。「一人でいてもよい考えが浮かぶ」というのは、『自然』の有名な一節、「黄昏時曇り空の下、雪にぬかるむ冬枯れの公園を歩いていると、嬉しいことなど全く考えていないのに、嬉しい気持ちがわいてくる」（二九）と同様、捉え難い無意識なものが自分の中で絶えず意識に隣接して動いている状態から、その無意識が意識される瞬間を伝える。「近くにいる」という感覚は、無意識が意識されようとする動き（アクション）の感覚を語る。

無意識が意識される瞬間が喜びであるのは、それが生の有機的全体性を回復する瞬間であるからだ。「透明な眼球」となって自己と世界とを貫いて流れる実体を発見するのもそれであり、『自然』ではそれを「普遍的な存在」或いは「神」と呼んだ。それが「自己信頼」の根拠になる、自己でありながら自己を越えた「ジーニアス」であった。「私は無である。私はすべてを見る。普遍的な存在の流れが私の中を循環するのを見る」(二九)というような表現はエマソンを神秘家にみせ、物や人が霊気であるかのように思わせるが、エマソンが言うのは、自然の事物を「自己の内にある神のエピファニーとして見ること」(*Agon* 168)であり、それはホーソーンが『緋文字』の序文で、月光に照らされることで「知性のもの」になったと言う事物によって、自己の全存在への意識を表現することに等しい。先の引用の前にエマソンは「生は記憶を持たない」ということを言う。

生は記憶を持たない。連続して起こることは記憶されるかもしれない。しかし、同時に起こること、今のところ意識されていないより深い原因から不意に出てくることは、それ自身の傾向を知らない。(二〇七)

ホーソーンがシンボルで表現しようとしたのも、意識(言語)を取り巻く無意識であった。ホーソーンはエマソンに潜在意識の捉え難さを実感させる優れた表現を認めている。「旧牧師館」の中で、エマソンの「近くに住んで……高山の霊気を吸い込まずにいることは不可能だ」と言うときホーソーンが意味したのは、「高山の霊気」が連想させる神秘家エマソンではなく、「経験」の引用が示す、存在の有機的全体性を表す、五感よりは微妙な感覚が捉える「空気」であり、そのようなものも自然の事物で表現されることを要求するということだ。

冬枯れの公園や山への道を歩くように身体を使うとき、本を呼んだり考えたり、言語を使って働いているとき、自分の中から思いがけない発見がやってくる。エマソンの無意識は身体と精神とを結んでいるもので、「透明な眼球」が自然に「神」を見るという物質を超絶した状態は、エマソンにとっては例外的な有り難い瞬間である。その瞬間にもエマソンは「目」と言わずに、より即物的な「眼球」という言葉を使う(Patterson 43)。「神」とも呼ばれる共通の富(共和国)は、「経験」では無意識が意識化される過程を経て「私が西部に発見したこの新しいまだ近づくことのできないアメリカ」として提示される。そして、「私は自然の世界から死に去って、「新しいアメリカに」再び生れ出る準備ができた」などという一歩手前の言い方は、「メロンのように生きている」方を好み、自然の世界を離れたくないようなのだ。「近づくことのできない」は、神に代わる精神性を求める試みにつきまとう「二重意識」、人間の限界へのエマソンの現実的認識を表している。

『自然』では「普遍的な存在」或いは「神」と呼ばれた人と自然とを流動する実体は、「経験」では、人間の主観性の観点から捉え直されている。

挫折した知性は未だこの名づけられることを拒む原因の前に膝を屈さねばならない。言葉で表現できない原因、それをあらゆる優れた天才が強くはっきりした象徴で表現しようとしてきた。タレスは水、アナクシメネスは空気、アナクサゴラスは精神、ゾロアスターは火、イエスと現代人は愛、そして、それぞれの比喩は国の宗教になった。中国の孟子も普遍化において負けてはいない。「私は充分に言語を理解して、私の広大に流れる活力を養っている」と彼は言う。(二〇九)

言語を理解することが「流れる活力」、エマソンの時代なら「存在」と呼ぶものを養うという孟子の説は、言語を無意識の「シンボル」として、それを探求することで人間の十全な生をほのめかすものであるとするエマソンの言語観に近い。「この思考の領域からのあらゆる洞察は、手始めとして感じられ、続きを約束する」とか、「作る・作らない」、「古い・若い」というような意識と無意識の働きの表現の二重性に、生の行為と活力を認めるエマソンは、人間を現在にではなく流動の中に、将来的な見通しに関連づける。「人間にとって非常に不幸なことは、自分たちが存在していることに気づいてしまったことだ」(二〇九)という認識が示すように、意識とはその存在から切り離された欠落から生じるもの、存在の「近くにいる」ことを余儀なくされ、決してそれに「近づくことができない」という関係にある。自己は決してその個別の性質から抜け出すことはできない。「言葉で表現できないもの」についてのあれこれを信じるよりも、「信じようとする普遍的衝動こそが物質的な事であり、地球の歴史における第一の事実である」(二〇九)という主張には、「願望法で」語られる言語にエマソンが認める意識の「物質性」があることを示唆している。

エマソンの願望法を支えるのは単純な未来待望ではなく、「手に触れられない」という感覚を追求し、「心理的ロマンス」を書いたホーソーンとも共通する、心理的というよりも実存的な生の不可能性の認識だ。ホーソーンが「生命の行列」でエマソンかぶれの人々を批判したのと同じように、エマソン自身も誰もが感覚できる表層を滑るのではなく、過剰なこと、人間には到達不可能な無意識的思考の世界へ潜っていこうとすると途端に馬鹿をみることを認める。

もし、人がいかに無邪気に芸術家業を始めたかを覚えているなら、人は自然が彼の敵についたことに気づく。人間は黄金の不可能性である。彼が歩かねばならぬ線は髪の毛一本の幅だ。賢人は知恵の過剰によって、馬鹿をみるのだ。(二〇六)

しかし、エマソンは「二重意識」に耐えて「不可能性」に挑戦することに人間の本質をみる。「近づくことのできない」ものに近づくこと、それをキリスト教の神とは限定せずに、「新しいアメリカ」と基盤となる、存在の根源にある「共通の富(共和国)」

を問う手段として、人間の主観的な意識の働きを表現する言語のあり方を示してみせたのだ。ホーソーンは数多のエマソン信奉者、批判者以上のよき理解者として、そのような言語に新しい時代の「マスター・ワード」を認めた。

■註

(1)エマソンの作品からの引用については、以下すべて、ノートン版の『エマソンの散文と詩』を使った。
(2)「ジーニアス」や「アクション」については、リチャード・ポアリエが詳述している。拙論では主に『文学の再生』から引用するが、『詩とプラグマティズム』も重要な論考である。
(3)引用は高梨良夫氏訳『エマソンの精神遍歴――自由と運命』を一部訳語を変えて、使わせていただいた。
(4)拙稿「"The Old Manse"とエマスン的シンボルとしてのコンコード川」(*Philologia* 35, 2003, pp. 165-79)では、ホーソーンのシンボル表現へのエマソンの影響を検証した。
(5)「超絶論者」における様々な観念論の混交については、ウィッチャーが付けた注が参考になる。Stephen Whicher, *Selections from Ralph Waldo Emerson* (Boston: Houghton Mifflin Company), p.487. また、『自由と運命』の中では、エマソンが観念論から唯心論(スピリチュアリズム)に移行していくことで、神と自己との同一化を可能にした過程をたどっている(九二―九三)。哲学者の言説として、岩田文昭『フランス・スピリチュアリスムの宗教哲学』（創文社、二〇〇一）も参考になった。
（6）"kin"と"genius"との探求の類似性については、拙稿「"My Kinsman, Major Molineux"再読——エマスンの観点から」（Philologia 37, 2006, pp. 123-36）で論じた。

※本稿は平成十五年度～十七年度科学研究費補助金基盤研究による共同研究（C）「エマスンの知的宇宙と彼の時代——アメリカ・ロマン主義の文化史的考察」（15520167）の一部です。

第三章

「成熟」から回顧する「熱狂」

『ウォールデン（Walden, or, Life in the Woods）覚え書き』

丹羽隆昭

1 成熟か若さか？

マシーセンの主著『アメリカン・ルネサンス』――以下『ルネサンス』――が、十九世紀アメリカ文学を論じた研究として卓越した業績であることには疑問の余地がない。そもそもこの書が生まれたのは、高名な文学史家ヴァーノン・L・パリントンおよびその信奉者たちが、文学を思想の一表現と見て、十分な作品鑑賞もせぬまま、思想史の材料と見なしてきたことへの批判からであった。『ルネサンス』のそうした基本姿勢、すなわち、文学作品を何よりも芸術として捉え、言語、象徴、構造などへの着目を促す立場は、その副題に含まれる名辞「芸術と表現」にも明白に表れている。もっともマシーセンは、パリントン的手法を完全に捨て去ることなく、さらには、折から勃興してきた「新批評（the New Criticism）」の手法をも積極的に取り込んで、旧来の文芸批評の欠陥を補って余りある、それ以後の批評の典型のひとつを築いた。『ルネサンス』は、この意味で、後続の文学研究者たちにとっての「キャノン（正典）」となったと言ってよい。

しかしながらその一方で、この書はアメリカ文学における偏った種類の「キャノン」を作り出し、「白人、アングロ・サクソン、男性」に優越性を与える文学史観を定着させたまさにその元凶なのだという批判が過去数十年にわたり行われてきている。本論はこういった「キャノン論争」や「人種・ジェンダー・PC論争」に加わるためのものではない。ただしかし、次のことは論争と無関係に認めねばならぬというのが本論の基軸であり、それは先ずここで確認しておきたい。つまり、マシーセンが「アメリカン・ルネサンス」という言葉で表現しようとした文芸隆盛期が十九世紀前半から中葉のアメリカに存在したこと、さらに、その時期を代表する作家として、彼が着目した五人の作家たち、すなわちエマソン、ソロー、ホイットマン、ホーソーン、メルヴィルが含まれるというふたつの事実である。

もっとも『ルネサンス』に対する素朴な疑問もないわけではなく、筆者にとって一番の疑問は、「ルネサンス」の時期設定に関するものである。マシーセンは、彼が「ルネサンス」と呼ぶ時期を、「一八五〇年から五五年まで」(マシーセン vii)のごく短い期間に限定し、それは新大陸で文化が「成熟」した時期であり、いわば古代ギリシャの文芸の伝統が新大陸に「復興」したものだと見る。彼が五〇年代前半の短い期間に彼の「ルネサンス」を設定した理由のひとつは、こう限定することで、四〇年代とともに活動を終えたポーを除外すると同時に、五〇年代半ばから突如活動を開始したホイットマンを加え、これによって彼を含む先の五人を「民主主義の可能性への献身(devotion to the possibilities of democracy)」(マシーセン ix)という共通項でくくることが可能になるからである。またマシーセンが五人の共通項と考えた「民主主義の可能性への献身」は、彼がこの書物で強調する芸術作品の「有機体説」とも関連する。彼は、十九世紀におけるコールリッジらイギリス・ロマン派、エマソン、彫刻家グリーノー(Horatio Greenough: 1805-52)、さらには一九四〇年代初頭から台頭してきた「新批評」派などが揃って信奉する「有機体説」、すなわち、芸術作品は生物体のごとく部分部分が有機的繋がりを持ち、その成長は内側から外へ向かって進み、最終的な形態を自らが形成するという芸術観に立つ。さらにまた「有機体説」はアメリカ民主主義や、それを国是とするアメリカ社会にも当てはまり、一見混沌そのものと見えるそれらの状況も、最終的には自らが自らの形態を作り上げるというのである。「アメリカがアメリカなりに最初の成熟に達し（coming to its first *maturity*）［斜字体筆者］、芸術および文化の全歴史の中での正当な権利を主張することで、ひとつのルネサンスを生み出した」（マシーセン vii）と彼は言っている。それは彼が『ルネサンス』の扉に付したふたつのエピグラフ――エマソンの『代表的人間像』の一節、およびシェイクスピアの『リア王』の一節――がいずれも「成熟（ripeness）」というキーワードを持つことの説明となる。マシーセンはそうした見地に立って、一八五〇年に始まる五年間にアメリカ文芸の「最初の成熟」があったと見ているのである。この書物の別のキーワード「悲劇（tragedy）」に関しても、第二章「ホーソーン」の冒頭で、「悲劇の創造は作家に、個人と社会の関係、そしてとりわけ善悪の本質についての成熟した理解を要求するものだ」（マシーセン 一七九）と述べている。マシーセンは文学作品を単なる歴史資料としてではなく、それ自体が完結性を湛えた芸術として扱う彼の反パリントン的立場を明確にするため、「ルネサンス」を「運動」という相（aspect）ではなく、むしろその最終的「成果（結実）」という相で捉えようとしたものと思われる。さらにまたパリントンが、自ら公言するように、徹底したジェファソン信奉者であり、反ヨーロッパ的資質を具備した作家たち、つまり、多少青臭く未熟でも、若々しく、過去を捨て未来を信じ、集団より個人に重きを置き、牧歌的理想のビジョンを抱く作家たちに好意的だったため、反パリントンの立場を取るマシーセンは、「ルネサンス」の概念にも「成熟」つまりは「大人」を強調したかったからとも思われる。

しかしどう見ても、第二次対英戦争終結から南北戦争勃発に至る愛国主義、拡大主義に彩られた時代における「国民文学」創成の気運から生じたアメリカの文芸興隆期は、その重心をマシーセンが考える五〇年代よりはずっと前に置いている。しかも実際その間に優れた「成果（結実）」が続々と誕生しているのである。むしろ、五〇年代はその興隆期の終焉に当たる時期と言ってよい。そもそも、ヨーロッパの「ルネサンス」が中世カトリック教会による人間性抑圧からの解放だったとすれば、アメリカの「ルネサンス」――アメリカン・ルネサンス――は、同じく人間性抑圧の担い手、ピューリタニズムとの訣別から始まろう。ならば、それを高らかに宣言したチャニングの一連の説教、とりわけ一八一九年の「ボルティモア説教」をその嚆矢と捉えるべきであろう。[1]それはワシントン・アーヴィングが『スケッチブック』によって、アメリカ初の本格的文豪としてのデビューを飾った時期とほぼ重なる。しかしそこまでは戻らずとも、「国民詩人」ロングフェローが華々しい活躍を開始し、クーパーが一連の『革脚絆物語』を書きまくり、エマソンによる一連の講演――国民文学創成論と言えば、一八三〇年のチャニングによる「国民文学論」とともにこのエマソンの「アメリカの学者」を忘れるわけにはゆくまい――やエッセイが次々と世に出始めた一八三〇年代半ばから、彼が旗振り役を務めた超絶主義が最高潮に達した四〇年代の終わりまでのどこかに本来「アメリカン・ルネサンス」の重心はあるはずである。特に四〇年代は、政治上の拡大主義と思想上の超絶主義に鼓舞され、果てにはゴールドラッシュによって国民おしなべて無限の可能性への「熱狂」の中にあった。[2]それは奇妙なまでに「若さ」と「熱狂」に彩られた時代であり、そこから生まれた文芸を、時代特性との連関に鑑みて検討しないわけにはゆくまい。ポーを外してしまうのも、四〇年代のアメリカにおける大きな文学的事象に目をつむることになる。ポーの徹底的に「人工」を重んじる芸術理論は一見「有機体説」とは相容れないが、人間の能力への限りない憧憬という意味においてロマンティックなものであり、その意味では上記の「五人」との共通項がある。四〇年代という時期についても、現実にマシーセンが挙げる五人の作家のうちホイットマンを除けば、みな四〇年代の終わりまでにはそれぞれにとって重要な作品をすでに発表している。

歴史の見方にもよるが、(3)十九世紀が折り返した一八五〇年の前と後とでは、時代状況に明らかな対比がある。五〇年代は、前の四〇年代の「熱狂」が醒め、「一八五〇年の妥協」およびそれに伴う「逃亡奴隷法」制定が引き金となり、五四年の「カンザス・ネブラスカ法」の議会通過、五六年の「ドレッド・スコット事件」などによって、社会全体が奴隷制をめぐる血生臭い抗争に陥り、戦争に向けて亀裂を深めていった混乱の十年間であった。四〇年代にはメキシコ戦争や奴隷制に反対していた雄弁政治家ダニエル・ウェブスターが、五〇年に「妥協」をめぐり「変節」したのも象徴的であった。(4)ストウ夫人の『アンクル・トムの小屋』もその混乱の中、奴隷解放への大きな役割を果たした。また五〇年代は、直前のゴールドラッシュという「黄金狂時代」が象徴的先触れとなったように、資本主義とその論理がアメリカ社会で急激に勢力を拡大した時期でもある。人々は、ピューリタニズムの本場ニューイングランドにあっても、精神開発より物質充足（財産獲得）へと彼らの関心をシフトさせていった。一八五三年に発表されたメルヴィルの短編「バートルビー」は、C・B・ブラウン（Charles B. Brown: 1771-1810）の時以来すでに始まっていた「文学」と「法律」との綱引きが、(5)五三年頃の時点では「法律」の圧倒的勝利で決着していたことを証している。「法律」の勝利は資本主義の隆盛と深く関わりあっていたのであった。この短編の背景となった時空――五〇年代初頭のウォール街――はもはや、通常の意味での「ルネサンス」の名にふさわしい、清心で若々しく、生命力に溢れ、未来への希望に満ちた時代ではなかった。「若さ」と「熱狂」は、世紀の折り返しとともに、過去のものとなっていたと見られる。従って「アメリカ」の「ルネサンス」は、もう少しその時期を広げ、「成熟」の相（五〇年代）だけで捉えるのでなく、「若さ」や「熱狂」の相（四〇年代）にも十分な焦点を当てる必要があろう。何と言っても「ルネサンス」は本来「成熟」よりも「若さ」と結びつく概念なのだから。

2 「ルネサンス」体現の書

以上のような文脈を用意したのは、「バートルビー」の翌年発表されたソローの『ウォールデン』が、「アメリカン・ルネサンス」の光と影を、それそのもののうちに体現する著作であることを主張せんがためである。『ウォールデン』は、マシーセンが着目した意味——「有機的形態（organic form）」を取るべく念入りに構築された芸術作品——においてはもちろん、マシーセン自身が言及していない意味——その存在自体が、幾重にも「アメリカン・ルネサンス（アメリカの「再生」）」を表す——においても、この時期の作品として比類ないものであり、特にそれが「ルネサンス」最末期の視点から、「ルネサンス」最盛期における作者のヒロイックな活動を同じ作者が回顧し再現する自伝的特性を有するがゆえに、他の作品には見られぬ独特の重層性を備えている。『ウォールデン』は、一八三七年（経済恐慌の年であった）の大学卒業以来、挫折の連続で不完全燃焼の人生を送ってきたソローにとって、まさに自分の「再生」を賭けて行った必死の試みを、力の限りを尽くして記述しようとした文書である。同時にそれは、五〇年代中葉の時点——出版は五四年八月——から「森の生活」に従事していた四〇年代中葉の自分を回顧し、出版当時にはすでに喪失していたと推測される、若き日の自然の中での感動に満ちた生活感覚を蘇らせること——つまり

「再生」させること――をも強く祈念する文書となっている。つまり『ウォールデン』は、ふたつの意味で自己の「再生」すなわち「ルネサンス」と係わる書なのである。またその上に、作者が『日記（*Journal*）』[6]などを援用しながら多年にわたって念入りに創り上げていった語り手「私」という、個人的というよりは普遍的と化したペルソナと、作品全体に横溢するシンボリズムを通して、ひとりソローのみならず、そのままその時期における――物質充足に躍起になり、精神の開発を忘れたために「死んだ」――アメリカ社会をも同様に「再生」させようとする提言ともなっている。そしてさらに、驚くべきことには、そうした自己の「再生」ならびにアメリカの「再生」のため、ソローは、古代ギリシャ人の生活様式を、十九世紀中頃のアメリカに復興させようという提言を行ってもいる。このように、「朝」と「覚醒」を尊び、清貧な精神生活を旨とした古代ギリシャ的生活を、資本主義の浸透がもたらした物質優先主義が顕わになった十九世紀アメリカへ導入するという意味においても、『ウォールデン』は、西洋古典精神のアメリカにおける復興という、奇しくもマシーセンの注目した意味での「アメリカン・ルネサンス」のまさにその趣旨に沿った書だと言えよう。

二十世紀になってからも、アメリカが何らかの文明上の行き詰まりに立ち至ると、なぜかいつも『ウォールデン』が脚光を浴びる事態が現出したことを我々は知っている。たとえば一九五〇年代後半から六〇年代初め、「強いアメリカ」が叫ばれていた折、この書はビートの詩人、芸術家たちが主導した反体制運動、対抗文化《カウンター・カルチャー》の「バイブル」となった。また二十世紀末から現在まで、これが環境保護運動の「バイブル」と見なされてきているのは周知の事態である。これも物質文明の脅威に晒されたアメリカ人が、十九世紀中葉の北米大陸に古代ギリシャ的生活モードを導入し、闊達な精神の「再生」を真剣に模索した理想主義的な一青年の試みを綴った『ウォールデン』の中に、現代にも適用可能な解決策を求めようとするためではなかろうか。「バイブル」というのも強ち比喩的なだけでなく、真に宗教的価値を本書が秘めてもいるからであろう。さらにまた、『ウォールデン』には、ジョン・F・ケネディ亡き後のアメリカで失われゆく真実——青臭いまでの理想主義こそ、世界におけるアメリカのアイデンティティなのだという真実——を改めて思い起こさせる、建国当時の清新なリベラリズムが横溢している。『ウォールデン』が比類なく「アメリカ的」な古典と言われるゆえんである。

マシーセンが『ルネサンス』でソローのために割いているページは比較的少なく、

形式的にはエマソンとひとくくりという扱いである。もっともこれは、ソローとその代表作『ウォールデン』が、パリントンによってもすでに十分高く評価されており、改めて声高にその評価を促す必要性が希薄だったことによろう（マシーセンの急務は、ホーソーンとメルヴィルをパリントンの虐待から救出することだった）。すなわち、ソローはパリントンにより「アメリカ文学における偉大な名前のひとつはヘンリー・ソローの名前だ」（Parrington、第二部、四一三）とまで着目されていたのである。それも道理、ソローはパリントンが信奉するジェファソン的価値観をこの時代のどの作家にも増して強く――エマソン以上に徹底して――体現する作家である。言うまでもないが、ソローのジェファソニアン的姿勢は、『ウォールデン』と並ぶ彼の代表的著作『市民の反抗』の冒頭にある「統治することの最も少ない政府こそが最良の政府（That government is best which governs least）」という言葉に端的に表れているが、当時の民主党系雑誌[7]のこの標語は、とりも直さずジェファソンその人が奉じたモットーでもあった。『ウォールデン』にしても、それが強烈なまでに個人主義的、反物質文明的、自然との融和的生活の奨めになっているという意味において、確かにジェファソン的価値観を称揚する書物だと言えよう。

とは言え、マシーセンが『ルネサンス』の中でソローに割いたページ数が比較的少ないからといって、彼がソローをことさら低く評価したわけでもなければ、現代のソロー評価へのマシーセンの貢献が小さいわけでも決してない。それはむしろ逆であろう。『ルネサンス』という書物は——マシーセンが書くものはどれも大抵そうだが——あたかもブルドーザーのごとく、対象を根こそぎ総なめにしてしまい、その後には何も生えないというような印象がある。「五人の作家、七つの作品」[8]について彼が展開した議論は、実に的確にそれぞれ対象の本質をえぐり出しており、それを地味（時として無骨）ながら正確に表現している。『ウォールデン』の場合も、それが内部から外へ向かって自己形成を遂げ、「有機的形態」を帯びるに至る「芸術作品」と評価し、テキストの丁寧な読みを通して全体の「構造」を分析し、「言語」の特質にも言及しつつ作品の意味づけを行うなど、その後の解釈の方向を決定づけたのは他ならぬマシーセンである。二十世紀後半以降の緻密な『ウォールデン』論はみな多かれ少なかれマシーセンに負うている、あるいはマシーセンの何らかの影響下にある、と言っても過言ではあるまい。

これに関連して注目すべきは、『ウォールデン』のソローが、ジェファソン的要素を前面に打ち出しているのは誰の目にも明らかだが、同時にどこかマシーセンの示唆した一種「成熟」した、いわばハミルトン的な認識をも漂わせていることであろう。「再生」を賭け、「若さ」溢れる決死の飛躍を芸術的に定着してみせるが、そこでのソローは、実のところ、自分を取り巻く諸々の厳しい現実を「成熟」した目で認識し、夢と現実の乖離を意識した上でそうしているのである。そして、さらにまた『ウォールデン』は、作者ソローが、自分の若き日における「森の生活」と、それ以外の生活――特に森から帰ってきてからの現実生活――とのギャップを痛切に感じつつ、もはや若くはないものの、それなりに成熟した「自己」の視点から、なお「森の生活」の喜悦を普遍化、永遠化しようと、強烈な意志と願いをもって描き上げた書であるが、そこには興味深いことに、四〇年代の「アメリカ」と五〇年代のそれとの対照が見事にオーバーラップしているとも言えるのである。

3　レトリックの書

『ウォールデン』を語る場合、ゆめゆめ忘れてならぬのは、これがソローの二年二ヶ月と二日にわたる彼の「森の生活」の記録そのものではないという事実である。

『ウォールデン』は、実際の「森の生活」をベースにしてはいるものの、ずっと後になってソローが自分の記憶を元に、願望をあれこれ盛り込み、『日記』の記載を援用しながら、時間と手間をかけて幾重にも――まさに「有機体」のように――成長させていった一種のフィクションであり、語り手「私」も現実の書き手たるソローその人とは異なっている。元来ごく普通の随筆にあってさえ、書き手が用いる一人称の「私」と実際の書き手との間には微妙な差異が生じる。これは書き手が読み手を意識し、どれほど僅かであれ、ある種の演技を行うからである。『ウォールデン』の場合、書き手ソローと語り手「私」との差異は微妙どころか、「私」が殆ど虚構の彼となっているほどに大きい。その限りでは、随筆というより一人称小説に近いと言えよう。ソローは、実際の「森の生活」が終わってから、自分が理想とする「再生」のシナリオに沿って原稿を膨らませ、かつ幾たびとなく全体を書き直しており、語り手「私」もソローが理想と考える自我へと修正されていった。

しかしながら、よほど注意を払って『ウォールデン』を通読せぬ限り、読者はこういう事情にまず気づかない。そもそもこれは難解な書物であり、通読するだけでも多大な努力と忍耐が要求される。教養あるアメリカ人でもこれを読み通した者は意外に少なかろう。アメリカのハイスクールでこれが読書教材の定番として用いられてきたことはよく知られているが、そこで実際生徒たちに読ませているのは終りの方の二、三章に限られ、しかもさらにそれらのごく一部でしかないという（ドノヒュー 一三七―一三八）。

『ウォールデン』は全十八章から成るが、その最初に置かれた不釣り合いに長い「経済（Economy）」と題された章が、書物全体を象徴するかのように、種々のレトリックで固められた厄介な存在であり、読者の前に立ちはだかる。その書き出しは周知のごとく、次のようになっている。

以下のページ、というかその大部分を書いたのは、マサチューセッツ州コンコードにあるウォールデン池の畔に私がひとりで建てた家でのことである。そこはどの隣人からも一マイル離れた森の中にあり、自分ひとりだけで手仕事により生計を立てており、そこでは二年二ヶ月暮らした。今では再び文明社会の寄宿人となっている。（一）

この一節は読者にふたつの誤った印象を与える効果を持つ。つまり、『ウォールデン』が人里離れた森の中の「家」で執筆されたという印象と、語り手「私」がそこで「二年二ヶ月」、誰とも交わらず、独力で過ごしたという印象である。しかし読者は早晩、それらが決してそうでないことをテキストそのものからも知るし、ソローの伝記やソロー自身による『日記』を参照すれば、もっとはっきり確認できる。ソローが森の「家」で執筆に従事したのは確かだが、それは主として兄ジョンと試みた舟旅に基づく『コンコード川とメリマック川の一週間』——以下『一週間』——の執筆であった。『ウォールデン』も初稿の半分ぐらいは書いたが、一八五四年に出版された我々が現在知る最終稿（第七稿）は、「森の生活」を終えて「文明社会の寄宿人」に戻ってから七年もの間にわたって拡大、修正、推敲を重ねた末の産物である。後半の章はほとんど「森の生活」以後の執筆で、そのいくつかの章、たとえば「暖房（House-Warming）」には、ウォールデン池が全面結氷した時期として一八四六年、四九年、五〇年、五二年、五三年の日付が実際記載されているし（二四二）、ソローが最も力を注いだと思しき「池（The Ponds）」の章などには一八五四年という年まで現れるに及んで、『ウォールデン』の最終的な視点は五四年に置かれていることが判明する。

また『日記』と照合すると、「経済」における「パリのボス猿が旅行者の帽子を被れば、アメリカ中の猿が同じことをする」という辛辣な文句が、やはり一八五四年（一月）の『日記』記載から転用されていることが分かる。また同じ「経済」における「ファイファ女史（Madame Pfeiffer）」のエピソードにしても、彼女の著作『貴婦人舟で世界を巡る（*A Lady's Voyage Round the World*）』はアメリカでの刊行が一八五二年なので、これからも『ウォールデン』にはソローの実際の「森の生活」よりずっと後に登場した話題が盛り込まれていることが明らかである。つまり、先の書き出しの一文は単に誤解を招きやすいどころか、ほぼ事実に反すると言ってよい。またソローが「二年二ヶ月」の間、まるで無人島生活を送ったかにみえる点についても同様である。何しろ彼は、その間コンコードで四、五回は講演をし、「人頭税」不払いで収監されたこともあれば、メイン州の原始林地帯へ鉄道と蒸気船を使っての遠征（Borst 一一八）を試みたりもしている。また彼の「家」にはエマソンや超絶主義者のエイモス・ブロンソン・オルコットらいろいろな「訪問者」がやって来てもいる。

しかしそういう誤解を与えやすい書き方をわざわざして、ソローが読者に虚偽の事実を伝えたかったというわけではない。確かに彼は事実と少しずれた表現を、この冒頭部をはじめ随所で行っているが、それは小説でいえば、写実小説「ノヴェル（the novel）」ではなく、ある程度の「自由裁量（latitude）」の余地を残す空想小説「ロマンス（the romance）」を実践するのと相通じるところがある。『ウォールデン』のソローは語り手「私」にある程度の「ほら（brag）」を吹かせ、少々「事実」は曲げても、彼が最も伝えたい「真実」——彼が言う物事の「本質（essence）」あるいは「精髄（marrow）」——へと読者を様々なレトリックを駆使して巧妙に導こうとしているのである。本質的にはソローを詩人、『ウォールデン』を詩と見なし得るひとつの理由がここにあろう。

冒頭の一節について付言すれば、実際には小屋に過ぎぬものをあえて「家」と呼ぶのもレトリックの一例であり、『ウォールデン』に見る「簡素化」の趣旨に即せば、人ひとり暮らす家は小屋ほどの大きさで十分というソローの主張が盛り込まれていることになる。これは「文明社会の寄宿人」という表現にも当てはまり、語り手「私」にとって森は「アルカディア」（五四）だったが、コンコードという文明社会には自分の居場所すらないことをユーモラスかつ自虐的に表明しているのである。

数パラグラフ後の「私はコンコードを大いに旅行した（I have *travelled* a good

deal in Concord...)」［斜字体筆者］(二)という文における誇張法もレトリックの一種である。コンコードのような、針の先ほどの狭い土地を「大いに旅行する」と言うのは「銀座を大いに旅行する」というような大げさで突飛な言葉遣いであり、通常の語法としては不適切の烙印を押されようが、超絶主義特有の「ミクロコスム（microcosm）」の思考──「部分」は「全体」の完全な要約と考える──によれば、どんな狭い場所も世界あるいは宇宙の縮図なのだから、そこをつぶさに見て回れば、世界を「旅行」したのと同じ意味を持つはずだという理屈である。そして、さらにこの「ミクロコスム」という形を取ったレトリックは、第一章「経済」と『ウォールデン』全体の関係を表すものともなっている。すなわち「経済」は『ウォールデン』全体の序論であるとともに要約でもあって、人生の「目的（ends）」と「手段（means）」とを混同するなかれ、というこの書物全体の主張を凝縮した章なのである。こうした構造自体が、『ウォールデン』を支える超絶主義の思想を、まさにその形体において表現しており、これも計算されたひとつのレトリックに他ならない。また「コンコードを大いに旅行する」という表現には、一見矛盾と見えながら実はそこに「真実」が含まれている点で「逆説」のレトリックも含まれている。この「逆説」

こそは、まさにこの書物の本質を形成するレトリックである。ソローにとって逆説とは、しばしば文字どおり世の常識を「逆」にした「説」であり、彼ならではのユニークなものの見方を例証する。たとえば、「一年に六週間働けば、残りは働かなくて済む」（六六）とする彼の主張は、当時の年間労働日数と休日数との関係を文字どおり逆にしたものである。と同時にそうした逆説は、（「神性」を持つとはいえ）眠ったままの人間を驚かせ、覚醒させて啓蒙に供しようとする彼の荒っぽい表現法でもある。たしかに「必需品（necessary of life）」（一〇）を彼の言うとおりに限定できれば、人は一年に六週間だけ働いて、残りは働かず、精神の開発に専念できるかもしれない。しかしおよそ通常の人間社会の枠内では、様々な制約からそれは実行不可能であり、読者にできることはせいぜい、そこに含まれる「真実」（底知れぬ物質的充足欲を抑えれば、今ほどあくせく働く必要もなくなり、それだけ精神に余裕ができる）に思い至ることぐらいであろう。それでもソローの（隣人を目覚めさせるという、エピグラフで表明した）目的は十分果たされたことになる。

読者を驚かせ、目覚めさせて、真実に目を開かせようとするソローのこの種の逆説は、「結び（Conclusion）」において語り手「私」が述べるところの、かりに君が空中に城を築いてしまったとしても、それで君の仕事が台無しになるわけではない。城とは本来空中にあるべきものなのだ。次には土台をその下へ差し込めばよいのだ。(三一五)

という恐れ入った事例にまで繋がってゆく。字義通りに解すれば漫画同然だが、ここでいう「城」とは「夢」のメタファーであり、「土台」とはその夢を実現する「手立て」を表すメタファーであることに読者が気づけば、その瞬間矛盾は真実となり、人生において「夢」を抱くことの重要さが浮き彫りになる。事実その直前には、『ウォールデン』を要約するような以下の文章が置かれているのである。

もし人が自分の夢の方向へ自信をもって進み、思い描いていた生活を送る努力をすれば、普段想像もつかなかった成功に巡り会えるだろう。(三一四)

レトリックと言えば、『ウォールデン』には洒落や地口の類が至るところに見られ、ソローが絶えず読者の反応を試しているようで、これも逆説と同様の効果を持つ。現代人が暖房の過剰から「流行に従って調理されてしまっている（cooked ... *a la mode*）＝流行を追って腑抜けになっている」（一二）という例に代表されるように、ソローの言語的レトリックは辛辣であり、また「修道士（cenobites）」と「ほら、釣れないだろ（See, no bites）」（一六九）とを掛けたさりげない洒落などは、「音」の章で発揮されるソローの聴覚の確かさを例証するものでもある。このように『ウォールデン』は、内容、構造、言語の各面にわたり、したたかに計算され尽くしたレトリックを秘めており、作品全体が伝えてくる意味も、厳密には、そのレトリックをどこまでどう理解するかによって、大きく変化することとなる。

4　『ウォールデン』のペルソナ

『ウォールデン』に見られる様々なレトリックの中で最も重要なものが、作品全体の虚構性と、その中心に位置する語り手「私」の存在であることはすでに示唆したとおりである。『ウォールデン』が実際の「森の生活」の記録ではないのと同様に、語り手「私」も現実のソローではない。共にソローの「夢」の産物と言ってよいであろう。

『ウォールデン』は当初一八四九年に出版される予定だったが、先に出版された『一週間』がまったく売れず、版元のジェイムズ・マンロー社が、それまで約束していた『ウォールデン』出版を取り消したことから、ソローの長い苦労が始まる。最終的には後のホートン・ミフリン社の前身、ティクナー・アンド・フィールズ社が引き受け、五四年出版の運びとなったのだが、それまでの間彼は徹底的な書き改めを行う。驚くべきことに、ソローは五二年の時点で、「池」の章を書き上げるため、何度もウォールデンおよび周辺の池を訪れている（Borst 二〇六―四〇）。語り手「私」の精神を表象し、『ウォールデン』全体の重心を成すとも言える「池」の章はその時点でも未完成だったのである。「結び」の章も当初は存在せず、第四版以降少しづつ膨らんでいった（Shanley 七二―七三）。それにしても、ジェイムズ・マンロー社による出版拒否が、当初の『ウォールデン』をより多く彼の理想に近づける契機となったのは皮肉である。その結果誕生したのが、初稿の約二倍の量（Shanley 五五）に相当する、今日我々が知る最終稿『ウォールデン』であり、また長年にわたる修正作業中に、著者ソローの様々な思いが注入され、創造されたのが彼のペルソナ、彼の語り手たる「私」なのでである。

『ウォールデン』の物語は、語り手「私」が「慎重に生き、人生の根本的事実のみに直面する」（八七）ためと称して森へ出掛けるところから始まる。春三月から湖畔に「家」を建て始め、七月四日の独立記念日に入居し、読書をし、湖を渡る汽車の音や近隣の村の鐘の音に耳を傾け、孤独を考え、訪問者を受け入れる。豆畑に鍬を入れて大自然（宇宙）との一体感に浸り、村との関わり（一夜の投獄体験も含まれる）に言及し、ウォールデンをはじめとする近在のいろいろな「池」について考察し、「ベイカー農場」では自然に内在する精神的美を感動のうちに認識し、「より高い法則」と動物的本能との非両立性、暖房や訪問者のこと、冬の動物たちと厳冬期の池の記述を経て、再び巡り来た春の喜びを語り、最後には、「私には生きるべき別のいくつかの生活があるように思われ、森での生活にこれ以上時間を割くことができないように思われた」（三二四）と理由を述べ、森を後にする。このような『ウォールデン』のストーリーは、マシーセンの指摘にもあるように、「読書」に対する（より根元的言語としての）「音」、「孤独」に対する「訪問者」などのように、対照を成す概念、あるいは強い連想が働く概念をリンクとして進行する（マシーセン 一六八－六九）。そして物語はその間、春から夏、夏から秋、秋から冬を経て再び春が訪れるという四季の循環に合わせ、本来二年余りだったものを「便宜上（for convenience）」（八一）と称し、一年に圧縮して作られている。そして忘れてはならぬのは、この「一年」には「森の生活」以外でのソローの体験が、彼の抱くビジョンに合わせ、幾重にも圧縮されているということであろう。

語り手「私」が語るのは――つまりソローが語り手「私」に語らせているのは――ひとつには、当時加速度的に勢いを増しつつあった産業主義、物質万能主義の人間に対する害毒の指摘と警告であり、もうひとつは、自然の中で簡素な生活を実践することによって、自分の中に「眠っている」能力を最大限引き出そうとした超絶主義的生活記録である。そしてここで重要なことは、ソローが語り手「私」というペルソナを介し、そうした実験生活を経ることで自分は自分を「再生」させるのに成功したというメッセージを、森から帰ってきた一八四七年ではなく、多くの紆余曲折を経た一八五四年という時点においてなお、声高らかに発しているという点である。

ここで「なお」と言ったのにはふたつの理由がある。ひとつは、五四年どころか、ソローが森から帰ってきた四七年の時点で既に、あの四〇年代の「若さ」と「熱狂」

の中、全米の至る所で営まれた六〇もの「ユートピア」のうち、原始共産主義的農業共同体として最大規模を誇った「ブルック・ファーム」がまさにその終焉を迎え、それに合わせるかのようにこの年までには殆どの同種の「ユートピア」が崩壊し、「ユートピア」は所詮「何処にもない」ことを証明していたからである。これら共同体崩壊の原因で共通するのは、人間性の向上が外的環境の整備によって達成できると考えた人間観の甘さと、運営のための経営基盤が脆弱なことであった。ソローの「森の生活」は共同体生活ではないが、たったひとりで試みた特殊な「ユートピア」と見なせぬこともない。何しろそれは、当時の通常の生活環境とはかけ離れた「何処にもない」環境の中で、自然と密に関わり合いながら独立自尊の生活を営み、彼自身の精神の「再生」を目指した原始的農業活動であった。その「たったひとりのユートピア」は成功だったと『ウォールデン』は誇らしげに報告するのである。

ふたつ目の理由として、『日記』に見るソロー、特に現行『ウォールデン』執筆のヤマ場となった一八五〇年代初頭のソローは、およそ精神の「再生」を果たした人間のようには思えないからである。実際、五〇年代前半の『日記』には、森を出て先ずエマソン家に落ち着き、次には再び父親の家の「寄宿人」となり、鉛筆製造を手伝う傍ら、日雇いの大工仕事や測量作業で細々と身を立てていた彼の、社会との元来悪かった関係がさらに悪化したことを窺わせる記述が多い。コンコードの美しい自然への信頼は依然として揺るぎないものだが、それとは対照的に人間不信が増大し、果てには師匠エマソンとの心の亀裂さえ生じている（Shepard 一〇三、および七六）。先の人頭税不払いによる投獄事件以降、ソローは次第に反政府の姿勢を顕わにし、五〇年代に入ると激しい行動に訴えるようにもなる。五一年には秘密結社「地下鉄（Underground Railroad）」経由で逃亡奴隷を逃す手助けを行っているほか、五四年にはカンザス・ネブラスカ法成立に抗議するボストン市民と歩調を合わせ、「マサチューセッツにおける奴隷制」と題する文章を、当時の奴隷解放運動の急先鋒ウィリアム・ギャリスンが主宰する『解放者（*Liberator*）』に掲載している。この論文はまた当時最大の発行部数を誇った『ニューヨーク・トリビューン』紙にも転載された。

これに加え、ソローの社会との軋轢を増大させたと推察されるものは、自作の恐るべき不評と、それに関連する出版人とのトラブルである。『一週間』がまったく売れず、そのせいで『ウォールデン』が当初出版拒否に遭ったことは既に述べたが、次いで五三年には『カナダのヤンキー』の校閲を巡って『パトナムズ』誌の編集人で旧友のカーティス（George W. Curtis）と意見対立が生じ、ソローが全五章のうち最後の二章分の原稿を撤回する事態も起こった。若い頃エマソンが奨めてくれて以来、文筆が生き甲斐となり生業にもなっていたソローにとって、出版人は不可欠のパートナーであると同時に、彼が「寄宿」する産業主義社会の手厳しい端末のひとつでもあった。マイケル・ギルモアが『アメリカのロマン派文学とと市場社会』で述べているように、この時代のアメリカは、文学作品が「商品」と化し「市場」における「需要と供給のバランス」関係、すなわち市場原理によって売り捌かれる時代に深く入り込んでいた。(9)「アメリカン・ルネサンス」とは、芸術家が市場原理という容赦ない敵と否応なく戦わざるを得なくなった時代だったと見ることもできる。文筆家たちは彼らなりの「目覚め」を強いられた。これは、王侯貴族等のパトロンに仕えていればよかった、近代資本主義以前のヨーロッパの「ルネサンス」芸術家たちとは根本的に異なる状況である。そしてこの容赦ない敵と戦うには、買い手である読者大衆と、その大衆との仲介役を果たす出版人とを見据えた何らかの戦略が必要であった。

マシーセンが挙げた「五人」の中で、このような戦略構築を最も不得手としたのは、いかなる妥協や迎合も頑強に拒むソローであったろうが、相次ぐ出版絡みのトラブルが見せつけた市場社会の無理解への彼の落胆と怒りは並大抵でなかったと推測される。ソローが戦った奴隷制も出版業界も、市場で商品（奴隷、文学作品）を金（代価）と交換するという意味では共通項を持つ。もちろんふたつは対等に論じられないが、しかし、本来商取引の対象たるべきでないものを金銭によって取引する非人間的営為という点では同じであろう。ソローは元々「取引（trade）」が大嫌いだったのだから（ギルモア 三〇）。

5 「再生」への祈願

このように、現在我々が目にする『ウォールデン』最終稿は、五〇年代初頭――マシーセンが「ルネサンス」と呼ぶまさにその時期――におけるソローの社会との摩擦の中で書かれた。にもかかわらずその内容は、そうした摩擦など知らぬげに、「豆畑（The Bean-Field）」、「池」、「春（Spring）」、「結び」などの章におけるように、語り手「私」が「森の生活」で体験した喜悦を語る調子ばかりが目に付く。「春」における「私」は「再生」の喜びを以下のごとく表現する。

最初の春の朝ごとに近くの牧草地の奥へ分け入り、丘から丘へ、柳の根から柳の根へと飛び回った。その時の激しく川の流れ下る谷間や森は、墓の中で眠っているという死者たちをも目覚めさせてしまいそうなほど純粋で明るい光を浴びていた。不死についてこれ以上に強力な証拠は要らない。そういう光の中ではあらゆるものが命を得るに違いない。死よ、お前のトゲはどこにあるのだ？墓よ、お前の勝利はどこにあるというのだ？（三〇八）

また作品全体の主張は明快で、人生の「手段」に過ぎぬものを「目的」と混同せず、徹底的に生活を「簡素化（simplify）」し、自分の内奥の声に耳を傾けてゆけば、物質文明の中で「死んだ」現代人にも、その「再生」は可能だと訴える。個人の完成こそすべての改革の基礎なのである。ただ、人間が自分の理想を貫くには、「結び」における「クールーの町の芸術家（an artist in the city of Kouroo）」の挿話（三一七）――完全主義者ソローの理想の自画像――が物語るように、非現実なまでの時間が必要となってくる。しかしそれにしても、語り手「私」が伝える「森の生活」の喜悦は、現実のソローの状況、とりわけ五〇年代前半の状況とはあまりにかけ離れたものだけに、その明るさからは却って逆にそれを囲む影の存在が強く感じられてしまう。そしてその影を感じる時、我々は改めて『ウォールデン』がふたつの意味での「再生」祈願の書、すなわち、森へ行くまでの空虚な人生からの「再生」と、森を出てからの幻滅と失望の日々からの「再生」を念じる書であることに思いを馳せぬわけにはいかない。

二十歳でハーヴァードを優等で卒業したエリート、ソローにとって、卒業から「森の生活」実践に踏み切るまでの半生は、呼吸器疾患、教師業の頓挫、失恋、兄ジョンの不慮の死、作家稼業への不安など、負の要素に満ちており、正業に就かずぶらぶらしていたソローをコンコードの人々は不審の目で眺めた。森に行った理由を「人生を慎重に生きたかったから」で「いよいよ死ぬという時になって、自分は人生を生きなかったと覚りたくはなかったから」(八七)とソローに言わしめているのも、裏返せばそれだけ「森の生活」に至るまでの人生が空虚だったことを示唆する。また「生」と「死」というキーワードの連発からは（結核を意識してか）迫り来る「死」への不安も窺えよう。「静かな絶望の生活」(六)を送っていたのは、作中で彼が批判の俎上に乗せる彼の同時代人たちもさることながら、誰よりも自分に他ならなかったのであろう。

森から戻った後についてはすでに述べたとおりである。「森の生活」を実際営んでいた二年二ヶ月の間は、生活の拠点を森、つまり人間社会ではない自然の中に置けたので、エマソンの説く「自然の効用」が実際に納得できたし、世間での煩わしい人間関係からもほぼ解放されていた。ウォールデンの森は、決して人跡未踏の太古の森(forest)ではなく、コンコードの住民の生活圏と適度な関わりを持った森(woods)であったが、なお十分神との接近を実感できるだけの自然が手つかずのまま残された場所でもあり、彼が語り手「私」に語らせる「簡素な生活」を実現できる「アルカディア」でもあった。「森の生活」は、生涯でおそらく一度だけソローが本当に「生きた」と感じる短い年月だったに相違ない。「私」が語る「喜悦」も、多少の誇張はあろうが、そのままソローが感じたものだったであろう。しかし三〇年代から始まったニューイングランドにおける資本主義の拡大と、それに伴うブルジョア社会の定着、実利主義の横行、家族イデオロギーの浸透により、女性が家庭内で家事に専念する一方、男性は家庭外での労働に従事し、財産や社会的地位を築くことが求められた。それはまた男性に「男らしさ(manhood)」と、その証としての強い肉体を求めもしたのである。ソローの「森の生活」は、そういう基準で見る限り、当時の男性に課せられた社会的責任からの逃避以外の何物でもなかったであろう。何しろ彼は財産もなく(「森」はもちろん「斧」さえも借り物)、社会的地位もなく、終生病弱で、家庭を持つにも至らなかったのである。森をいったん出て「文明社会」に戻れば、ソローはまさしくその「寄宿人」に他ならず、待ち受けていたのは隣人との摩擦、怒り、落胆だけであった。

そうした「文明社会の寄宿人」という状況下で『ウォールデン』が執筆されたという事実は、いくら強調しても強調しすぎることはない。作品は過去の「森の生活」を理想化し、自分のペルソナたる語り手「私」を超絶主義的ヒーローへと仕立て上げるものとなった。「森の生活」も「私」も、現実の体験と現実のソローが幾重にも圧縮、濃縮され、彼の「再生」の夢に沿った、理想化されたフィクションへ、そして自画像へと徐々に変質していった。出版まで幾たびとなく原稿を読んでは書き改めたソローゆえ、この書物全体を支配するのは、出版年たる一八五四年当時におけるソローの、「若さ」も「熱狂」も遠いものとなった時期における視点であり、これが満遍なく語り手「私」によって作品に反映されているのは疑いない。かくして、この語り手は

（マシーセン好みの）「成熟」の視点に立ち、（パリントン好みの）「若さ」と「熱狂」の時期を回顧するという、「アメリカン・ルネサンス」の多層的特質を体現する、ユニークな構造を与えられることにもなったのである。

ところで『ウォールデン』が示す、一八四〇年代における「若さ」と「熱狂」の中にあった自分を、五〇年代における「成熟」（落胆、幻滅に裏打ちされた）の視点から自伝的に回顧するという語りの構造は、その前例をごく近いところに持っていた。『ウォールデン』出版二年前の一八五二年にホーソーンが発表した『ブライズデイル・ロマンス』――以下『ブライズデイル』――がそれである。これらふたつの作品は共に、作者が四〇年代に、「若さ」と「熱狂」に駆られ、自ら実際に営んだユートピア的生活体験――まさしくその時期のアメリカを象徴する営み――を基にして書かれている。舞台が共同体での実験生活か、たったひとりでの生活かの違いはあるが、そうした体験を踏まえ、ソローの場合は七年後、ホーソーンの場合は十一年後に当たる五〇年代の時点から、共に一人称の回顧的な語りで両作品は語られる。

とは言え無論、『ブライズデイル』と『ウォールデン』とでは結論が異なる。前者は語り手が自虐を込めつつ、ユートピアの欺瞞性と危険性を語り、後者は語り手が喜悦のうちにユートピアの効用を語る。メイル（Roy R. Male）が指摘したように、『ブライズデイル』は「逆さになった『ウォールデン』（"*Walden in reverse*"）」（メイル 一四四）ということになろう。しかしその結論だけを除くと、両者は案外よく似ている。そもそもふたつは文明からの離脱と回帰という主題を共有する。また共通する話題として、「過剰暖房」、「時計（の音）」、「空中楼閣（castle in the air）」など、いかにも十九世紀中期のアメリカという時空を特徴づけるメタファーが揃って登場する。これらに加え、ふたつの作品に決定的なまでの類似性を付与しているものこそ、繰り返すが、作者自身のペルソナ的存在を語り手に設定し、その一人称の語り手に「若さ」と「熱狂」の過去（一八四〇年代）を、後年（一八五〇年代）になって「成熟」の視点から、感慨を込めて回顧させるという視点もしくは語りの構造である。そしてそこには、若き日の行動があたかも清水の舞台から飛び降りるのにも似たヒロイックなものだったからに相違ないが、それぞれにヒロイズムに対するコメントが付随する。表面的に見れば、ホーソーンは語り手カヴァデイルに、「熱狂」の時を苦々しく回顧させるのに対し、ソローは語り手「私」に、「熱狂」の時を誇らしげに回顧させる。前者はヒーローになれなかったが、後者はヒーローとなった。但しこれらはいずれも複雑なレトリックを通しての話であり、実際には表向きの主張ほどの乖離はない。カヴァデイルが、若き日の自分のヒロイズムをまったく否定してはいないように、ソローの「私」とて、若き日のヒロイズムを手放しで楽天的に吹聴しているわけではない。ふたつの作品がそれぞれその全体で伝えてくる本質的メッセージはよく似たものである。それは、自分が時代の「若さ」と「熱狂」にコミットできた四〇年代を、もはやそれらを遠いものとしてしか捉えられない「成熟」の五〇年代から回顧した場合に感じられる一種の喪失感――自分からも時代からも「黄金の日々」は去ったという感覚であるように思われる。そして、おそらくその喪失感のごときは、念入りに楽天的な顔を築き上げ、牧歌的生活の効用を謳ってみせる『ウォールデン』のソローのほうが、戯画的かつ自虐的ジェスチャーのうちに牧歌的生活の非現実性を再確認する『ブライズデイル』のホーソーンよりも、ずっと大きかったのではあるまいか。ソローが作り出したペルソナ「私」の虚構性の大きさ、自らが演じた「再生に賭ける現代のヒーロー」とでも題すべきドラマの壮大さは、その喪失感を断じて認めまいとする作者の悲壮なまでの決意のように思われるのである。

■註

（1）"Unitarian Christianity" とも言い、ボルティモアで行われたのでこの名がある。

（2）一八四〇年代の異名には「狂乱の四〇年代（the mad forties）」や「超絶主義的四〇年代（the Transcendental decade）」などいろいろある。

（3）ビアード（Charles A. Beard）の『新版アメリカ合衆国史』（松本、岸村、本間訳、岩波書店、一九六四年）には、「偉大な一八四〇年代」、「激変する五十年代」などの呼称が見られる。同書二四七頁。

（4）ホイッティア（John G. Whittier: 1807-92）の詩『イカバッド（*Ichabod* [Heb.] = The glory is over）』（1850）は、ウェブスターの変節への怒りと落胆を歌っている。

（5）Michael Davitt Bell, *The Development of American Romance: the Sacrifice of Relation*（Chicago: Univ. of Chicago Press, 1980）の Part One および Part Two, Section Three を参照。

（6）『日記』は、ソローがエマソンの勧めにより大学卒業時から生涯にわたって綴り続けたもので、『ウォールデン』とは違った魂の記録となっている。ソローがアメリカ文学のメジャーとなったきっかけのひとつは、ホートン・ミフリン社が、作家の日記類の出版としてはおそらく初めて、このソローの『日記』を刊行したことに始まるように思われる。

（7）政治と文学を扱う月刊誌 *The United States Magazine and Democratic Review* のこと。

（8）七つの作品とは『代表的人間像（*Representative Men*）』（1850）、『ウォールデン（*Walden*）』（1854）、『草の葉（*Leaves of Grass*）』（1855）、『緋文字（*The Scarlet Letter*）』（1850）、『七破風の家（*The House of the Seven Gables*）』（1851）、『白鯨（*Moby-Dick*）』（1851）、『ピエール（*Pierre, or the Ambiguities*）』（1852）を指す。

(9)ギルモアは一八三二年に始まり一八六〇年に終わった「経済革命」がアメリカを「市場社会」に「変身させた」と見る。(Gilmore, 一)

(10)Hawthorne, *Blithedale*, 10. "The better life! Possibly, it would hardly look so, now; it is enough if it looked so, then."

第四章　「ディセンサス」[1]を生きる——ホーソーンと時代と表現と

増永俊一

1　「喧噪のただ中で」[2]——「天国行き鉄道」の寓意

一八四二年七月九日、ナサニエル・ホーソーンは長い婚約期間を経た後、ついに独身時代に別れを告げソフィアと結婚した。新居をマサチューセッツ州コンコードの「古い牧師館」（Old Manse）に構え、エマソンの祖父が一七七〇年に建てたその家で二人の新婚生活は始まる。結婚一周年を迎えた日の日記には「私たちは今ほど幸せなことはかつてなかった」（『アメリカン・ノートブックス』三九〇）と記されているが、ほどなく新たな喜びがその家庭に加わることになる。待望の第一子として長女ユーナが一八四四年三月三日に誕生し、夫であることに加えてホーソーンは父親となったのである。

　ユーナが誕生したその年、七月二十七日の午前中にホーソーンは近くの森に散策に出掛け、ひとつのスケッチを残している。レオ・マークスが『楽園と機械文明』の第一章「一八四四年のスリーピー・ホロー」で取り上げ、一躍脚光を浴びることとなったこのスケッチは、スリーピー・ホローと呼ばれる場所の自然の情景描写であるが、その名前に違わずここは「微睡む平和」（『アメリカン・ノートブックス』二四九）に満たされ、幸福な家庭生活を送るホーソーンのパーソナルな心情と穏やかに共鳴し合う。陽光に照らし出されて初夏の緑は瑞々しく、鳥の声が作家の耳に届くのも辺りが静寂であればこそ。遠くから聞こえる村の時計の鐘の音や牛のカウベルも、作家の瞑想を妨げることはない。しかし、その平和な瞑想は唐突に中断されてしまう。その場に闖入してきた蒸気機関車がまき散らす「不快な上にも不快な、長く続く悲鳴」（『アメリカン・ノートブックス』二四八）、つまりけたたましい汽笛によって、スリーピー・ホローの平和は突如脅かされてしまうのである。

　マークスは、このスケッチにある構図が「緊張が安息に取って代わり、騒音が混乱と利害の衝突と不安を巻き起こす」（マークス　一六）ものであると指摘しているが、この場面は十九世紀前半のアメリカが突入し始めた混沌とした世情を象徴的に反映するものとなっている。蒸気機関車とは「火、煙、スピード、鉄、騒音と相俟って、新たな産業の力を示す主要な象徴」(二七)であり、「アメリカという避難所に降り掛かろうとする歴史の歩みの凶兆」(二七)という考察もまた大方の賛同を得るところであろう。しかし一方で、マークスは図式的な陳述によってもたらされかねない極度の単純化と短絡的発想を懸念してか、ホーソーンの主たる関心は「精神の光景」(二七)にあると強調し、芸術家としてのホーソーンにより一層の共感を寄せているようにも見える。確かに、スリーピー・ホローのスケッチにおいては、機関車が通り過ぎた後、作家は何事もなかったかの様に再び自然観察と瞑想に立ち戻るのであり、この平和な光景に不吉な黒雲が象徴的に垂れ込めることはない。けれども、いみじくもマークス自身が同じ論考で引き合いに出している「天国行き鉄道」がその典型であるが、完成された作品を読んでみれば、バニヤンの『天路歴程』というアレゴリーのパロディという形をとって、作家の表現は十九世紀という時代の現実と濃密に交差している。時代の透徹した観察者であり表現者であったホーソーンは、十九世紀前半という時代が孕む緊張によって、その表現を研ぎ澄ましていったと思えるのである。

十九世紀という時代の顕著な表象であった蒸気機関車について、ホーソーンは『アメリカン・マガジン』（*The American Magazine of Useful and Entertaining Knowledge*）誌に一八三六年に寄稿した「昔の巡礼者」の中で早くも言及している。中世の巡礼について解説するこのエッセイで、巡礼というものが現在のアメリカで再現されるとすれば、「おそらく巡礼者は鉄道列車に乗って巡礼をすることだろう……昔の巡礼者より一層厳粛であるだろうが、心を占めるのは天上への瞑想ではなく、この世の煩いである」（三三二）と書いている。そして、「私たちを地獄へと急き立てるある種の機械仕掛けの悪魔」（「天国行き鉄道」一九〇）という比喩に明らかであるように、それは決して明るい未来を予感させる表象ではない。この物語が十九世紀の『天路歴程』である以上、その第一のモチーフは、原テクストに倣って人生とは天国を目指す旅という宗教性を帯びているが、そこに繰り広げられているのは巡礼本来の姿からはほど遠い世俗化した宗教の在り方に他ならない。苦痛を伴う徒歩の旅を忌避し、「天の都」への旅路を汽車という手段に頼ることの理由を、「私」は次のように語る。

この新しい巡礼旅行法の大きな利点について、ひとつ言っておかなければなりません。私たちのとてつもない重荷は、昔の習慣のように自分の肩で背負うのでなく、きっちりと貨車に積み込まれ、聞くところでは、旅の終わりにそれぞれの持ち主に配られるとのことです。(二八六)

巡礼の本質的要素であるはずの「重荷」を免れ、安逸で簡便であることを旨とすることの旅は、そもそも鉄道会社という営利企業が売り出した切符を購入することから始まる。乗客はその代金を容易く賄える行政長官、政治家、財産家といった上流階級で占められ、天国行きも今では経済力がものを言う。「世俗に生きる氏」(Mr. Live-for-the-world)や「心に罪を隠し持つ氏」(Mr. Hide-sin-in-the-heart)、そして「卑しき良心氏」(Mr. Scaly Conscience)など、バニヤンの原テクストには登場しない寓意的人物もまたこの旅の道連れであり、この「新しい巡礼旅行法」を取り巻く一連の描写を通して、ホーソーンは十九世紀アメリカの宗教の世俗化を強調して止まない。

しかし、「天国行き鉄道」は、皮肉な宗教的寓話である一方で、十九世紀前半のアメリカ社会全般にわたる戯画でもある。そもそも蒸気機関車を天国行きの手段とすること自体、科学技術の分野における「進歩」の証として時代性を反映しているが、この物語で描写される現代版「虚栄の市」とは、実に当時のアメリカ社会の縮図に他ならない。ここでは「資本家」たちが鉄道会社の大株主となり、高名な牧師たちはお飾りに過ぎず、文学は希薄化し、道徳、宗教、文学に加えられた「素晴らしい改良」(一九九)[3]を目の当たりにして、「私」はこの現代の「虚栄の市」の素晴らしさに驚嘆する。さらに、この物語が十九世紀アメリカの寓話であることを改めて読者に意識させるのは、この社会改良の時代と連動する思潮、「超絶主義」を揶揄するかのような「巨人超絶主義者」(Giant Transcendentalist)が登場することであろう。

悪辣な昔の穴居人は、もはやその洞窟にはいませんでした。けれども、穴居人がいなくなったこの洞窟には別の恐ろしい巨人が身を潜めていて、正直な旅人を捕まえては、煙、霧、月光、生のジャガイモ、おが屑で太らせ、自分の食卓に供することを生業にしています。この巨人、生まれはドイツで、巨人超絶主義者と呼ばれていますが、その容姿、素性、実体、性質全般については、自分自身ではおろか他人は誰も説明することが出来なかったというのが、この巨大な悪漢の一風変わったところです。……巨人は私たちの背後からわめいたのですが、言葉遣いが異様だったので、何を言っているのか見当もつかず、元気づけられるべきか、はたまた怯えるべきかもわかりませんでした。(一九七)

奇矯な物言いで結局誰にも理解されないという描写は痛烈そのもので、更にこの「巨人超絶主義者」の住処を「死の陰の谷」に定めたことは、既にブルックファーム運動(4)で挫折感を味わっていたホーソーン自身のこの思想に対するスタンスを物語っている。しかし、この寓話の最大の風刺は、天国行き鉄道が「天の都」ではなく、結局は地獄へとまっしぐらに突き進んでいるという本筋にこそある。この十九世紀版『天路歴程』は、商業主義、進歩思想が蔓延する十九世紀アメリカという時代の行く末が、数々の「改良」の果てに辿り着く輝かしい理想社会の実現ではなく、破滅的な未来であることを仄《ほのめか》し、苦い予言を内包する黙示文学的な特質を帯びているのである。

「喜びの山々」を通過し、汽車はいよいよ終着駅へと近づくが、最終場面の渡し場で繰り広げられるのは、乗客の呻きと喚きが木霊する終末的な地獄絵図である。「私」は乗り込んでしまった不吉な蒸気船上から川岸に、「円滑に事を運ぶ氏」(Mr.

Smooth-it-away）が立っているのを目にするが、その口と鼻孔からは煙の輪が吹き出し、両方の目には炎が赤々と明滅している。一行を見送るこのかつての同行者は、機関士アポリオンと同様、あのグッドマン・ブラウンが森で見た悪魔的人物と酷似する。そして、この狂気と恐怖が頂点を極めたとき、ブラウンと同じく「私」は突如夢から覚め、(5)語り手はバニヤンの夢物語の形式を忠実に模倣するのである。

この十九世紀の夢物語は、一見この世離れした空想物語の風を装いながら、当時のアメリカの現実を垣間見せずにはおかない。アレゴリーという文学様式を枠組みとしてそこに巧妙に同時代の抱えていた葛藤を忍び込ませ、「現実生活の猥雑さを観念化（spiritualize）する」（「空想の殿堂」一八五）ことを試みる。これが寓意的とされるこの作家の表現のあり方であり、戦略である。そして、「天国行き鉄道」が世に出るほんの数ヶ月前、一八四三年二月に雑誌『パイオニア』に掲載された「空想の殿堂」もまた、幻想的な夢物語の体裁を取りつつ、十九世紀アメリカ社会の現実が滲出するアレゴリーとなっている。

2 現実の殿堂――社会改良運動と十九世紀

このスケッチの語り手である「私」は、ある時商品取引所にも似た「空想の殿堂」に入り込んでしまう。広々とした殿堂の内部には、白い大理石が敷き詰められ、柱廊の上に高いドームが聳えるこの建造物は、アルハンブラ宮殿にも匹敵する壮麗さを誇り、窓に嵌め込まれたステンドグラスはゴシック建築の大聖堂をも思わせる。さらに殿堂の内部は色取り取りの光で満たされ、その幻想的な雰囲気は殿堂自体が夢であるかのような印象を与える。そして、「私」が忘れずに付け加えるのは、この建物の展望台に「遠眼鏡」(一七九)が設えてあることである。この遠眼鏡は、『天路歴程』において「喜びの山々」の羊飼いたちが「クリスチャン」に「天の都」を望むように差し出したものとされ、またしてもホーソーンの想像力にバニヤンの夢物語が与えた感化力の大きさを思わずにはおれないが、少なくともこの「空想の殿堂」がその壮麗さにもかかわらず「天の都」そのものではないことを暗示する。

この幻想的なスケッチもまた、前節で考察した「天国行き鉄道」と同様に、作者の時代である十九世紀アメリカ社会の諸相を其処彼処に映し出している。「空想の殿堂」と称しながら実際上「現実の殿堂」と呼んでも差し支えの無いほど同時代を投影するのがこのスケッチなのである。パリ、ヴェニス、英国の商品取引所が列挙され、建物がそれらと同様の商品取引所の特徴を備えているとの記述は既に具体的だが、加えて語り手は物語開始早々にこの殿堂が俗事の介在する場所であることを示唆する。そして、この幻想的なスケッチと作者ホーソーンを取り巻いていた十九世紀の現実との密接な関与は、後に短篇集『旧牧師館の苔』に再録されたテクストよりも、初版の一八四三年版に依る方がよりいっそう「現実の殿堂」としての趣を増す。『旧牧師館の苔』の版が削除改変した部分の大半は、ホーソーンが大なり小なり関わりを有した同時代に実在する人物への言及であるからだ。

さて、初版あるいは『旧牧師館の苔』の改訂版の何れであるにしても、物語の骨格を成しているものが「私」の目に映るこの殿堂に集う人々の人物観察であることに変わりはない。先ず、「空想の殿堂」に入った「私」の目を引くのは、殿堂の内部に居並ぶ古今東西の文士たちの彫像や胸像である。ホーマーに始まり、ダンテ、シェイクスピア、スペンサー、ミルトンそれぞれの像が、語り手によって矢継ぎ早に紹介されてゆく。勿論、バニヤンの像もそこには用意されている。その彫像はありふれた粘土で作られた質素なものだが、神々しい「天上の炎」(一七四四)に包まれ、ホーソーンのこの作家に対する思いはやはり格別のようだ。そして、最後にチャールズ・ブロックデン・ブラウンの胸像が、名前を伏せたまま「アーサー・マーヴィンの作者」として紹介され、語り手はアメリカ文学の先達に対して敬意を払うことも忘れない。殿堂の中央には様々の色かたちの水を噴き上げている噴水が据え付けられているが、その水源だとされているカスタリアの霊泉同様、殿堂に居並ぶ影像とは、ホーソーンに詩的想像力を供給してきた作家たちなのである。

文豪たちの影像を後にして柱廊の間を行き巡っていると、「私」と同行する「友人」は、多くの人々が集まり何やら話し込んでいる場所にやって来た。知性を煌めかせウィットに富んだ会話を交わしている一団の人々は、ホーソーンの同時代人たちである。短篇集『旧牧師館の苔』に収録された版において削除されているのは、その具体的な人名であり、ともすれば物議を醸しかねない微妙な調子に彩られたそれぞれの人物評だ。抹消されてしまったその人物たちの何人かを一八四三年版からすくいあげてみれば、ウィリアム・ブライアント、ロングフェロー、クーパー、そして、ポーの姿までそこに認められる。女性作家のキャサリン・マリア・セジウィックもまたその場にいるのだが、彼女はこの殿堂の雰囲気とはしっくりなじまない様子だ。彼らは、いずれもホーソーンが何らかの接点があった文士仲間であり、「空想の殿堂」はここにおいて何やら十九世紀のアメリカ文壇交友録といった様相を呈するのである。

「空想の殿堂」に集うのは文学者ばかりではなく、経済人や発明家の一団の姿もそこにはある。この部分の描写に関しては、一八四三年版と『旧牧師館の苔』に再録されたものとの間にほとんど異同がない。富の秘訣を発見し、商機に聡いこの連中を「夢想家」と呼ぶ「私」は、「あの人たちの狂気は伝染するのです」(一七七)と語気を強めて語り、危険な存在として遠ざけようとする。続いて発明家や科学者が集う場所へと歩みを進める。語り手が唯一実名を挙げるのは、十九世紀当時「嵐の王」とも称され、科学的な天気予報の創始者とされるエスピー教授(James Pollard Espy: 1785-1860)である。大嵐を閉じ込めたゴム製の袋を携えていると描写されるこの人物は、初版と再録版のいずれにおいてもその名前が言及されているが、ホーソーンがその科学的な著作について、少なくともその評判を聞きつけていたことが想像される。エスピーの代表的著作である『嵐の原理』(*Philosophy of Storms*)は、「空想の殿堂」が世に出る二年前、一八四一年に出版されていたのである。

一旦人物紹介から離れ、語り手はこの殿堂が「現実世界の憂鬱と冷淡さからの避難所」(‘a place of refuge’ 一七八)でもあることを語る。「避難所」という言葉はアメリカという国家を形容するものとしてお馴染みのものであるが、クレヴクールが「この偉大なアメリカという避難所」(‘this great American Asylum’)(『アメリカ農夫の手紙』六八)と表現し、先述のマークスもまた言及しているアメリカの理念を想起させるだけではなく、十九世紀アメリカという歴史的文脈においては、種々の「保護施設」全般を暗示する可能性を否定出来ない。奴隷制廃止運動をその典型として当時において繰り広げられていた様々の社会改良運動は、刑務所改革と共に児童保護施設や精神的及び身体的障害を負った人々を保護するための施設の整備をも進めていった。一八一〇年以前にはほんの数えるほどしかなかった精神障害者保護施設は、一八六〇年には三十八州のうち二十八州に広まり、児童保護施設については一八三〇年代だけで二十三の施設が開設され、一八四〇年代には更に三十もの施設が建設されたという(ロスマン『保護施設の発見』一三〇、二〇六―七)。そして、これらの施設は、「現実世界の憂鬱と冷淡さからの避難所」として孤児や非行少年を隔離し保護するばかりではなく、収容者を「しつけ、改良する」(ロスマン 二一〇)ものでもあった。

この「空想の殿堂」は、十九世紀アメリカで展開された社会改良運動をその幻想的な光景の中に浮かび上がらせる。「避難所」の一節が、この殿堂と十九世紀の現実との結びつきにおいて断片的でしかないとするならば、「医術、政治、道徳、宗教の当時の傑出した社会改良家たち」(一八〇〇)以降の記述は、紛れもなく時代の改良運動を語り、このスケッチが潜在させるその時事的性質を露呈する。「人類の進歩」や「理論」など、この「落ち着きのない時代」を特徴づける言葉が並ぶ中で、社会改良家たちを痛烈に批判して、語り手は次のように述べている。

この避難所に住まう紛れもない改良家たち、あるいは自称改良家たちの一団について語ることには、きりがありません。この人たちは、落ち着きのない時代を代表する人々ですが、この時代にあって人間は、古くから続く習わしが織り上げてきたものを、まるで襤褸切れのようにすべて打ち捨てようとして余念がありません。この人たちの多くは、きらきらと輝く真理のかけらを手に入れ、そのあまりのまぶしさに目が眩んでしまったので、広い宇宙の中で他には何も見えなくなってしまったのです。ここにいるのは、ジャガイモを信仰する輩、長いあご髭が深遠にして霊妙な何らかの意味を蓄えている輩だったのです。たったひとつの観念をまるで鉄でできた殻竿武具のように振りかざす奴隷廃止論者がいました。要するに、善と悪、忠実と不実、知恵と愚行には何千もの姿かたちがあったのです。意見の一致などみる連中ではありません。(一八〇)

奴隷制廃止主義者を「たったひとつの観念をまるで鉄でできた殻竿武具のように振りかざす」輩と揶揄する部分は、ホーソーン自身の奴隷制廃止に対する消極的な姿勢を示すものとして批判的に引き合い出されることは大いにありそうである。けれども、ここで語り手が最も強調していることは、当時の改良運動がそれぞれに掲げる理論や理念を絶対的なものとして盲進することの危うさであり、二元論的な枠組みで「社会改良」が語られる事への深い懸念である。「善と悪については……何千という姿かたち」があるのである。ホーソーンはまたしても、初版に元々あった社会改良運動に関与した人物たちに関する記述を再録時に削除している。「ブルックファームの旧友たち」(六三七)やエマソン氏、そして民主党のブレーンであったオサリヴァンの名前を(6)ここに復活させれば、ホーソーンがこれら社会改良運動の関係者の輪の中で生きていた有様が、いよいよ生々しく作品に現前する。

さて、ホーソーン作品と時代との共振を見るためには、「空想の殿堂」の翌年、一八四四年五月に『グレアムズ・マガジン』に掲載され、のちに同じく『旧牧師館の苔』に収録された「地球の大燔祭」にも目を向けなければならない。「空想の殿堂」においていて総論的に語られた社会改良運動の実態が、「地球の大燔祭」ではいよいよ具体的に描写されてゆく。とある西部の大平原に続々と馳せ参じるのは様々の社会改良運動家たちであり、彼らが投げ込む品々で一層その火勢を増す大焚き火とは、それぞれの改良運動が取り組んだ成果の輝かしい証である。その描写が戯画的で痛烈な風刺に貫かれていることは、既に取り上げた「天国行き鉄道」や「空想の殿堂」と変わるところがない。そして、時を隔てず発表されたこれらの作品は、何れも執拗なまでにアレゴリカルである。

世の中に「山と積もった有害なガラクタ」(三八一)を全て焼き尽くそうと人々が大がかりな焚き火を熾したのは、「昔々、とは言っても過去のことか将来のことかは問題ではない」(三八一)とはぐらかしつつ、この物語が十九世紀アメリカの社会改良運動を揶揄する同時代の寓話であることは明白だ。この焚き火が先ず手始めに焼却しようとしている品々の属性とは、概ね過去のものである。特権的な貴族階級に付随する諸々の文物がホロコーストの生け贄とされ、数え切れないほどの勲章、古文書、そして貴族パトロンのもと育まれてきた「すべての麗しい芸術」（三八四）もその犠牲となる。旧弊を「ぶっ壊す」と絶叫する政治家に人々が喝采を浴びせる姿にも似て、火勢を増す大焚き火に「平民から成る見物人の群衆は歓喜の叫びを上げ、天を轟かす勢いで手を打ち鳴らす」（三八三）。過去とはすべて唾棄すべき「悪」であり、そのしがらみから解放された現在こそは「善」であるという二元論的思考が、このホロコースト全体を覆い尽くしている。燔祭の最初の供物とは「中世暗黒時代の薄暗がり」（三八二）に遡る旧大陸ヨーロッパの遺物であり、焦熱に煽られ若々しさと新しさに酔いしれる民衆の姿は、「若きアメリカ運動」というナショナリズムが一世を風靡した十九世紀半ばの熱狂を映し出さずにはおかない。そして次なる犠牲としてやり玉に挙げられたのは、「大樽、小樽、世の中のありとあらゆる酒樽」（三八五）である。はるばるアイルランドから駆けつけた禁酒運動の伝道師、マシュー師（Theobald Mathew: 1790-1856）を先頭に、後に続く同調者の一団は改良運動の一環としてすべての酒類を世の中から放逐することに邁進する。

既に「地球の大燔祭」に先立つこと十年近く、一八三五年に発表された「町のお喋りポンプ」においてホーソーンは時代の禁酒運動に言及し、「禁酒運動の熱に浮かされて足元が怪しくなる」（『トワイス=トールド・テールズ』一四七）と揶揄しているように、この運動の始まりは十九世紀の相当早い時期にまで遡る。アメリカで禁酒禁煙運動が本格的に組織化されたのは、一八二六年にニューイングランドで設立された「アメリカ禁酒協会」（American Temperance Society）とされており（ガスフィールド 四一）、設立後五年を経過した一八三一年にはこの運動に賛同する会員が早くも十七万人に達していたという（ガスフィールド 四八）。この禁酒運動もまた、第二次宗教大覚醒運動や奴隷解放運動、女性解放運動など当時繰り広げられた一連の社会改革運動と連動するものであり、事実、同じ人々が複数の運動に関わっていたことが指摘されている（レイノルズ 五）。「地球の大燔祭」で言及される「ワシントニアン」（三八五）も、一八四〇年に旗揚げされ労働者や下位中流階級の間で広まりをみせた一連の禁酒運動グループのひとつであっ

Woman's Holy War, Grand Charge on the Enemy's Works.（リトグラフ、Carrier & Ives, 1874、米国議会図書館所蔵）

た。そして、十九世紀前半に上がった禁酒運動の狼煙は南北戦争以後も消えることなく、一八七四年には女性参政権実現をも重要なアジェンダとする「女性クリスチャン禁酒運動連盟（WCTU）」（Woman's Christian Temperance Union）の結成に至る。挿絵のリトグラフは、「人道主義の名の下に」という錦の御旗をはためかせ、十九世紀前半に端を発した禁酒運動の勇ましさを何よりも雄弁に物語っている。そして、「地球の大燔祭」の語り手は、「切なく、冷たく、利己的で、低俗な世の中」（三八七）で唯一の慰めであったものを取り上げられてしまった「最後の酔っぱらい」の侘びしい境遇に、むしろ共感を寄せるのである。

続けてお茶やコーヒー、タバコといった嗜好品も火に焼べられ、一連の「組織的改革施策」（三八八）に煽られるかのように、個人もまたそれぞれの不要品を次々と火中に投げ込んでゆく。平和主義を標榜する改良運動家は大量の武器を投げ込み、ギロチンなどの死刑執行の道具が投入されるのも、やはり当時の死刑制度反対運動と連動する。[7] しかし、すべてを焼き尽くしたかに見えた大焚き火に、最後に焼べるべきものとして「陰気な顔つきの見知らぬ男」が「人の心そのもの」（四〇三）を挙げるとき、上がる火の手に嬉々とする社会改良運動家たちの「長年に渡って追い求めてきた完全さへの努力」(四〇三)も空しく、真の改革への道のりは遙かに遠のいてしまうのである。

「地球の大燔祭」は、十九世紀当時の社会改良運動の諸相を戯画化する。「天国行き鉄道」では「巨人超絶主義者」(一九七)が登場し、「空想の殿堂」では「奴隷制廃止主義者」(一八〇)が殿堂に集っていたが、「地球の大燔祭」では「博愛主義者」(三八九)を新たに加え、ここに時代の社会改良家たちが勢揃いする。そして、「地球の大燔祭」が「もし私たちが知性を極めることなしに、ただ儚い手段に頼って間違っているものを見つけ出し矯正しようとするのであれば、すべての成果はひとつの夢でしかなくなるのです」(四〇四)という警句で閉じられる時、ホーソーンの視線の先にあるものが実のところ焚き付けられてしまうそれぞれの「モノ」ではなく、この焚き火を取り巻く様々の「イズム」とその主張を声高に叫ぶ信奉者たちの精神であることが明らかとなる。「落ち着きのない時代」の「意見の一致などみることのない連中」を描写する一連のスケッチは、ホーソーンの鋭利で辛辣な社会時評なのである。

3 政治と文学

一八四〇年代にホーソーンが発表したこれら一連の作品は、マシーセンにあっては

「未熟なテーマの覚え書き」（二三九）に過ぎないと片付けられてしまうのだが、これまで見てきたように、寓意的で空想的な装いの中に確実に時代の精神を内包している。空中楼閣にばかり目を向け、現実世界からは隔絶しているかのようなこの作家の一般的な印象は、ここでひとまず置いておかなければならない。進歩と改良が当時の政治をも巻き込む一大スローガンであった十九世紀という時代を考え合わせてみれば、社会改良運動を痛烈に揶揄するこれら一連のスケッチは、作家ホーソーンが作品に忍ばせた相当に大胆な政治的発言でもある。そして、十九世紀前半において文学と政治の関係は、想像する以上に緊密であったのである。

政治と文学が十九世紀アメリカにおいて密接な関係を維持出来た背景には、ジョン・オサリヴァンがその編集者として一八三七年十月に創刊した雑誌、『デモクラティック・レビュー』の果たした役割が大きい。創刊号の「序文」において、オサリヴァンは、国家の進歩が現在深刻な状況にあるとした上で、この雑誌が「崇高にして神聖な民主主義」（『デモクラティック・レビュー』創刊号 一）を擁護する手段として発刊されたことを高らかに謳う。「最良の政府とは、最小の統治を行う政府」（六）であり、「ジェファーソン流民主主義の理論」（八）を語ろうと努め、「民主主義とは人類の大義である」（十一）と宣言し、民主主義への熱い思いが綴られてゆく。そして、文学が民主主義に対して果たすべき役割についても、更に熱烈にオサリヴァンは次のように語る。

しかし、従来思われていた以上に重要な影響力を行使するものとは、我らが国民文学の影響力である。正確を期して言えば、我々には国民文学というものがない。我々は自らのために考え書くに際して、ほとんどそのすべてをヨーロッパに、殊にイギリスに依存している……我々には相当数の作家がいるが、国民文学たるものを形成するものはいない。アメリカ国民文学の重要な規範とは、民主主義でなければならない。我々の思考は、イギリスの過去と現在の文学に隷属しているのである。……しかし、我々はイギリスの跡を追うべきではない。……我々は、ヨーロッパに道徳的感化力を行使しなければならない。だが、我々の存在は今もって認知されてはいない。かくなる上は、ひとつの国家が自ら声を挙げ、世界にその存在を知らしめることを可能とする自国文学に依るしか他はないのである。（一四－一五）

さらに『デモクラティック・レビュー』十一号（一八四二年八月）に掲載された「民主主義と文学」というエッセイでは、「文学の精神と民主主義の精神は同一である」（一九六）と主張し、オサリヴァンは再度両者の密接な結びつきを強調する。そして、バンクロフト、チャニングらと共にホーソーンをアメリカの第一級の作家として紹介し、アメリカ国民文学の醸成と民主主義進展の使命を彼らに託すのである。オサリヴァンとは「政治世界と文学世界との間を繋ぐ要としての役割」（ウィドマー 六二）を果たした人物であり、『デモクラティック・レビュー』は両者の主張を伝える媒体として機能したのである。

オサリヴァンの寄稿の呼びかけに応え、ホーソーンはこの雑誌に二四もの作品を寄せている（ウィドマー 七二）。本論で取り上げた「天国行き鉄道」も、初出は『デモクラティック・レビュー』十二号（一八四三年五月）誌上であり、ホーソーンの一連の作品が、文学を民主主義拡張のひとつの強力な手段と見做していた同時代の政治状況と決して無縁ではなかったことを改めて思わせる。しかし、ホーソーンの『デモクラティック・レビュー』への度重なる寄稿は、必ずしもその政治的信条から発したものであるとは限らず、逼迫した作家の経済事情が介在していた。ソフィアとの結婚後、執筆活動に専念し職業作家としてその生計を立てることを試みたコンコード時代のホーソーンであったが、生活は苦しく、ついにはボストンにいた妻に宛てた手紙で、「政府の仕事だけが、救貧院に取って代わるものなのです」(一八四四年十二月六日付、『手紙』七二)と書くまでに経済的に追いつめられていた。事実、幸せな新婚生活を送った「古い牧師館」も、年一〇〇ドルの家賃が払えず滞納しがちとなり、一八四五年十月にはこの住まいを明け渡さなければならなくなったのである。

しかし、ホーソーンはその友人や仲間たちという人脈に恵まれていた。作家を取り巻く「共通の利害に立つネットワーク」(トムキンズ 三三)は強力で、困窮状態にあったホーソーンにお金を用立て、その借金を立て替えたのはボードゥン大学同窓のブリッジ(Horatio Bridge)やオサリヴァンであった。オサリヴァンは、ホーソーンの娘ユーナの名付け親でもある。『デモクラティック・レビュー』十六号(一八四五年四月)掲載の記事「ナサニエル・ホーソーン」が、ホーソーンの作品を詳細に紹介する情熱的な書評であり、「詩人は生き、そして飢えている」(三七六)とその窮状を世間に切々と訴えかけているのを目にすれば、ホーソーンと政治や社会状況との関わりが、民主主義をキーワードとしつつも、一定の支援者のサークル内で発生した極めてパーソナルな側面を有することが明らかとなるのである。

このように、ホーソーンがオサリヴァンと個人的に極めて近しい関係にあったことは事実であるとしても、二人が政治信条と社会認識をも緊密に共有し合っていたかどうかは疑わしい。オサリヴァンは、「明白なる宿命」(manifest destiny)[8]の提唱者として知られるが、自由と民主主義を世界に遍く伝播することはアメリカが神から与えられた使命であるというこの主張は、時代の進歩思想や楽天的世界観と共鳴し合うものである。ホーソーンをはじめとする『デモクラティック・レビュー』に寄稿していた作家たちは、何れも「誠意や関わり方の程度に差はあれ、この新しい民主主義を支持」(ホーフスタッター 一五六)していたとされるが、十九世紀のデモクラシーに殊更顕著であったその進歩思想についてまで、ホーソーンは果たして同調していたのであろうか。[9] 先に検討した「空想の殿堂」においてミラー師とその一行に語り手が言及していることは、当時の終末論を介して作家の世界観について洞察を与えてくれるかも知れない。

ウィリアム・ミラーは一七八二年、マサチューセッツ州ピッツフィールドに生まれ、農業に従事した後独学で聖書を学び、キリストの再臨を待望するセクト、「ミラー派」

（Millerites）の指導者となった人物であるが、十九世紀半ばに二度にわたって終末の日を予言したことで知られている。(10) 言うまでもなくいずれの終末予言も外れたが、その終末論がキリストの再臨の後、至福千年が訪れるという「前千年王国論」（premillennialism）に立つものであったことは、「時代を覆っていた楽天主義と歩調を合わせる」（スミス 二二八）「後千年王国論」（postmillennialism）と著しい対称をなすものとして興味深い。一般に「千年王国論」として一括りにされてしまうことの多いこの言説は、「無千年王国論」（amillennialism）を含めて実際は極めて多様性に富んでいる。社会は時と共に完成へ近づき福音宣教の業も益々進展してゆくという「後千年王国論」と、世の中はいよいよ退廃の道を歩みそして終末に至るという「前千年王国論」とでは、キリスト再臨の時期を軸として、それぞれの世界観においておよそ正反対の性質を有している。すなわち、「後千年」は楽天的で十九世紀の進歩思想とむしろよく馴染み、「前千年」は人類の堕落は押しとどめようもないという悲観論に彩られているのである。

「ミラー師の教義と、私たちがたったいま目にした改良家たちの信条との対照がどれほど際立っている（picturesque）か見てご覧なさい」（一八一）という「空想の殿堂」の一節は、十九世紀半ばに展開された千年王国論を背景に、当時の楽観、悲観それぞれの対称的な世界観を反映する。「新しいアダムとイヴ」ではその予言は実現し、「クリスマスの宴」においては終末の到来の遅れに苛立ちを隠さないミラー師であるが、常々社会の進歩や「人類の完成」(「空想の殿堂」一八二)に懐疑的であったホーソーンは、楽天的な世の中に警鐘を鳴らすその終末論に強い関心を抱いていた(メロー 一二三四)。「アメリカ国民文学の重要な規範とは、民主主義でなければならない」と宣言する『デモクラティック・レビュー』は、ホーソーンにとってその作品を発表する貴重なメディアであったが、その軒先を借りながら作家が試みていることは、民主主義の名の下に進歩思想と膨張主義を忍ばせる時代のイデオロギーに対して放たれたアンチテーゼとも映る。

『デモクラティック・レビュー』を中心に多作な時期を過ごした作家は、しかし、「世間から一向にその作品が認められないあるアメリカ人作家」(「地球の大燔祭」三八九)であった。ペンと紙を火に焼べ、「少しは見込みのある職業」への転身の道を模索したホーソーンは、またしてもオサリヴァンの口添えでセイラム税関の検査官となるのである。

4　税関から「税関」へ——寓意破壊の衝動

さて、念願の官職にありつき、ようやく経済的苦境から脱したホーソーンであったが、それも長くは続かない。セイラム税関での勤務は一八四六年三月に始まったが、ホイッグ党のザカリー・テイラーが四九年に大統領に選出されたことで、同年六月に再びその職を追われる。そして、一旦は職業作家であることを断念し政府の役人となっていたホーソーンは、再び創作活動に立ち戻るのである。作家の代表的著作である『緋文字』は、この三年三ヶ月に及ぶ作家活動の空白を経て世に出た。しかし、本稿でこれまで論じてきた四十年代のホーソーンのスケッチが、アレゴリカルな表現の中にも何れも十九世紀という時代を生々しく映すものであったことに対し、『緋文字』の十七世紀アメリカ植民地という舞台設定は、騒がしい十九世紀の現実から一見遊離してしまったかに見える。果たしてその創作活動の空白は、十九世紀現在との接点を失わせてしまったのであろうか。けれども、『緋文字』の読者は、いきなりその第一章の「監獄の扉」の前に立つわけではない。本編に先立つ長い序文、「税関」[11]の扉をくぐり抜けなければならない。「税関」は、創作活動の空白を埋めるかのように、作家の時代十九世紀と作品の舞台である十七世紀とを結ぶ。「税関」とはしばらく執筆から遠離っていた作家の筆馴らしであり、十九世紀の現実と折り合いをつけ、語りの再開を静かに宣言する。

この「税関」の語り手である作者の置かれていた立場について、マイケル・ギルモアは、簡潔ながらに、しかし的確に要約している。

ホーソーンとは、職業人の男性で、かつては貴族であり、今は税関検査官という政府の名誉職を失って途方に暮れている、文学活動に従事している失業者である。（ギルモア 一二三四）

しかし「税関」は、以前の職場について「文学活動に従事している失業者」という身の上から現在の心境を吐露する単なる恨み節ではない。「税関」という序章を書く動機とは、「自伝を語る衝動」（『緋文字』三）に「私」が捉えられたためだとされているが、「語る」という行為は対象があってこそ成立する。語り手がこの「税関」で試みようとしていることは、彼が「世間」と呼ぶ読者との良好な関係性の再構築に他ならない。

そして、その「世間」とは、輝かしい「社会改良」が時代の進歩のかたちであることを信じて疑わない十九世紀という時代に生きる読者なのである。

「税関」は先ず、個人的思い入れと追憶を織り交ぜながらセイラムという港町を紹介し、職場であった税関とその怠惰なる官僚たちの描写が続く。一旦税関の描写を離れると、脳裏に浮かぶのは、かつての文学仲間たちのことである。エマソン、チャニング、ソロー、そしてロングフェロー。何という夢想家たちだったことだろう。しかし、関税検査官の「私」からは、悲しいことに「想像する喜び」(二六)というものが今ではすっかり失われてしまった。税関勤めの身の上で、文学的素養など何の役にも立たなくなったことを語り手は嘆く。

これら一連の描写において常にそこに存在するのは、過去と現在の執拗なまでの対照である。現在のセイラムは気だるく微睡み、衰亡感が隠しようもなく町全体を覆っているが、この町にもかつて栄華を極めた時期があった。ただひたすら惰眠をむさぼる年老いた税関の官僚たちにしても、その壮年期には勇敢な船長として人生の荒波に立ち向かう日々があった。そして、有能な実務家として日々業務に勤しむ「私」も、以前は「文学的名声」(二六)を夢見たことがあったのだ。そこに突然、瞑想から覚醒するかのように「過去は死んではいなかった」(二七)という言葉が響く。「私」は「政治的死者」(四三)[12]ではあっても、文筆家としての「過去」は死んではいない。税関の二階で偶然にも発見したジョナサン・ピュー氏の残した手記と緋文字のぼろ切れがその想像力に再び火をつけ、ヘスター・プリンという女性の物語を書くという「後輩としての義務」(三三)に「私」は目覚めたのである。「過去は死んではいなかった」という宣言は、二重の意味においてそうなのだ。「私」は今、そのパーソナル・ヒストリーにおいて再び文筆家として甦ろうとしている。そして「私」の再生を促し再び筆を執らせたものとは、死に絶えることなく現在に力を行使する他でもないアメリカのナショナル・ヒストリーなのである。個人も国家も、その再生への秘訣は「過去」にこそあるのではないか。現在のセイラムを覆う衰亡感をぬぐい去るためにも、「私」は「過去」へと誘われるのである。

『緋文字』本編で描き出される十七世紀植民地という過去は、しかし、決して静的なものではない。それは現在から断ち切られた過去ではなく、時間の連続性を維持し、作者の現在と共鳴する。作品の舞台となっている十七世紀ピューリタン植民地とは、事物を観念の表象として捉える心情に覆われ、流星などの自然現象に神の特別啓示を集団として見る寓意的精神が支配する場であった。しかし、十九世紀人ホーソーンの想像力は、ピューリタン本来の精神風土を十全に踏まえつつも、極めて意識的にその精神構造を侵食する。晒し台の上に立ったディムズデイルが「告白」をするあの衝撃的な場面において、ある者は牧師の胸に「緋文字」が刻まれていたと断言し、またある者は牧師の胸は赤子の胸のように何の印もなかったと否定する。物語も終盤にさしかかった晒し台の場面で、飛び交う「ひとつならずの解釈」（二五八）を前にして動揺する群衆の姿とは、十七世紀のピューリタンたちのものであるよりも、むしろ不一致と不協和に軋んでいる十九世紀アメリカの混乱を投影する。

ピューリタン共同体を中心にすえながら「ディセンサス」の時代である十九世紀に生きる作家ホーソーンの感性は、もはや集団の統一された解釈に安住する寓意的精神構造を許容せず、それを破壊する。アレゴリカルであるのは十七世紀ニューイングランドの精神風土であって、必ずしも作品の採る文学様式ではない。『緋文字』において、作者は正統的なアレゴリーからの逸脱の度合を強めてゆく。ヘスターの胸にある「A」の文字もアレゴリカルな呪縛から解かれ、その意味は如何様にでも変容する可能性を帯びた。「緋文字」は「姦淫（Adultery）」から「有能（Able）」（一六一）へ変容したのみならず、今となってはアメリカの頭文字「A」であろうとも一向に差し支えはない。再び共同体に舞い戻ることになったヘスターの役目とは、「相互の幸福というより確かな土台」(二六三)が打ち立てられる時を希求しつつ、この動揺する人々の中にあって「共感」の在り方を模索することであったのではないだろうか。

「税関」に話を戻そう。この序文において提示される「中立地帯」('a neutral territory,' 三六)とは、芸術家ホーソーンの創作態度の表明であると同時に、「十九世紀の美学の推移」や「象徴主義」といった陳腐な言葉で語られるような狭義の美学であることを超越し、個人と社会との関係性をも示唆する。税関を政変によって追放され、文筆家として復帰することとなった語り手は、現実世界との関わり方においても新たな方向を模索する。革命の嵐が吹き荒れるヨーロッパは言うまでもなく、アメリカにおいても世情は不安定さを増していたが、作家は現実社会の混沌から目を逸らし、その作品世界に逃避しようと言うのではない。ただ、現実社会との間には一定の「距離」('remoteness,' 三五)が必要だと「私」は言う。「税関」で用いられる「月光」というメタファーは事物を異化し、日光によって照らし出されるのとは別の相貌を浮かび上がらせた。『緋文字』の舞台である十七世紀植民地という過去も、必然的に現在との

「距離」を生み、時間というものが月光に代わって「アメリカ」という対象を異化する。そして、政治の現実と社会改良運動の実態を目撃してきた作家の知性に基づく想像力は、二世紀前の「アメリカ」に十九世紀現在の現実を投影するのである。第二十二章「行列」において行進する植民地の指導者たちに漲る「自負心」（'self-reliance'、二三八）とは、十九世紀においてはエマソンが提唱した時代の思潮でもある。本論でこれまで検討してきた一八四〇年代のホーソーンの短篇は、鉄道や大焚き火に準えて十九世紀現在のアメリカを戯画化するものであった。いずれもアレゴリカルな作品であるが、これらの「未熟なテーマの覚え書き」を経て、ホーソーンのアレゴリーは進化する。時代を騒がす社会改良運動も、「若きアメリカ」も、一旦「中間地帯」に置いてみれば、それぞれの新たな形象が浮かび上がるのではないか。「税関」の「中間地帯」とは、アクチュアルであるよりもリアルであることを志向し、作家にとって新たな表現手段の発見であると同時に、作家と読者、作家と時代との新たなスタンスの発見でもあるのだ。

いよいよセイラムの町は、そのアクチュアルな実体を失いつつある。「この町はまるで現実の土地にある町ではなく、空想の雲の国にむくむくと生えてきた村」（四四）

のようで、そこに住んでいるのは「想像上の人々」（四四）になってしまった。そして、「私」はついに「どこか別世界の市民」（四四）であることを宣言する。「私」は市民ではあっても、セイラムの市民では最早なく、アメリカの市民であることすら放棄しかねない。全般に抑制の効いた「税関」の筆致は、ここに至って極めてラディカルな宣言と化す。それは、「世界の法律は彼女の法律ではなかった」（一六四）というヘスターの過激さと共鳴する。『緋文字』の序文として付せられた「税関」とは、政治と美学が交差する場である。腐敗とは言わないまでも倦怠感漂う税関、その税関から政治闘争の力学によって職を追われるという生々しい現実。語り手はやがてこの現実を超越し、その想像力を「中立地帯」に展開し、アメリカの「集団の記憶」（'collective memory,' ピーズ『幻想の盟約』四六）に「共感」の在り方を探るべく、十七世紀に誘われるのである。

■註

（1）バーコヴィッチは、十九世紀中葉の南北戦争前という時期を「不協和の時代（a period of dissensus）」と規定している（六三三）。「9・11」以降のアメリカとは、そして、第二のベトナム化を懸念する多数の声を振り切ってジョージ・ブッシュが闇雲にイラクへ介入し続けるアメリカとは、十九世紀中葉のそれ以上に「ディセンサス」の時代と言えるのではないだろうか。Bercovitch, "The Problem of Ideology in American Literary History."

(2)"There they stood amid the densest bustle of Vanity."(「天国行き鉄道」二〇一)

(3)蒸気機関車とは「現代の改良」(一九一一)が産み出したものであり、「困難の谷」のトンネル工事で出た土を利用して、「屈辱の谷」を埋め立てたのも「すばらしい改良」(一九二)と描写される。「私」が相次ぐ「改良」に感銘を受ける有様は、社会改良運動が繰り広げられ、「進歩」を喧伝した十九世紀アメリカ社会の在り方を如実に反映している。

(4)社会改良家のリプリー(George Ripley: 1802-1880)によってボストン近郊に設立された実験的共同農場。フランスの社会主義者、フーリエの主張に感化されたこの運動は、当時の超絶主義者たちの共感を呼ぶものであったが、ホーソーンもこのユートピア運動に関心を持ち、一八四一年四月から農場での生活を始める。しかし、理想と現実との落差に失望したホーソーンは、それから僅か六ヶ月後の同年十月、失意の内に農場を去った。後にホーソーンがこの運動に対して辛辣であったことの背景には、彼がこの運動に出資した一五〇〇ドルもの大金が有耶無耶となり、結局回収出来なかったという経済的事情も絡んでいる可能性がある。

(5)「若いグッドマン・ブラウン」("Young Goodman Brown" 1835)では、ブラウンの森での体験が(悪)夢であったとは断言されていない(八九)。しかし、「若いグッドマン・ブラウン」もまた、濃厚に『天路歴程』の影響を窺わせる純然たるアレゴリーであって、旅物語という枠組みや怪しげな同行者、そして物語の基調としての混沌など、両短篇のモチーフは極めて類似する。

拙著『アレゴリー解体』(英宝社、二〇〇四)第一章「アレゴリー解体――「若いグッドマン・ブラウン」あるいは失われた自己の物語――」を参照。

(6)オサリヴァンは実名ばかりではなく、「ラパチーニの娘」("Rappaccini's Daughter," 1844)の「序文」では「ベアハーベン伯爵」として言及されている。ホーソーンは、オサリヴァンがアイルランドの貴族の血統に連なることから、日頃「伯爵」と徒名で呼んでいた。また、『七破風の屋敷』(*The House of the Seven Gables*, 1851)のホールグレイヴ(Holgrave)のモデルとしても、オサリヴァンの名前は取り沙汰されている。J. Donald Crowley, "Historical Commentary," 523.; Widmer, *Young America*, 19, 78.

(7)十九世紀の死刑廃止運動は、懲罰から「犯罪者の更正」に主眼をおくようになった当時の刑務所改革運動と歩調を合わせるものであったが、「地球の大燔祭」との関わりで特に注目すべきことは、ホーソーンと極めて親しかったオサリヴァンが、このスケッチ出版の同時期に死刑制度廃止に関して積極的に発言をしていることである。

> 「社会が極刑をもって臨むということは、人を殺人の罪から踏み止まらせるべくその心に道徳的影響を与えようという目的を以てしても、実のところ自殺行為である——極刑の紛れもない傾向とは、その本来の目的を損なうものなのだ」(『合衆国における死刑制度』五二‐三)

そして、オサリヴァンの一連の主張は「汝殺すなかれ」や「神、その似姿にて人を創りたまえり」など聖書からの引用を論拠に展開されており、当時の宗教復興運動とも連動するものとして興味深い。John O'Sullivan, "The Report in Favor of the Abolition of the Punishment of Death by Law," (1841).

(8)アメリカの国力が膨張し、世界にその影響を及ぼしてゆくという思想自体は十九世紀以前から存在したが、「明白なる宿命」という言葉は、『デモクラティック・レビュー』十七号(一八四五年七‐八月)に掲載された論文「併合」("Annexation")で使用されたのが最初である（『デモクラティック・レビュー』五）。

（9）マシーセンは、ホーソーンが民主党員であり且つ保守主義者であることを「パラドックス」だとしている。Matthiessen, *American Renaissance*, 318.

（10）終末待望論は一八四三年に高まり、具体的な日付として予言されたのは一八四四年四月十八日と同年十月二十二日であるが、この予言が何れも外れたことからミラー派は人々の信頼を失い、「大いなる失望」と称された。Kirpatrick, "William Miller," *Encyclopedia of the United States in the Nineteenth Century*, Vol. 2, 332.

（11）「税関」という序文について、アラクは「余剰」（gratuitous）と呼び、バーコヴィッチは「裂け目」（hiatus）と呼んでいるが、何れも作者ホーソーンと主人公ヘスターとイデオロギー的な関係が発生する重要な部分と見なしている。Bercovitch, *The Office of The Scarlet Letter*, 107.; Arac, "The Politics of The Scarlet Letter," 251-2.

（12）語り手は、「税関」中三度に渡って自らの失職について「ギロチン」というメタファーを使用しているが、単なる文学的メタファーである以上に、当時ヨーロッパで吹き荒れていた革命の嵐が反映しているとの指摘がある。Bercovitch, *The Office of The Scarlet Letter*, 75.; Larry J. Reynolds, "The Scarlet Letter and the Revolution Abroad," *American Literature* 77(1985), 44-67.

第五章

メルヴィルの小説における死と感傷

一八五〇年代の短篇に見る反センチメンタル・レトリック

西谷拓哉

ハーマン・メルヴィルは一八五一年に『白鯨』、その翌年に『ピエール』と意欲的な長篇小説を出版したものの、読者に受け入れられず商業的に失敗した後、ジャンルの転換を図るべく五十三年から五十六年にかけて雑誌に十数編の短篇を発表していった。それらはマシーセンの『アメリカン・ルネサンス』ではほとんど触れられておらず、かつての批評家の中にはこの頃のメルヴィルの創作力の衰えを指摘する声もあった。しかし、一九六〇年代あたりから見直しがなされ、古くはQ・D・リーヴィスの論考、近年ではハーシェル・パーカーの浩瀚な評伝がつまびらかにしているように、

『ピエール』に対する囂々《ごうごう》たる非難と経済的苦境に直面しながらも、メルヴィルは短篇という新しい世界へ移行するにあたって時代の流行を敏感に取り入れつつも、それと拮抗するような独自の芸術的挑戦を図ろうとしていた。

商業性と作家性を両立させながら生き延びるために、メルヴィルはこの時期にどのような戦略をとったのか。それを明らかにするために、本章では一八五〇年代の短篇をいくつかとりあげ、そこに描かれている死の様々な意匠を検討する。それらの作品では登場人物の死そのもの、あるいは語り手がそれを受けとめ、追憶する行為が物語の焦点となっているが、登場人物の死の描写に見られる感傷性はメルヴィルが当時流行していたセンチメンタル・フィクションを視野に入れ、読者の嗜好に添うような作品づくりを目指していたことを窺わせている。しかし、いずれの短篇においても、結局、作者の筆はそれとは反対に感傷性の否定へと向かっている。メルヴィルのセンチメンタル・レトリックの中には既にして反センチメンタリズムへの契機が含まれているのである。本章ではそのような二重性に留意しつつ、一般的に感傷性が最も強く現れると思われる結末部分を集中的に読むことを通して、時代の流れに対峙しようとするメルヴィルの作家的矜持を探ろうとするものである。

1　読みのリアリズム

本章で死をテーマとした理由はもう一つある。それは、奇妙な言い方かもしれないが、最近頻りに「読みのリアリズム」ということを考えるからである。英米文学の論文を読んでいても、考察の対象となっている作品が本当にわかったと思わせるようなものに出会うことは数少ない。いわゆる文学理論に拠って書かれたものが多いためか、読み方にその人自身の刻印と言うべきか、「ああ、この人は作品の核心を確かにその手で摑んだのだな」というリアリティを感じないのである。では、お前はそんな読み方ができているのかと問われれば、正直言ってできていない。理論は特に使わないし使いたいとも思わないが、右で述べたことは他人事ではなく、自分の読み方が様式化し、作品の上っ面をなでるものにしかなっていないのではないかというのが、英米文学がどうこうというよりも、個々のフィクションを読み、教えることに携わっている者として、現在、私が抱える最大の不安なのである。

メルヴィルの小説についても自分の読みの足りなさを痛感したことがある。「バートルビー」（一八五三）で、語り手の弁護士は不可解な書記がいつのまにか自分の事務所を住処にしているのを知る。夜、誰もいなくなった事務所でバートルビーはひとり暮らしていたのである。語り手が部屋の中を調べると、毛布、靴墨、ブラシ、石鹼、チーズのかけらなど、細々とした品が見つかり、語り手は言いようのない寂寥感に襲われる。ここまでは私も頭でわかる。しかし、バートルビーの孤独を本当に実感できたのは、同じ箇所にある、ソファーに「痩せた人が横たわった跡がかすかに残っていた」(二七)[1]という記述を同僚に指摘されたときだった。完全に見逃していた箇所だが、言われてみれば、ソファーの窪みからは静かに身を横たえるバートルビーの姿が想像され、そこにふとその体臭、いや死臭が立ちのぼるようではないか。あるいは教室で「ベニート・セレーノ」(一八五五)を読んでいたときのこと。黒人たちが手斧を研いでいる場面で、ある学生が斧の鉄錆びの臭いは血の臭いと同じだと指摘した。ぞっとした。この場面には臭いの記述は直接にはない。だが、その指摘を受けてはじめて、私には黒人反乱時の生々しい殺戮の光景が現出したのである。

「読みのリアリズム」とは、このようにほんの小さな記述から、読者が作品世界の生死の相貌を自分の体感として経験する瞬間のことである。しかし、どうしてこういう箇所が読み取れなかったのか。ここには解釈のテクニックなどということを越えた本質的な問題があると感じ、折に触れ考えていた。答えは、シナリオライターの笠原和夫に取材した聞き書き『昭和の劇』（二〇〇二）を読んでいたときに出た。結局、自分は人間の死とまともに向き合ったことがないではないかと。笠原和夫は東映で『仁義なき戦い』（一九七〇〔昭和四十五〕）をはじめ、数々のやくざ映画、戦争映画を書いてきた人であるが、この聞き書きの中で、日本の、特に戦後の映画にはリアリズムがないことを何度も強調する。一例として、自身が脚本を書き、山下耕作が監督した『あゝ決戦航空隊』（一九七四〔昭和四十九〕）で、特攻隊員が出撃前の別盃の際、全員同じ方を向き、同じ顔をして並んでいるという演出に強く異を唱え、死に向き合った人間は一人一人違った顔をしているはずだと、その様式主義を批判する。戦前、戦中、戦後を経てきた自らの経験として、人間は必ず裏側に腐臭をひきずっている、「切羽つまってしまえば人を殺して肉を食ったやつだっている」（二〇四）のが自分たちの世代だと言うのである。死に直面した人間はきれいごとなどしはしないというのが笠原和夫の人間観だとすれば、そのリアリズムとは要するに死から生を捉える視点のことである。しかし、日常をのうのうと生きているこの私の一体どこにそんな眼があるか。バートルビーであれ、黒人奴隷であれ、死に向かい合った人間の切実さをとど

めた細部を見逃すはずである。(2)

2 小説という墓碑銘

このような意味での「リアリズム」から見ると、小説というものは結局のところ、個々の人間の死とそれを受けとめる人間の姿を描くものなのではないかと思えてくる。小説や映画、あるいはその他のフィクションにおいて、なぜあのように繰り返し、人の死が描かれるのか。それは人間が死ぬべき存在であるにもかかわらず、死をけっして経験し得ないからだろう。映画監督の吉田喜重は、死の表現は結局、偽りのものにしかなり得ないと述べている。その理由は、「私たちは必ず死ぬ運命を背負っている存在でありながら、実はその死を死ぬことができない。そういう矛盾した私たちの存在が、死を語るのをむずかしくしている」(一六七)からである。そのような「矛盾」、あるいは生と死の間の、けっして埋められない空隙の意識が私たちの想像力を刺激し、フィクションを通して様々な死の表現を行なわせるのだろう。人がそれを書き、あるいはそれを読むのは、自らは自らの死の瞬間を描き得ないがゆえに、他者の死によってそれを代替的に経験したいという欲求があるからだ。

そのとき小説はいわば、忘れがたい死を記憶にとどめるための墓碑銘となる。エドガー・A・ドライデンはメルヴィルの後期作品に見られる死を扱った論考の中で、ロマン派の詩人ワーズワスにとって墓碑銘は言語による創造行為の象徴的な雛形であり、ワーズワスが死者を追悼し、墓碑銘に文字を刻む行為を生者と死者の二つの世界をつなぐ「優しいフィクション（tender fiction）」と呼んだことを紹介している（三〇〇）。ロマン派詩人から強い影響を受けていたメルヴィルもそのような文学の働きを強く意識しており、死と文学を切り離して考えることはできなかったのである。

しかし、そのように作者（あるいは読者）の生と他者の死を介在させようとする小説の営みはある意味で両義的なものである。小説が誕生した時代から現在に至るまでなお続く近代的な産業主義、効率主義の価値観が教えるのは、すぐ目の前の生活を最優先し、死んでいった人間、消え去ったもののことなど早く忘れて前へ進めということである。私たちは死に関しても、その意味づけはもとより葬送、埋葬の方法に至るまで合理化を進め、いかに死を適切に、迅速に処理するかということに腐心してきた。小説もまた登場人物の死を通して読者にカタルシスを与え、読者がその内面で自分自身の死を処理することを助ける近代的な方法の一つだったのだろう。しかし、その反面、小説を書くこと、それを読むこと、さらに読み返しさえすることは、人の死をぐずぐずと、いつまでも追憶する行為に他ならない。その意味で小説には本質的に反近代性が内包されているのである。

3　メルヴィルと雑誌の世界

メルヴィルの後期作品にはこのような両義性がとりわけ鮮明に現れている。『白鯨』もそうだが、一八五〇年代以降の短篇小説や詩には語り手が過去を回想し、今は亡き人のことを物語るという形式をとるものがいくつかあり、後期作品の代表的なパターンとなっている。この追悼という形式にはおのずから感傷性が備わるものだが、冒頭で述べたように作品内部でその扱いに反転が生じる点がいかにもメルヴィルらしいのである。

センチメンタル・レトリックという観点からメルヴィルの雑誌短篇について考える際、近年の論考の中で特に参考になるのがシーラ・ポスト＝ローリアの『対応する彩色』（一九九六）である。これは全体としては当時のアメリカ文学界の動向とそれに対するメルヴィルの反応を具体的に検証したもので、その第三部においてメルヴィルの短篇が扱われている。批評の系譜からすれば、ジェイン・トムキンズが『煽情的な構図』で行なった十九世紀の感傷小説の再評価と、デイヴィッド・S・レイノルズが『アメリカン・ルネサンスの基層』（一九八八）で行なった、大衆文学やその他の周辺文学がアメリカン・ルネサンスの作家に与えた影響関係の考察、この二つの流れを汲むものである。

ポスト＝ローリアが強調するのは、メルヴィルと雑誌の関係は一見そう思われているのとは逆に、けっして敵対的なものではなく、むしろメルヴィルは雑誌の編集方針に細かく留意して執筆しており、また、それによって長篇では実現できなかったような多数の読者を得たという事実である。メルヴィルが短篇を発表した雑誌は『ハーパーズ・マンスリー・マガジン』と『パトナムズ・マガジン』であるが、両者は正反対の性格を持っていた。『ハーパーズ』は当時最も保守的であった雑誌の一つで、中流層に訴えかけるセンチメンタリズムを売り物にしていたが、かたや『パトナムズ』は前者に対抗して感傷的なレトリックを拒否し、政治的にも先鋭で、奴隷解放運動をはじめとする当時の時事問題にも積極的に発言を行なっていた。ただし、発行部数は圧倒的に『ハーパーズ』が上回っていた。『ハーパーズ』は一八五〇年の創刊だが、最初の六カ月で七五〇〇から五万部に増え、六〇年には二十万部に達しているのに対し、『パトナムズ』は五十三年の創刊時に二万部で、その後部数は減少していった（ベルー三八―三九）。ポスト＝ローリアによれば、メルヴィルはそれぞれの雑誌にふさわしいレトリックを採用して見事に短篇を書き分けている。したがって、そのことを考慮せずに短篇群を執筆順に並べて集合的に捉え、そこに主題の共通性を見出すような従来の分析方法では、メルヴィルの創作意識の実態が充分に見えてこないというのである（一六三―六四）。

二つの雑誌の編集方針に着目し、当時の雑誌文化の文脈の中にメルヴィルの短篇を置こうとする方法はきわめて明快であり、この時期の短篇群に関して新たな知見をもたらすものである。しかし、作品解釈のレベルになると、ポスト＝ローリアの分析はいささか単純であり再考の余地を残している。確かにメルヴィルは『ハーパーズ』と『パトナムズ』双方の読者に受け入れられるべく、それぞれの論調に添って短篇を書き分けていた。そこには原稿収入の確保という経済上の理由が大きく関係していたのではあるが、雑誌の性格に即した分類からこぼれでる部分にこそメルヴィルの作家性が現れているように思われる。そのことをまず「バートルビー」に即して考えてみたい。

4　「バートルビー」の語り手と老い

「バートルビー」の語り手である弁護士は物語の冒頭で、公私にわたり書記という風変わりな人間を多数知っているので、「その気になれば、善良な紳士方がほほえみ、感傷的な人たちが涙を流すようなさまざまな逸話を語ることができる」(十三)と述べている。この一節には、雑誌という新たな媒体へ移行する際に、当時の読者の嗜好に合わせて書こうとしたメルヴィルの意気込みがはっきり見て取れる。メルヴィルは「バートルビー」執筆にあたり、明らかに中産階級の読者がよしとするユーモアとセンチメンタリズムを意識しているのである。

この短篇は、バートルビーという奇妙な書記が「できればしないほうがいいのです(I would prefer not.)」という言葉を繰り返し、筆写の仕事はもとより、あらゆることを拒んだあげく、刑務所で静かに死んでいくまでの経緯を物語っている。その結末で弁護士は、バートルビーの経歴に関して彼がかつて配達不能の郵便物を焼却処分する仕事に就いていたという風聞を紹介し、その仕事の不毛さと人間の営みの空しさを重ね合わせ、「ああ、バートルビーよ。ああ、人間よ」(四五)という嘆きの声をあげている。このような詠嘆調は当時のセンチメンタル小説の常套的なレトリックであるが、多くの研究者がそれを手がかりとして弁護士を批判的に捉えている。例えばパーカーは弁護士の詠嘆に不愉快でなくもない悲しみの調子を聞き取り、バートルビーが死んだ今、弁護士はこの不可解な書記に自分の存在を脅かされることもなく、高みに立って安心して感傷に浸っているのだと述べている(「『バートルビー』の後日談」一六三―六四)。

ポスト＝ローリアはパーカーの解釈をさらに押し進め、弁護士にとってセンチメンタリズムは一種の防御壁の役割を果たしていると考える。弁護士は本当ならバートルビーを死に追いやった劣悪な労働環境という社会問題に目を開く機会があったにもかかわらず、結局のところ心地よい感傷へと後退してしまい、それによって自身のイデオロギー的な変化を回避したのだ、それが弁護士がこの話を物語る理由だというのである。この短篇が掲載されたのは『パトナムズ』であり、その編集方針は反センチメンタリズムであったことに鑑みれば、この短篇の感傷的な言葉づかいにはある種の破壊的な意図が秘められており、メルヴィルは語り手のセンチメンタルなレトリックを逆手にとって、語り手に代表される中産階級に対する社会的批判を行なったのである（ポスト＝ローリア 一八六）。

しかしながら、弁護士の語りにはさらに奥深い動機があるのではなかろうか。私は以前この短篇を論じた際、弁護士がバートルビーのことを語り始めるのに要した年月に着目してみた。バートルビーが事務所に雇われたのは弁護士が衡平法裁判所主事に就任して仕事が忙しくなった頃、バートルビーとの関わりが数カ月間、バートルビーの過去に関する風聞を耳にしたのがその死から数カ月後、弁護士が主事の職に就いていたのが数年間――このような作品内の情報をつなぎ合わせると、バートルビーのことを語り始めるまでにかなりの月日が経っていると推量できる。明らかにバートルビーの死の直後ではない。その年月の間に行政上の変化で主事の職が廃止され、弁護士がそれをかなり憤っていることから、主事の廃止は弁護士にとっての一種の挫折であり、その不遇を経験してはじめて弁護士はバートルビーについて語ることができたというのがそのときの私の考えであった。

しかし、語り始めるのに要した年月は別の角度からも捉えることができる。自分が接した人間のことを、その死後、時を置いて語ること――これは追悼の物語形式であり、『白鯨』にも共通する構造である。元々孤児であったイシュメールはエイハブやクィークェグの死を目の当たりにしながら、結末でただひとり生き残る。そして前よりも一層孤独な孤児となって、その何年後かに、今は亡き仲間（船上で得た擬似家族と言ってもよかろう）のことを語り出すのである。『白鯨』はいわば死者に取り残された人間が語る物語であって、その意味では弁護士もまたバートルビーに取り残された人間だと言うことができる。

弁護士はバートルビーの過去に関する風聞について、「この噂を思いめぐらすとき、私を捉えて離さない感情を何と表現すればいいかわからない。死んだ手紙とは！　それはまるで死人のように聞こえはしないだろうか」（四五）と述べ、手紙に希望を託したにもかかわらずそれが届かないまま無念に死んでいった人々を数えあげていく。しかしながら、配達不能の「死んだ手紙（dead letters）」から「死人（dead men）」を連想することは一見ごく自然なように思えるが、よく考えれば、あらかじめ弁護士の心の中に死の想念がない限り、この二つは自動的に結びつかないのではないだろうか。

弁護士は中庭で死んでいるバートルビーに歩み寄り、その手に触れる。すると「ぞくっとするような戦慄」(四五)が弁護士の腕を駆け上がり、全身を走り抜ける。このとき弁護士は電撃的に死というものに刺し貫かれたのである。その後、この物語を語り出すまでの年月、おそらく弁護士はバートルビーのことを何度も思いめぐらせたであろうと私は想像する。その思索において、バートルビーの死は名もない人々の死へと広がり、さらには語り手自身のやがて訪れるべき死が想起されていったのではないか。「この噂を思いめぐらすとき(When I think over this rumor)」と弁護士が言うときの現在時制は、語りの只今現在には違いないが、むしろ死というものに向けた弁護士の思索が習慣化していることを示唆するものとも解釈できる。

語り始めるのに要した年月は弁護士のそのような省察にあてられ、物語冒頭の「私はかなり年をとった人間だ」(十三)という自己規定となって結晶する。この一節はどこか『白鯨』冒頭の「私のことはイシュメールと呼んでくれ」(三)と響き合うように思われる。八木敏雄は“Call me Ishmael.”という一文と後続の文の間には見えない斜線が引かれていると指摘しているが(四三―三四)、それに倣って言えば「バートルビー」冒頭の二つのセンテンスの間にも乖離がある。“I am a rather elderly man.”という語り出しはそこだけが異様に浮き立って見えるのである。この自己紹介にしてはあまりにも奇妙な一文は、語り手の年齢と弁護士生活の長さに関する情報提供という以上に、彼が死に近い存在であることを強く自覚していることを表している。弁護士は回想された過去の時点で「六十にさほど遠くない」（十五）ターキーとほぼ同年齢であり、作中の出来事は歴史的事実に照らして一八四六年に起きたと考えられるから、物語の現在を仮に短篇の雑誌掲載年と同一視すれば、五十三年に語っている弁護士は六十五歳位と推定される（武藤 一四五―四六）。語り手にとって死はけっして遠い未来ではない。そのように考えると、ポスト＝ローリアの言うように語り手の感傷的なレトリックの裏側に何らかの破壊性があるとしても、それは語り手の中産階級的思考の批判に向かうというより、もっと根源的に人間の生を揺さぶり浸食してくる死への恐怖と結びついたものとして捉えることができる。

5 「コケコッコー」と『アンクル・トムの小屋』

おそらくここが、表面的にはセンチメンタル・レトリックという同じ範疇に括られるとしても、メルヴィルの短篇のセンチメンタリズムと例えばストウの『アンクル・トムの小屋』に見られるそれとの大きな違いだと思われる。トムキンズは『煽情的な構図』の中で、『アンクル・トムの小屋』の感傷的レトリックが読者に対して揮う力を社会史的文脈に置いてストウの小説を再評価しようとした。そこでは、幼いエヴァの死の場面の分析を通して、ストウにとって死は敗北ではなくヒロイズムの最高の形態であったこと、エヴァの死のセンチメンタルな描写は当時の読者の感情に訴えかけ、人々を社会改良へと促す政治的な力、すなわち「センチメンタル・パワー」を持つものであったことが説得的に論じられている（一二七－一二八）。しかし、そのような肯定的な方向が十九世紀のアメリカ大衆小説に描かれた死や死者の働き方だとすれば、メルヴィルの短篇は同じような感傷的な意匠を借りて、それとはまったく逆の、死に対する解消されざる不安へと読者を導くものではないかというのが私の論点である。酷な言い方をすれば、エヴァの死は人々を社会改良へと導く「道具」として使われてしまえばそれで終わりだが、バートルビーの死は存在論的な不安をもって繰り返し読者に襲いかかり、けっして消費しつくされることはない。

メルヴィルが「バートルビー」と同時期に執筆し、発表したのが「コケコッコー」（一八五三）という短篇である。「バートルビー」と同じく、この短篇でも貧困と病という問題が扱われているが、にもかかわらずこちらは『ハーパーズ』に掲載されている。作家自身とおぼしい語り手は借金苦と憂鬱症に悩まされているが、ある日華々しい雄鶏の鳴き声を耳にし、芸術的霊感に打たれてその鶏を探し求める。鶏はメリマスク（Merrymusk）という貧しい木こりの家に飼われており、日々一家に元気と祝福を与えていることがわかる。しかし、やがてメリマスク一家はみな病気で死んでしまい、その雄鶏も最後の一声をあげて息絶える。その声に、死をも超越するような歓喜を見出した語り手は一家全員を葬り、その墓碑銘に雄鶏の姿を刻んで、最後は自ら雄鶏よろしく「コケコッコォーォーォーォー」（二八八）と鬨の声を上げるのである。

メリマスク一家の死の描写で興味深いのは『アンクル・トムの小屋』と共通する言葉遣いが見られる点である。子どもたちの死を描いた「コケコッコー」の結末部分と『アンクル・トムの小屋』のエヴァの臨終の場面を比較してみよう。

子どもたちの顔の蒼白さは光輝（radiance）へと変じていった。垢と泥で汚れたその顔から天国の光が輝いた。彼らは身を窶してはいるが皇帝や王の御子のように見えた。雄鶏は子どもたちの寝台に飛び乗り、全身を震わせて高らかに声を上げた。また一声、さらに一声と、何度も鳴き続けた。雄鶏はまるで自分の鳴き声で子どもたちの魂をその痩せ衰えた体から外に出そうと懸命になっているように見えた。一刻も早く家族を天上で再会させようと専心しているように見えた。子どもたちもその努力を助けているように見えた。解き放たれたいという、遙かな、深く、強烈な憧憬が、私の目の前で子どもたちを精霊(spirits)に変えた。私は彼らが横たわっているところに天使の姿を見た。(二八七―八八)

その子どもの顔にはぞっとするような死の刻印はなく、気高く、神々しいまでの表情があるだけだった。それは、子どもの魂の中に精霊の性質(spiritual natures)がおおいかぶさるように存在し、永遠の生命が始まる兆しであった。……その子どもは力尽きた人のように、喘ぎながら枕の上に横たわっていた。大きな澄んだ目は頭上に向けられ、じっと動かなかった。あれほど天国のことを物語る目は、いったい何を伝えているのか。この世はもはや去り、この世の苦しみも過ぎ去った。しかし、その顔の勝利に満ちた輝き(triumphant brightness)は、悲しみのすすり泣きを止めてしまうほど、なんと荘厳で神秘

的なのだろうか。（二五六－五七）

このように両者のレトリックは酷似しており、いずれも死を敗北ではなく勝利とみなし、それを子どもの顔に宿る神聖な光によって象徴させている。子どもたちは死の瞬間に地上の苦しみから逃れ、超越的な「精霊」に高められるのである。メルヴィルの蔵書あるいは借用本の中に『アンクル・トムの小屋』はなく（シールツ二二七－一八）、メルヴィルがこの小説を読んだのか否かは定かではないが、右の一節からは同時代の大衆小説の感傷性を十分意識していたことが窺える。「コケコッコー」発表当時の紹介記事には、「想像力に富み、叙景に優れた感傷的な短篇」（ヒギンズ一三二）、「メルヴィルの作品中、最も生き生きとし、活気に満ちたものの一つ」（同一三五）という評価が見え、この短篇は当時の読者に好意的に受け取られたようであり、作中のセンチメンタル・レトリックは中産階級に属す『ハーパーズ』の読者に貧困という深刻な社会問題を受け入れやすくする方策として一定の成功を収めたと判断することができる。

しかし、当時の読者の反応はどうであれ、語り手が鶏になるという結末は『アンクル・トムの小屋』の生真面目さとはおよそかけ離れた馬鹿げたもので、トムキンズの言うセンチメンタル・パワーを持っているとは到底思われず、死を勝利と見なすセンチメンタリズムのパロディとすら考えられる。気をつけて読み直せば、「コケコッコー」と『アンクル・トムの小屋』は文章に決定的な違いがあることがわかる。それは「コケコッコー」の引用に繰り返し現れる「ように見えた(seemed)」という言葉であり、この短い一節に四度も使われている。『アンクル・トムの小屋』の作者はエヴァの臨終場面に完全に同化してその死を謳い上げている。「コケコッコー」の語り手も間近で子どもたちの死を見つめているのだが、「ように見えた」という言葉がこれほど繰り返されると、臨場感というよりもむしろ対象との間にアイロニカルな距離が生まれてくるだろう。子どもたちの死が賛美に値するものだというのは思い込みにすぎず、語り手はそうではないものをそうだと無理やり信じようとしている——語り手の調子にはそのような痛々しい努力が感じられる。語り手はメリマスク一家の墓碑銘に、「死よ、汝の棘はどこにある/墓よ、汝の勝利はどこにある」と刻み、それ以降「陰気な憂鬱は一度たりとも感じていない」(二八八)と言うのだが、その言葉とは裏腹に、強迫的な言葉の反復は死に対する語り手の拭いがたい不安感を明瞭に物語っているのである。

6 「魔の群島」の犬たち

このようにメルヴィルのセンチメンタリズムには明らかに二重性があり、それは「エンカンタダス、あるいは魔の群島」（一八五四）という連作短篇にも認められる。この連作はガラパゴス諸島を舞台とした長短十篇のスケッチから構成されており、『パトナムズ』の一八五四年三、四、五月号に分載された。そこで描かれる島々の風景は「劫罰の火焔に焼き亡ぼされた後の世界全体」（一二六）のように荒涼として、人間の共感が浸透していかないどころか、「除け者にされた獣の住処とすらならない」（一二七）という陰鬱さに閉ざされている。

だが、その中でも、八番目のスケッチである「ノーフォーク島と混血の寡婦」はスペイン人とインディオの混血であるウニイャ（Hunilla）という女性の苦難を題材とすることで多分に感傷性を含んだ挿話となっており、実際センチメンタル・フィクションとの関連で考察されることが多い。ウニイャは亀の油を採るために夫と弟と共にフランスの捕鯨船でノーフォーク島に渡るが、三人は捕鯨船に置き去りにされる。さらに筏で海に出ていた夫と弟が不慮の事故で死に、ウニイャは脱出の手だてもないままに島で一人で暮らし続ける。その後、別の船が二度島を訪れたが、ウニイヤは救われるどころか凌辱されたあげく取り残され、島に渡ってから三年後にようやく語り手の乗った船に助け出されるのである。メルヴィルは一八五二年八月から十二月にかけてナサニエル・ホーソーンに宛てた手紙の中で、夫に二度見捨てられるアガサという女性を主人公とした物語の構想を熱心に語り、ホーソーンにアガサの物語を執筆するように促している。結局、この構想はメルヴィル自身の手によって五十三年の春に『十字架の島』という中篇小説になるのだが、不幸にも出版社から出版を断られ、原稿も失われてしまった。しかし、この経緯に見られるように、五〇年代のメルヴィルには女性主人公を設定して新機軸を打ち出そうとする意図があったことは確かであり、ひとり取り残されていた女性の苦難というテーマは形を変えて「ノーフォーク島と混血の寡婦」へ振り向けられたのである。

この短篇のソース・スタディによれば、カリフォルニア州サンタ・バーバラ沖の島でインディアンの女性が十八年間取り残されていたという実話があり、メルヴィルはそれを報じた「女性版ロビンソン・クルーソー」(〝A Female Robinson Crusoe〞)という新聞記事を下敷きにしたらしい。この女性は他の住民と一緒に船で島を離れようとしたところ、自分の子どもがいないのに気づいて引き返したのだが、結局見つからず、泣き疲れて眠り込んでしまう。そのうち強風が吹き始め、船は彼女を置いたまま島を出てしまったのである。この話は当時サン・フランシスコの新聞で詳細に報じられただけでなく、潤色を施されて東部の新聞にも掲載された。メルヴィルが「魔の群島」に取り掛かっていた時期に読んでいた二紙『オールバニー・イヴニング・ジャーナル』と『スプリングフィールド・リパブリカン』の第一面も飾っており、メルヴィルがそれを読み、大いに触発された可能性は高い（サトルメイヤー他四〇三）。

この実話がなぞらえられているダニエル・デフォーの『ロビンソン・クルーソー』（一七一九）は、十九世紀中葉のアメリカの読者には苦境に耐える高貴な人間性とそれに報いる神の恩寵を証す典型的な作品として読まれていたようである。『スプリングフィールド・リパブリカン』には、ある神父がこの女性の話を「神の摂理を示す素晴らしい実例」と見なしたことが報じられている（サトルメイヤー他四〇二）。あるいは、当時の大ベストセラーであったスーザン・ウォーナーの『広い、広い世界』（一八五〇）がクルーソーに範をとって主人公エレンのキリスト教徒としての成長を描いていることも（キム七八四－八五）、当時の『クルーソー』観をよく伝える例証の一つに挙げられる。

女性の救出を描く「魔の群島」第八スケッチもまた、読者の中に『クルーソー』的なロマンチシズムとセンチメンタリズムを掻き立てたのであろう。実際、この短篇の結末に涙を流したというジェイムズ・ローウェルの反応は、当時の読者の典型としてしばしば引き合いに出されてきた。

ウニイャの孤独な姿を最後に見たのは、彼女が小さな灰色の驢馬に乗り、パイタの町に入っていくときであった。彼女は目の前の驢馬の背に浮かび出る、紋章の十字架のような関節の動きをじっと見つめていた（she eyed the jointed workings of the beast's armorial cross）。（一六二）

ローウェルはこの結末部分について、「これまでに見た散文の中で最高の天才的なタッチだ」（メルヴィル『手紙』六三六）と絶賛したという。驢馬の肩にできる窪みは確かに十字架の形に似ている。一方、ウニイャは海岸に流れ着いた夫の遺体を葬り、その墓に木の枝で作った十字架を立てていた。おそらくローウェルはその二つの十字架のイメージを通して、夫と弟の死を堪え忍んだウニイャの姿にイエスの受苦を重ね合わせ、ウニイャの救出に信仰の勝利を見て取ったのだろう。だが、このような宗教的な受け取り方は、語り手が十字架について施す皮肉な形容によって前もって減殺されている。ウニイャが立てた十字架は枯れ枝でできており、「交差する枝はひもで結わえられ、静まりかえった空気の中で侘びしげにうなだれて」おり（一六〇）、その前でひざまずいて祈るウニイャの手に握られている十字架は「長年いたずらに酷使された古いノッカーのように、彫りの形も見えぬほど摩滅したものだった」（一六二）。

しかし、"jointed workings"という、より即物的な表現に注意すれば、驢馬の関節の動きから連想されるものはもう一つある。それはウニイャが救出されて島を離れる際、彼女が乗ったボートの後を追う犬たちの姿である。彼女は当初、島に渡ってきたとき、犬を二匹連れていたが、今ではそれが十匹ほどに増えていた。しかし、一緒に連れていけるのは二匹だけで、残りの犬は置いていかなければならない。

種族特有の明敏さで、犬たちは今や不毛の岸辺に棄てられようとしているのだと悟ったようだった。……犬たちは小さなボートにうまく飛び乗ることができなかった。だが、彼らは吹雪の中で自分たちを閉め出した農家の戸口であるかのように、前足で舳先を何度も激しく引っ掻いた。恐怖に満ちた騒がしい苦悶の叫び。それは吠えるというのではない、哀れに鼻を鳴らすのでもない。彼らはまさに言葉で人間に呼びかけていたのだ。……犬たちは吠えたてながら波打ち際を走った。彼らはふとその足を止め、飛ぶように遠ざかっていくボートをじっと見つめた。そしてまた、まるでボートを追って飛びかかるように後ろ足で立ち上がり、しかし、どうしたのか、それをやめてしまう。そしてまたしても吠えたてながら岸に沿って走り出すのだった。この犬たちがたとえ人間だったとしても、これほどまでに生々しい寂寥感を人の心に掻き立てただろうか。
（一六一）

メルヴィルが見せた「最高の」感傷的なタッチはここにある。「渚に打ち棄てられる犬たちの姿を、人間の赤裸な運命本質として心に受けとるなら、この挿話の意味の輪郭は決して失われはしないであろう」（二二五）とは、この短篇を翻訳した寺田建比古の評であるが、まさにこの描写は後年のジャック・ロンドンによる動物小説『野性の呼び声』（一九〇三）を予告するかのように、苛酷な自然の中でもがき、あがきながら、ついに敗れ去っていく生命の悲痛な宿命感を読者の中に呼び覚ましてやむことがない。この一節では、ボートの舳先を引っ掻き、ウニイヤを追って、走っては立ち止まり、また追いかけ始める犬たちの動きが克明に描き出されている。その犬の足の映像が結末でウニイヤが見つめている驢馬の関節の動きにモンタージュのように重なっていくのである。

しかし、このような感傷的な読み方もまた疑問視されざるを得ない。というのも、厳密に言えばその映像はウニイヤが見ていたものではないからである。ボートに乗ったウニイヤは前を向いたまま、犬たちのほうを絶対に振り返ろうとしない。海岸を離れたボートは岬を回り、やがて「後ろの光景も音もすべて消えてしまった」（一六二）。そのときのウニイヤの態度を語り手は次のように述べている。

彼女は人間の苦しみの中で最も痛切なものを経験し、今後はより大切ではない心の琴線が一本、また一本と断ち切られてもかまわないと思い定めた人のように見えた。ウニイヤにとって苦しみはどうしても必要なものであるらしく、他の生きものが苦しむのを見て、愛情と共感によってその苦しみを自分のものとはするけれども、平然と耐えていくべきものなのである。それは同情を抱きながらも鋼鉄の枠にはめられた心、地上に生きるものとしての同情を持ちながらも空から降り落ちる霜に凍てつく心なのだ。(一六二)

後半の〝A Heart of yearning in a frame of steel. A heart of earthly yearning, frozen by the frost which falleth from the sky.〟は解釈が非常に難しい。〝yearning〟を〝compassion〟の意味に取ってはみたが、完全に理解できたかどうか自信はない。今は亡きもの、失ったものをもう一度取り戻したいとあこがれゆく心と言うべきであろうか。いずれにせよ自分以外の存在に感情を届かせようとする心の働きは封じ込められている。かつてフランスの捕鯨船に置き去りにされ、夫と弟の死後もなお、島を訪れた船に二度にわたって見捨てられたウニイヤは、今度は自分が生き延びるために犬を島に置き去りにせねばならない。そのような過酷な運命に置かれたウニイヤの姿は読者の感傷的な反応を拒絶するかのごとく固くこわばっている。ボートに乗せられた二匹の犬がウニイヤを慰めるかのようにその手を舐めるが彼女の表情は変わらない。「心の琴線（heartstrings）を一本、また一本と断ち切る」という表現にある通り、センチメンタリズムの根幹をなすはずの他者に対する「愛情」と「共感」はことごとく「鋼鉄の枠」や「空から降り落ちる霜」に封殺されているのである。

このような反センチメンタリズムは『パトナムズ』の編集方針に添ったものであったのかもしれない。しかし、この結末の書き方はそのような市場的要請という以上に、メルヴィルの作家的資質が現れ出たもののように思われる。「コケコッコー」で見たように、感傷性を売り物にする『ハーパーズ』のために書いた短篇であってもメルヴィルはセンチメンタルなレトリックを密かに転倒させていた。「ノーフォーク島と混血の寡婦」の語り手は、ウニイヤの「悲しみに沈んだ姿を描写するには、柔らかくメランコリックな線を描くクレヨンが最適だろう」（一五二）と述べ、感傷的な描写への志向を窺わせるのだが、その一方で読者の共感や感情を操作することに対する皮肉な自意識を見せている。語り手はウニイヤが帰ってこない捕鯨船になおも期待をかける件を語ろうとして、「そしてその後――」、「ウニイヤが――」（一五六）と、二度も短く言葉を切って中断してしまい、代わりに次のようなコメントを挿入する。

無惨な光景だ——絹のようにすべすべした獣が、やがて貪り食うはずの金色のとかげをその前にもてあそぶのは。それよりなお恐ろしいのは、猫のような運命の女神が時として人間の魂を愚弄し、名状しがたい魔法によって、正気の絶望を捨てさせ、狂気に他ならぬ希望を抱かせることである。私もまた知らず知らずのうちに、この猫のような運命に加勢して、読む人の心をもてあそぶ。なぜなら、感じないなら、読む意味はないからだ (if he feel not he reads in vain)。(一五六)

感じることが読書の要諦であるなら、作家は読者の感情を操作するべく、ストーリーを作り、それを増幅せざるを得ない。しかし、語り手は一瞬、そのような行為に対する自責の念を見せている。ここにはセンチメンタリズムに即した創作の遂行とそれに対する懐疑の間で揺れているメルヴィルの本音が顔をのぞかせている。

そのような観点から見ると、この短篇における死の扱い方には本章で取り上げた他の二作品とは違う特徴があることがわかる。それは死が完結していないということである。「バートルビー」の弁護士も「コケコッコー」の語り手も他者の死を眼前で見届けている。しかし、ウニイャの経験する死にそのような直接性はない。彼女は沖合に出た夫と弟の乗った筏が沈んでいくのを、崖の上から額縁のようになった枝の隙間を通して目撃する。

それは物言わぬ絵の中の死、覚めた目が見る夢であり、蜃気楼が見せるはかない形象であった。／その光景は一瞬であり、その穏やかな絵のような効果は夢幻のようであり、ウニイャの枯枝のあずまやと日常の物事の感覚からはあまりにかけ離れたものであり、彼女は目を凝らして見つめ続けるだけで、指を上げることも泣き叫ぶこともしなかった。呆然として押し黙り、この無言劇を座視する他なかったのだ。（一五四）

既に述べたように夫の遺体は岸に上がるが、弟は麦藁帽が流れ着いただけで、遺体はついに見つかることはない。二人の死にはどこか未完の感覚がつきまとうのである。これに呼応するかのように、この短篇にはまた別の死が未完のまま埋め込まれている。島に残された犬たちと、他ならぬウニイャの死である。あれから犬たちはどうなるのか。「厄災の季節となれば、雨水一滴とてない長期の旱魃が島々をねじ曲げてしまう」(二六〇)という環境ではおそらく餓死する以外にないだろう。瓢簞に溜まるわずかの水を犬に分け与えてやったウニイヤにはそのことが痛いほどわかっていたと思われる。先ほど、別れ際の犬の映像はウニイヤが直接見たものではないと述べたが、吠えながら追いかける犬の声は耳に届いていたはずだ。とすれば、その声はペイタの町に入ってもなおウニイヤにとりつき、彼女の心の中でより痛切な「映像」となって響いていたと想像される。結末でのウニイヤにボートの上で押し殺したはずのその声による「映像」がよみがえり、彼女は驢馬の背に、来るべき犬たちの死を見つめていたのだろう。そのときおそらくは、犬を棄ててきた自分もまた、まもなく死ぬであろうことを強く予感していたのではないだろうか。結末の彼女の姿にはそのような自責と死の気配が濃く漂っている。

本章の前半で私は小説は追悼の行為であると述べた。しかし、「ノーフォーク島と混血の寡婦」のように死の予感で小説が閉じられる、言い換えれば、死が完全に過去のものとはなっていないとき、センチメンタリズムは果たして機能するのであろうか。『アンクル・トムの小屋』のセンチメンタル・パワーが発揮されるためには、エヴァやトムの死を読者が目撃し、それが一つの完結性を帯びることが不可欠であった。しかし、私たちは未完の死を追悼することはできない。過去となった死はいかようにも操作し処理することができるが、結末に含意されているウニイャの死は読者の現在にとどまり続け、それを感傷の涙によって昇華することはできないのである。センチメンタリズムの本質の重要な一斑が過去に対して働くことにあるとすれば、この短篇は登場人物たちを死によって閉じてしまわないことでその対極を志向している。メルヴィルは雑誌の世界に入ってまもない時期に早くもセンチメンタリズムの原理に根本的に抗うような作品を書いてしまっていたのである。その反時代性にメルヴィルの作家としての業の深さが見て取れる。

■註

(1)以下、「バートルビー」をはじめとしてメルヴィルの短篇からの引用はノースウェスタン版『ピアザ物語他』に拠る。

(2)以上のセクション「1」は拙稿「野坂昭如の切実さに向けて」(『英語青年』二〇〇三年五月号)の一部を元にしたものである。

第六章

都市の欲望——「群集の人」再読

西山けい子

1　ポーと群集、その欲望

ボードレールが、ポーの「群集の人」を近代の都市の人間の鮮やかなタブローとみて、自身も近代の都市意識の体現者としての〈遊民（flaneur）〉を共感をこめて描いていったことは周知のことだろう。十九世紀の社会における基本的特徴を大都市の発展にみるならば、近代社会を構成する主体の代表とは、都市生活者としての主体である。たえまなく繰り広げられるスペクタクルに魅了される人間は、多くの作家の想像力を捉えた。また同時に、それを伝えるジャーナリズムという媒体自体が多くの人々を引き寄せ、さらにその作用を増幅させていった。ニューヨークやフィラデルフィアといった、十九世紀前半から中葉にかけて人口を急速に増やしていった都市で暮らしたポーは、都市の群集の生態に一種の予見的なイメージを提出した。「群集の人」は、ボードレールのように群集への共感に基礎をおくものではない。ポーは、彼の他のゴシック系の作品と通底するような主体の存在の不安を、この作品のなかで近代の群集という歴史的コンテクストに据えて描いた。群集（crowd）——あるいは大衆（mass）——に対するポーの態度は両義的であった。ポーは、「群集の人」以外にもいくつかの作品のなかで群集について触れ、民主主義社会アメリカにおける群集が、リンチを行う「迫害群集」になる危険や「暴徒（mob）」と化す危険をはらむことにたびたび痛烈な皮肉を呈する一方で、雑誌編集者として、読者の欲望にアピールする刺激の強い作品を書き続け、大衆をいかにとりこむかに大いに精力を注ぎもした。ポーにとって群集とは、何か脅威を与えてくるような危険なものであると同時に、つねにその欲望にアンテナをめぐらし彼自身を売り込むべき対象でもあった（ウェイレン 七六）。以下では、「群集の人」を手がかりにして、ポーによってとらえられた都市の人間の欲望のあり方と群集の無気味さの根源について検討していきたい。

2 ベンヤミン／ポー

ある夕暮れ、病いの回復期にある語り手が、ロンドンのコーヒーハウスに腰を下ろし、周囲の客を観察したり、新聞の広告欄に目を通したりして時間を過ごしている。彼の関心はとりわけ窓の向こうの風景に惹きつけられる。途切れることのない人の波に新鮮な気持ちで見入っているうちに、一人の老人が彼の目をとらえる。その老人の顔には、いかなる分析をも拒む相矛盾した表情が浮かんでいた。好奇心にかられた彼は、帽子とステッキを手にその男の跡を追い始める。物語の構成は、前半が語り手の目に映った街ゆく群集のようす、後半が語り手による老人の追跡劇、ということになる。（幼年期と同じように）事物が生き生きと輝いてみえる病いの回復期にある男が群集のなかに繰り出していくというイメージは、ボードレールに霊感を与えたが、一連のボードレール研究において、パリの群集に都市空間を舞台とする新しい人間像の出現を見いだしたベンヤミンは、ポーの描くロンドンの群集にも光をあて、その読解は以後の「群集の人」批評にとって決定的なテクストとなった。まずは出発点として、ベンヤミンの議論の要点を振り返ってみよう。

ベンヤミンはこの物語を、群集に関する含蓄の深いひとつの「寓話」とその寓話を囲む枠ととらえ、主として以下の三つの点に基づいて解釈する。①十九世紀における新しい都市空間の誕生と、それにともなう新たな人間のタイプの出現、②不安を引き起こすような都市の群集の機械的で無気味な一様性、③探偵小説の原型をなす構造、である。

第一にベンヤミンは、全体を見渡す視点として、この物語から十九世紀の新しい都市空間の経験を抽出する。ガス灯の登場により、都市の群集は夜も戸外でくつろげるようになった。ポーの作品はガス灯の照明の怪しいまでの無気味さを強調している。「ガス灯の光芒は、初めのうちはまだたそがれのうすらあかりと競い合っていて、弱かった。いまではガス灯はすでに勝利して、眩い光をちかちかと八方に拡げている。すべてのものは、テルトゥリアンの文体の比喩とされたことがあるあの黒檀のように、かぐろいながらもきらきらときらめいている」（五一〇－一一）。こうして、昼も夜も人は街路を歩き、活動することが可能になった。そこから「アスファルトの上をいわば植物採集して歩く遊民」（ベンヤミン 三六）が生まれる。遊民は都市の観察者であり、解読者である。

ポーの作品の登場人物は遊民だろうか。ベンヤミンの記述には揺れがみられる。

「ボードレールにおける第二帝政期のパリ」（一九三七―三八）では、「……ひとりの未知の男。この男はロンドンを歩きまわるが、いつでも群集のなかにいるようなぐあいに、道をとっている。この未知の男こそ遊民そのものである。ボードレールもそう理解していて、かれのギイ論のなかで、遊民を『群集の人』と呼んだ」（四八）とある。一方、アドルノの批判を受けて同論文を改稿した「ボードレールのいくつかのモチーフについて」（一九三九）においては、「ボードレールは、ポーの短編小説の話者がその跡を追って夜のロンドンを縦横に彷徨する群集の人を、遊民という型の人間と同一視することが気に入っていた。しかしわれわれはこの点ではかれに従うわけにはいかない。群集の人は遊民ではない」（一二八）と記述される。まず、ボードレールについて言えば、彼がポーの語り手の回復期の男を遊民ととらえていたことはたしかだが、未知の老人――〈群集の人〉――を遊民と考えていたという根拠はない（ブランド二一一）。ベンヤミンの議論に混乱が生じているのは、ポーの登場人物の語り手と彼の追う未知の老人が、追跡劇のなかで結果的にそっくり同じ様相を呈するところから生じているのかもしれない。前者のテクストにおいて、「非社会的人間と遊民の差異を、ポーはことさらに消し去っている」（「ボードレールにおける第二帝政期のパリ」）とし、後者では「群集の人からはむしろ、自分の所属する環境が剥奪されれば遊民がなにになるかが推知される」(「ボードレールのいくつかのモチーフについて」)としていることから、ベンヤミンは両テクストにおいて、語り手と〈群集の人〉の類似性と差異をはっきりと認識していることが確認される。人間の型として遊民の定義にかかわる問題だが、遊民に関するさまざまな言及を総合すると、都市の刺激に反応する社会的なパーソナリティとしての遊民は、資本主義社会の提供する都市風景を享受しつつ、市場、生産性、労働経済から距離をとり、細分化、機械化された時間統制からは自由であるという点が特徴である(ブランド 六、グレバー 二五、テスター 六―一〇)。したがって、ポーに関して言えば、語り手は(ことに前半部において)遊民であり、群集にとり憑かれて自分を失っているようにみえる〈群集の人〉は遊民ではない、と考えるのが妥当と思われる。(1) ただし、物語の後半において両者の行動が区別をつけがたいほど似てくることはたしかであり、遊民か否かの区別が判然としなくなる。最後に語り手が老人の示すものを読み取ることを断念し追跡をやめるとき、彼はふたたび遊民の立場に返るのである。

第二に、ベンヤミンは物語の枠の部分、すなわち語り手の目に映るさまざまな群集のすがたについて、それがリアリズム描写でなく、想像力によって誇張・変形された特有のものであることを指摘する。「ポーの描写の真のねらいは直接の実地検証ではなかった。小ブルジョワが群集のなかでおびさせられている一様性は、誇張されており、かれらの身なりもほとんど制服に類するものにされている。もっとひとを驚かすのは、群集の動きの描写だ」(五二)。ベンヤミンが引用するポーの原文は以下の部分である。

群集の大部分は……群集をかきわけて進路を拓くことだけを念頭においているらしい。かれらは眉根をよせ、視線を八方へ投げる。隣の通行人にぶつかられることがあっても、別にむっとしたようすは見せずに、服装を直して、また急ぎ足で歩きだす。別の人々は——このグループも相当の数だ——は不規則な動きをし、赤みのさした顔をしている。かれらは、ほかでもなく無数の群集にとりまかれているせいで、じぶんがひとりきりでいる感じがするのか、ひとりごとをいい、身ぶり手ぶりをやっている。路上で余儀なく立ちどまるときには、このひとびとの呟きはとたんにやむが、身ぶりのほうはいっそう烈しくなる。

そしてかれらは、道をふさいだ相手が通りすぎるまで、放心したように、とってつけたような微笑を浮かべて待つ。誰かがかれらにぶつかると、かれらはぶつかってきた男に丁重に会釈して、申しわけなさそうなようすをみせる。(五〇八)

ポーの筆は、夕暮れの仕事帰りの実業家や会社員、店員から、すりや賭博師、詐欺師、そしてさらに下って(descending)、行商人や乞食、娼婦、酔漢へと進んでいくので、ここで試みられているのが分類を目的とする生理学や観相学であると思えるかもしれない。だが、社会主義リアリズムにみられるような「諸階級の心理学とは別のもの」であることをベンヤミンは指摘する。ポーの関心はひとびとの多様性・差異ではなく、むしろ一様性にあった。そしてその描写は「道化のレパートリー」からきているとし、その機械装置のような動きを経済、物質生産の態様と関連づける。「ポーにあってはひとびとは、反射的な自己表現しかできないかのように、ふるまっているのだ。ここに出てくるのが人間だけなので、非人間化の印象はいっそう強まっている」(五三)。ポーの群集を形成するひとびとには、どこか野蛮なところ、不安や嫌悪をかき立てるところがある。行く手を遮られて相手が通り過ぎるまで待つときの「とってつけたような微笑」とは、自動装置の絶え間ない動きにとっての「緩衝器の役割」を果たしているのである。群集における「非人間化」の究極の姿が語り手の追跡する〈群集の人〉である。ベンヤミンは遊民を扱う初期の叙述のひとつであるポーの作品に、すでにその「終末の形姿」が描かれていることに驚嘆する。

第三に、ベンヤミンは「群集の人」を「探偵小説のレントゲン写真」のようなものだとする。追跡者、群集、ひとりの未知の男。欠けているのは犯罪である。都市の群集において個人の痕跡は消失する。ひとは誰にたいしても未知の人間であるので、犯罪者にとって群集はいわば一種の「避難所」として機能する。その意味で、「群集の人」は都市の悪徳・退廃を描く都市小説が探偵小説へと発展していく結節点にある作品であると言える。事実、ポーは「群集の人」以降に「モルグ街の殺人事件」、「盗まれた手紙」といった探偵小説を発表するわけだが、なかでも「マリー・ロジェの謎」では、被害者の女性マリーについて、「数千人のひとに知られている若い女性が、顔を知っているひとりの通行人にも出遭わずに、街角を三つであれ通りすぎたとは、とうてい考えられない」と報じる新聞にたいして、デュパンが次のように自説を展開するところが注目される。「マリーが任意の時刻に彼女の家から叔母の家まで、彼女の知っている、ないし彼女を知っている通行人にひとりも出遭わずに、任意の道を辿れることは、ありうるばかりか、きわめてありそうなことだと思う」（七四九－五〇）。

ベンヤミンが指摘した以上の三点は、その後、「群集の人」批評において、①都市社会学、モダニティの議論を援用した解釈、②無気味なものとしての〈分身〉の議論、心理学・精神分析等を援用する催眠や模倣の議論、③ジャンルとしての探偵小説論やカルチュラル・スタディーズにおける都市の出版メディア論へと引き継がれていく。(2)筆者は以前、とくに二番めの、群集におけるひとびとの一様性と、可能性として群集がはらむ暴力性を、ルネ・ジラールの欲望の相互模倣理論（欲望の三角形）を用いて解釈した（西山 一－一五）。しかし、ジラールにおける欲望の相互模倣の心理学は、さらに相互模倣の人類学へと展開されている。以下では、人類学的な側面をも含めたジラールの枠組みを通して、群集における欲望の相互模倣の暴力性を再度検討するとともに、それでなおも解明しきれずに残る都市の群集の欲望とその無気味さについて、さらに考察を試みたいと思う。そのさい、探偵小説における〈謎〉や〈秘密〉をめぐる議論にも改めて光があてられるだろう。

3　欲望の相互模倣――心理学から人類学へ

作家たちの洞察によってとらえた都市の群集特有の生態は、そのあとを追う形で学問の対象となっていった。では群集について考えるとき、どのような理論枠組みが有用だろうか。富永茂樹によれば、十九世紀末から二〇世紀初めにかけて群集心理学が展開され、その後衰退していった過程は、催眠の研究の成長と衰微にほぼ並行している。ジャン＝マルタン・シャルコーらの催眠や暗示の研究は、たとえばガブリエル・タルドの『模倣の法則』（一八九〇）やギュスターヴ・ル・ボンの『群集の心理学』（一八九五）において、重要な役割を担っていた。群集の指導者は（催眠術師と同様に）群集の成員に暗示を与え、暗示を受けた側は指導者にやすやすと従うこと、また人間が本来個人として備えているはずの意志や自律性が、催眠においてと同様、群集においても失われることが注目されたのである。（ポーの読者にとって、彼の作品で催眠術（メスメリズム）が重要な役割を果たすこと、群集のもたらす無秩序な混乱状態がカーニヴァルや仮面舞踏会という形で描かれていることはおなじみだろう。）だが、群集心理学と催眠は同時に、フロイトの精神分析によって乗り越えられる。フロイトは、催眠の向こうに無意識を発見し、催眠を用いずとも別の方法（自由連想法）で抑圧されている無意識が表面化するとした。こうして催眠の研究が衰退するとともに、群集心理学も催眠や暗示の要素を切り離した形で、社会学における集団の理論へと引き継がれていく。一方、フロイトのように無意識に頼らずとも個体間の関係や群集現象が欲望の概念を使って解明できるとしたのがルネ・ジラールであった（富永 一一一九）。

先に述べたように、筆者は以前ジラールの理論を用いてポーの「群集の人」の解釈を試みたことがある。ここでは再度その要点をまとめつつ、議論を進めたい。

ジラールは、世界における人間の基本的な関係は主体・客体という二項図式にあるのではなく、その間に媒介となるものが存在する三項図式にあるとした（『欲望の現象学』九一一〇）。[3] 恋愛や野心といった形而上的欲望は、主体から対象へと直線的に指向されるようにわれわれは思いがちだが、ジラールによれば、それは個人主義に基づいた非常にロマンティックな幻想にすぎない。実はある対象を欲望するときには、それを魅力的なものと感じさせる媒介が必ず存在し、主体は媒介によって対象の魅力を確信し、媒介の欲望を模倣するのである。こうして、ドン・キホーテは騎士物語のアマディースを鑑とし、エンマ・ボヴァリーは少女時代に読んだ通俗小説のヒロインを模倣する。ただし、ドン・キホーテやエンマ・ボヴァリーのように欲望の媒介が主体の世界の外側にいて主体と実際に接触する可能性のないときは、媒介は主体にとってモデルであるにとどまる。ところが、媒介が主体と同じ世界の内部にいる場合、両者の間には複雑な心理的葛藤が生じる。媒介は主体より対象に近い位置にいるか、またはすでにそれを獲得しているかにみえるので、主体は媒介を尊敬し、彼（彼女）のようになりたいと思う。その意味で媒介は主体のモデルである。ところが同時に、媒介は主体が対象に近づこうとするのを妨げる邪魔者またはライヴァルでもある。言い換えれば、主体の欲望を引き起こす媒介が同時に主体の野心の達成を妨げる存在ともなるのである。自分に嫉妬の感情を起こさせるものを自分のモデルと認めることは主体の自尊心が許さない。したがって媒介は、往々にして、もう一方の側面である邪魔者・ライヴァルという形で前面に出てくることになる。こうした主体と媒介の関係は、「ウィリアム・ウィルソン」において見られると同時に、「群集の人」における群集の生態にもあてはめることができる。

この物語の語り手は、コーヒーハウスの窓から、ある老人に目を留め、跡を追い始める。老人はなんとも表現しようのない特異な表情をしており、それまでに観察していたひとびとのように、階級や職業、経歴について読み取ることを許さない。彼は何かにとり憑かれたかのようにロンドンの街をさまよう。人波にもまれ大通りを歩き、横町に入り、ごったがえす長い道を行きつ戻りつする。人通りが少し途切れてくると、今度はまた別の通りに移り、狂気じみたうつろな視線で人いきれに身を任す。彼は自分の身をたえず人の群れのなかにおこうとする。彼の追うのは「群集」なのである。語り手は、人ごみに彼を見失わないようにと、ぴたりと跡をついていく。すると、この老人を追うことで、結果的に語り手も群集を追うことになる。両者は必然的に似てくる。語り手は自分が何を求めているのかわからない。ただ、本能的に、何かが老人を魅了していると感じ、追わずにはいられない、つまり彼の欲望を模倣するのである。

先に述べたように、人間の形而上的欲望とは自発的に生じるものではない。他人によって欲望されているという想定のもとに、主体は対象を欲望するのである。主体・対象・媒介という用語を用いると、「群集の人」においては語り手が主体、彼の追う男が媒介、そして対象となるのが群集ということになる。ただし、群集においては三者の関係は、個体間の三者関係とはちがいがある。なぜなら、対象たる群集を追う者自身（主体・媒介）が群集（対象）の成員になってしまうからだ。このように、群集は欲望する主体とその媒介という関係を無数に含んでふくらんでいく。より多くの人に欲望されると、それだけ群集は対象としての価値を高める。そしてそのことがまた新たな欲望を引き起こすのである。

欲望を模倣する者同士のあいだでは、相互の差異は必然的に消えていく。彼らは互いの分身となる。群集のなかではだれもが互いの分身であり、このことが群集の特徴のひとつである匿名性につながる。群集のなかでは、個人のさまざまな特徴は消されてしまうのである。ポーの語り手は、長時間の追跡の後、ついに老人と正面から顔を突き合わせるが、老人のまなざしは彼に向けられることがなかった。老人にとっては語り手も、他の群集の成員のひとりであり、なんら区別する特徴がなかったとも考えられる。

ところで、ポーの「群集の人」の舞台となるのはロンドンである。少年期以降ロンドンを再訪することのなかったポーが同時代のヨーロッパの都市群集の生態を描くにあたっては、ディケンズの『ボズのスケッチ集』やユーゴーの『ノートルダム・ド・

パリ』などを参考にしたことが指摘されている。しかし、一八四一年にニューヨークで起こったメアリー・ロジャーズ殺害事件の舞台をパリに置き換えて「マリー・ロジェの謎」を書いたと同様に、「群集の人」のロンドンは同時に当時のニューヨークの群集と重なり合い、その近未来の風景を透かしてみせる。ブランド（Dana Brand）は、十九世紀前半、南北戦争以前のアメリカがすでに前近代を脱した都市化社会であり、ロンドンやパリのようなヨーロッパの大都市の遊民に相当する現象は、規模こそ違え、すでに一八三〇年代のニューヨークにも見られたと指摘する。実際、ロンドンやパリの消息を伝える旅行記・見聞記の類がさかんに書かれた一方で、たとえば『ニッカーボッカー』誌は、一八三〇年代から四〇年代にかけて、都市のアメリカ人、コスモポリタンとしてのアメリカ人像を打ち出していった。そして一八三五年以降、アメリカの雑誌記事にみられる都市の遊歩者の舞台は、大半がヨーロッパではなくニューヨークだったという（ブランド 七一）。ポーと親交があり、いっしょに『ニューヨーク・ミラー』誌等の編集にもあたったナサニエル・パーカー・ウィリスは都市風俗の心地よい描写で知られていたし（七四－九〇）、ポー自身もニューヨークの街の佇まいをときに諧謔もまじえながら新聞の連載記事にしている（"Doings of Gotham"）。[4]

遊歩者としての記者たちは都市の群集の風俗を好意的に描写することが多かったようだが、ポーの慧眼がとらえたように、群集に巻き込まれ飲みこまれる人々の方は、どこかうつろで機械じみた一様な様相を呈してくる。群集のなかでだれもが他者の欲望の模倣に走り、固有の顔を失い、均質化が進むというのは、都市化社会のどこででも起こっていくことであろう。だが、世界のどこよりも民主主義イデオロギーとしての平等が浸透するアメリカは、ヨーロッパの都市以上に群集の均質化が進む国であった。均質化した群集が「衆愚」となり「暴徒」となる危険性を、ポーは「ミイラとの論争」で揶揄を込めて次のように書いている。

それからわれわれは「民主主義」の偉大な美しさや貴重さを語り、自由な選挙が行われ国王のいない国に住むことからわれわれが享受している利点を伯爵に認識させようとだいぶ骨を折った。
彼は強い関心を示して耳を傾け、事実、少なからず興味を感じた模様だった。われわれの話がすむと彼は、随分昔のことだが、これとよく似たことが起こったことがあると言った。エジプトの十三の州が突然、自分たちは自由になって他の人たちに見事な手本を示すのだと決意した。彼らは自分たちのなかの賢者を召集して、考え得る限り精巧な憲法をでっちあげた。しばらくのあいだはひどく上手くやっていた――ただ彼らの自惚が目にあまったのは別だが、結局のところは、この十三の州が、他の十五ないし二十の州とともに、地球上で前代未聞の、醜悪な、我慢のならない専制主義に凝り固まったのがおちだった。

僕は主権を奪ったその専制君主の名前は何というのかと訊いた。

伯爵が記憶しているところでは、その名前は「暴民（mob）」というのだった。（一一九四）

ポーは「メロンタ・タウタ」でも、「モブ」という名の男が独裁政治を打ち立てたとして、「このモブ（ついでだがこれは外国人だった）はこれまで地球をめちゃくちゃにしたすべての人間の中でも最もいやらしい男だったと言われている。彼は体が巨人のように大きく、横柄で、強欲で、けがらわしく、ハイエナの心とくじゃくの頭脳をもっていて、去勢牛のような鉄面皮だった」（一三〇〇）と書いている。これらはポーを南部貴族主義の作家と位置づけるさいにしばしば引き合いに出される箇所であるが、「群集の人」と並べて読むとき、所属や役職や階級といった指標を失った群集がはらむ潜在的な暴力性が浮かび上がる。それは近代民主制の理想である個人主義のもとでの平等の逆説的な危険性であった。ポーとほぼ同時代に生き、一八三一年から三二年にアメリカを視察に訪れたトクヴィルは、フランス革命に端を発した自由・平等が海の向こうのアメリカではどのように根付き、発展しつつあるのかを深い関心をもって観察し、考察した。アメリカにおいては物質的享楽を追うことが情熱となっている。しかるに、階級の特権が打破されているためにすべての人々——人種問題は別になるが——に機会が開かれていることから、人々の願望はたえず拡大されると同時にその実現を妨げられている。彼は、「最も自由なそして最も開化されている」アメリカ人の容貌が「常に一種の暗雲に蔽われているように思われ」、その理由を、「自らもっていない幸福をたえず気にしている」ことから生じる執着心、焦燥感に求めている(トクヴィル 六二二―六二三)。『アメリカの民主政治』からの次の引用は、ポーが「群集の人」でアレゴリーとして示していることと照応するとも受けとれなくはないだろう。

彼らはすべての人々からの競争に出くわすのである。……人々がほとんど全く互いに似かよっており、そして同一の道を辿っているとき、彼らのうちの誰一人として、彼をとりまいていて彼を圧迫している、一様な群集の中をつきぬけて、速く前進することがむつかしいことは明らかである。

平等が生んでいる本能と、この本能が満たされるために、平等の提供する手段との間には、恒久的対立がある。そしてこの対立は、人々の魂を苦しめ疲労させる。（六二四）

不平等が社会の共通法則であるときには、最も著しい不平等も目につかないのである。そしてすべての人々がほとんど平等化されているときには、どんな小さな不平等も眼につくのである。そのために、平等への願望は、平等がいっそう増大するにしたがって、常にいっそう飽くなきもの、いやしがたいものとなっていく。……人々はたえずこの平等をとらえそうになっていると信じている。けれどもその平等は、彼らにしっかりとらえられるたびごとに、絶えずすりぬけて逃げ去ってしまう。彼らはこの平等の魅力を認めることができるほどに、この平等のそば近くまで近寄るのであるが、これを享楽することができる

ほどには、これに近づかない。そして彼らは、この平等の快い甘い楽しさをゆっくりと満喫する前に死んでしまう。（六二五）

「ウィリアム・ウィルソン」において、語り手のウィルソンは、彼の同名者に模倣されたり共感を示されたりするたびに困惑と嫌悪を感じるのだが、そこには、バイヤー（Robert H. Byer）の指摘するように、「語り手の傲慢な貴族的価値観と『卑しい平民の』分身のあいだの敵対心」（二三三）という側面があるかもしれない。同様に、〈群集の人〉にもその本来の貴族性が垣間見られる箇所があった。彼の服装は薄汚れてぼろぼろになっていたが、街灯の光の下で見ると、生地は上等のもので、「古物らしい長い外套の裂け目からはダイヤモンドと短剣の影さえちらりと見えていた」のである。（五一二）歴史の時間性が凝縮されたようなこの男──「あの胸のうち、そこにはどのような奇怪な歴史が秘められていることだろうか」──は、身分における貴族性を喪失するとともに精神の貴族性をも放棄し、匿名の群集のなかに憑かれたように身を投じているものであろうか。貴族制への回帰を反動的に望んでいたわけではないトクヴィルも、民主主義時代には先行する世代の痕跡も後にくる世代への配慮もうすくなり、各階級は他の諸階級と接近し入りまじるようになるが、互いは互いにとって赤の他人のようになっていて、「各人は絶えず自分一人に立ちもどり、そしてついには、自分自身を自らの心の寂寥のうちに全く閉じ込めてしまうのである」(五八七 傍点筆者)としている。この言葉は、ポーのエピグラフ——「ただ一人あることに堪えないという、この大いなる不幸」——や、「周囲の人混みのひどいために、かえって孤独の感に堪えないとでもいうように」という言葉と響きあうだろう。個人と個人、あるいは個人と集団の紐帯の性質が根本的な変化を被った時代において、人と人は物理的に、あるいは欲望の形において、ひどく接近しながら、かえって共感から疎外されている。人は社会性のただなかにいて、逆説的に非社会性を体現する存在となるのである。トクヴィルの洞察をふまえて、平等の増大と欲望の相互模倣の関係のいたる果てについて、ジラールは次のように書いている。

増大する平等性——われわれはこれを媒介の接近と呼んでいるのだが——は、調和を産み出しはせず、常にいっそう鋭くなっていく競り合いを産み出すのだ。いちじるしい物質的恩恵の源泉であるこうした競り合いは、それよりははるかにいちじるしい精神的苦悩の源である。なぜなら、いかなる物質的なものも精神的苦悩を鎮めはしないからだ。……平等は、そういった人々の欲望をただ激化させるだけなのだ。この平等への情熱が閉じ込められる悪しき循環の輪を強調することによって、トックヴィルは三角形的欲望の本質的側面を暴露するのだ。……平等への情熱は、それとは逆で対照的な不平等への情熱以外にのり越えることのできない狂気なのだ。(『欲望の現象学』一五二 傍点筆者)

他人との差異をなくそうとして欲望をたえまなく追求する情熱(「狂気」)が、不吉にも全体主義、専制政治へと転化する萌芽をはらんでいる。互いが互いをライヴァルとする競争が激化するとき、相互的模倣は相互暴力の連鎖へといたらざるをえない。そうして差異が消失しアノミー状態が臨界に達するとき、集団は統御できない破壊の暴力に直面する。その飽和状態で集団はどうするか。集団にとって存続の危機となる暴力の連鎖を断ち切るために、カリスマ的指導者やスケープゴートという形で差異を導入し、集団に秩序をふたたび回復する、というのがジラールの仮説である(『世の初めから隠されていること』五六)。共同体はたったひとりを贖罪の山羊として捧げ、互いの

「分身」関係を免れるのである。[5]ポーの「群集の人」はそこまでの破滅を表面化することはないけれども、何か不穏なものを残して終わる。都市においていわば世俗化した祝祭の群集――劇場や居酒屋からなだれをうって出てくる人々にその片鱗がうかがえるかもしれない――は、潜在的にアノミー状態を抱えており、生贄を生む危険をはらんでいるのである。

4　都市の欲望と無気味なもの

都市社会において民主主義理念のもとに解放されていく欲望とは、トクヴィルの言うように、もっぱら功利主義的・物質的な欲望であった。そしてその本質は主体から自主的に発する欲望ではなく、他人の欲望と思われるものに魅了され、それを模倣することから生じる欲望であった。ベンヤミンに戻ると、彼は群集を酔わせるものの正体は「商品」の魅力ではないかと言う。彼は、ボードレールが群集のなかにおける「たましいの聖なる売淫」と言うとき、感情移入の対象が〈ひと〉から〈もの〉へと移り、無機的なものと共鳴を起こすところまでゆき着いているとする。

ほんらい商品を商品にする市場を形成するのは顧客だが、その顧客の大衆化が、平均的な購買者にたいして商品の魅力をたかめるのだ。ボードレールが「大都市の宗教的な陶酔状態」について語るとき、その陶酔の主体は名ざされていないけれども、それは商品ではなかろうか。（ベンヤミン 五六）

ただし商品自体に本来的に魅力が宿るわけではない。商品の魅力は物神（フェティッシュ）としての魅力である。資本主義経済のもとで、そのものの価値は実質ではなく、その交換価値で決定される。より多くの人間に欲望されるものが、商品としての価値を高めるのである。ベンヤミンは、〈群集の人〉が夜遅く、一時間半あまりもかけて次から次へと店を見て歩く箇所に注目している。[6] また、ポーの語り手がコーヒーハウスで目を通していたのが新聞の「広告」欄であったことも示唆的である。広告こそは、つねに新しいものに消費者の欲望を引きつけようとする媒体であった。広告とは「物の商品としての性格を眩ま」せるものであり、「世界の詐欺的な聖化」を行うものなのである（ベンヤミン 二三四）。新聞は購読料よりもむしろ広告料でまかなわれているのであり、そこからの収益が作家やジャーナリストに原稿料としてはいってくる仕組みになっていた。つまり、大衆消費社会は最初から商品を軸に回っており、作家自身もまた自らが商品であったのだ（ギルモア 四−五）。機械による大量生産の時代にはいって、労働者も規格化された労働力を売る者として市場にあったことは論を俟たないだろう。さらに（ボードレールのように詩人を娼婦になぞらえることこそなかったが）ポーの筆は、自らを売る娼婦たち（women of the town）の姿を、「女盛りの美人」から「若づくりの老婆」そしてまだほんの子どもながら「長い商売の習慣から、怖ろしい職業上の媚態だけには結構すご腕で、むしろ悪の道にかけては年上の女たちにもいっかな負けない烈しい意気込みに燃えている」ものまで容赦なく描き出している（五一〇）。ベンヤミンに言わせれば、彼女たち——売り手と商品を兼ねている——こそ「一般市場の秘密を、商品に劣らず、知りつくしている」存在であった（五六）。

しかし、都市の欲望の源として「商品」、あるいは商品に付与される価値を名ざすことで、「群集の人」における「謎」あるいは「秘密」がすっかり解明されるとは言えないだろう。「商品」の向こうに人間が求めているものからまだわれわれは隔てられているのだ。この作品の冒頭の、「死を前にしても言葉をもってはついに語ることを許さぬ秘密」という表現は、人間の深く恐ろしい「罪」の物語が展開され、秘密が明かされることを読者に想定させる。だが、丸二日にわたる追跡の末、物語は次の言葉をもって一種のアンチ・クライマックスのうちに終わる。

> さすがに今度は私ももう尾行はやめて、じっと深い感慨に沈んでしまった。「この老人こそ、深い罪の象徴、罪の精神というものなのだ」とついに私は呟いた。「あの老人は一人でいるに堪えられない。いわゆる群集の人なのだ。後を尾けてもなにになろう。彼自身についても、彼の行為についても、所詮知ることはできないのだ。人間最悪の心というものは、あの『心の園』よりももっと醜悪な書物であり、おそらくそれがついに解読を許さない（*es lasst sich nicht lesen*）ということは、むしろ神の大きな恩寵の一つなのではあるまいか」と。（五一五）

〈群集の人〉は、あるいは都市の群集は、最後になってもついにそのヴェールを剥がされることがなかった。ブランドは、「群集の人」論において、〈語り手＝遊民〉が解読しえぬ人物に出会ったことを、都市の観察者・解読者としての遊民の限界とみる。

犯罪や暴力をはらむ都市には、より有能な信頼できる解読者が必要だった。その形象こそが〈探偵〉である。一八四〇年に「群集の人」を発表した後、ポーは翌四一年に最初のデュパンもの、「モルグ街の殺人」を、つづく四二年から四三年にかけて「マリー・ロジェの謎」を発表する。遊民から探偵へのこの展開について、ブランドは次のように述べる。

探偵は、ますます不透明さを増すようにみえる都会も、超人的能力をもつパノラマ的な観察者の手にかかりさえすれば把握可能だということを示唆する。読者のかかえる都会の不安の象徴たるミステリーを解決することで、探偵は、遊民のように、社会に秩序をもたせることの可能性を暗示するのである。じっさい、遊民にもまして探偵はこの可能性を保証する。というのも、探偵の解読の方法は事実上、そうした秩序を維持するための実際的な方法として使用されるからだ。(一〇三)

遊民が探偵になることは、社会の有用性からして意味があった。遊民は社会のいわば敷居のところに立ち、街を彷徨しては人々の顔に意味を読み取り、あるいは一時的に対象と同一化し、アンニュイをまぎらわす。一方、探偵は社会の中に確たる存在意義をもつ。彼の役割とは、暗い陰惨な犯罪が跋扈する都会に秩序を回復すること——ベンヤミンの言葉では「猟場を浄化する」（四一）こと——である。得体の知れない匿名の群集のなかから一人の犯罪者を名ざすことで、不安に脅かされた共同体に秩序が回復される。こうした探偵小説の機能は、ジラールのいう儀礼としての〈贖罪の山羊〉という神話がもつ構図と、はからずも一致する。無秩序の暴力が沸騰しそうになるときに、ある徴をもった者が選ばれ、身代わりとなって全体を救う。探偵小説では、登場人物のだれもが——探偵自身すらも——犯人たる要素をもっている。ところが、疑わしい者たちのリストのなかから、最後に思いがけない人物の名が浮上するのだ。「探偵小説というジャンルは、誇らしげに、最後には必ず犯人を明らかにし、読者へと引き渡すことによって、この〔ジラールの〕構造、この神話に加担している」（デュボア 一八八）。

犯罪解決の科学を通して社会秩序が回復され、大衆に安心感を与えるという新しいジャンルが市場価値をもつことを、ポーはじゅうぶんに自覚していた。だがブランドも言うように、「市場価値をもつ」、すなわちより多くの読者にアピールする、ということと、探偵の方法や能力を信じるということとは別である。「作者があとからほどくつもりで張りめぐらした糸を自分でほどいてみせたところで、どこがすごいのか」(一八四六年八月九日 フィリップ・P・クック宛書簡)とポー自身も自分の発明した探偵小説というジャンルの欺瞞をある手紙で暴露する(ブランド 一〇三、ポー『書簡集』三二八)。またポーは、『バーナビー・ラッジ』に対する長文の書評において、ディケンズの類まれな才能を称えた上で、作者があらゆる点で「謎を解明したいという欲求」を読者に強くかき立てるように仕組んでおきながら、その効果を最後にじゅうぶんに発揮できていないことを指摘している。

次のことははっきり言っておかねばならぬ――予想というものは必然的に現実を上回るのであって、ラッジの妻がいつも顔に浮かべている恐怖の表情の原因になっているものがいかに恐ろしい事実であるかが大詰めに来て明らかにされても、読者の心を満足させることはできないということである。読者は必ず失望する。ぞっとするような事実のたくみな暗示によって作者が読者を釣ろうとすると、それが作品の結びの部分から一切を奪い去るような効果を生み出してしまうのである。こうした暗示——あるさだかならぬ悪の暗いほのめかし——は、修辞的には効果のあるものとして賞讃されるのがつねであるが——しかし、それは大詰というものが全然ない場合にのみ——読者の想像力が自由に独力で謎を解明する場合にのみ、賞讃に値するので、ディケンズ氏の構想はこれとは異なるのだ。（ER 一二三九）

物語の冒頭において、ある恐ろしい謎が呈示され、迂回路をたどりながらついに解明される。そのとき、「読者は必ず失望する」。なぜか。読者が謎のなかにみているもの——「あるさだかならぬ悪の暗いほのめかし」——は、実際の解決によって解消されるものの内包をはるかに超えているからである。その意味で、ポーが「群集の人」において未知の老人の謎を謎のままにしておいたのには必然性がある。老人の名前なり経歴なりが示され、アイデンティティが特定されたところで、読者はそれを素直に受け入れることができない。いったん心に宿った疑問、好奇心、恐れは、結末にそれ以上のものを予期していたのである。「謎」という言葉のうちには、解読されるべき隠された意味としての謎と、神秘あるいは秘密としての謎がある。犯罪が解読され犯人が名ざされるとき明らかにされるのは前者であって、後者の、神秘・秘密としての謎は、前者が暴かれた後も生き延びるのである。デュボアは『探偵小説あるいはモデルニテ』において、うまくいった探偵小説は、「より強い意味をもつ謎解きの過程を呼び起こす」と言う。前者の謎解きが、後者の謎解きへの回路を開くのである。そこにおいてしばしば見出されるのは、秘密としての自分自身である。「したがってそこでは、意に反して問いがよみがえり、したがってまたみずからが犯人として認識される。いくつかの傑出したテクストにおいて探偵に到来するのはこうした事態である」[7]（オイディプスしかり）。（一九六－二〇五）それは、ポーの言うように「ついに解読を許さないということは、むしろ神の大きな恩寵の一つ」であるような謎である。解読された犯罪、犯人の名前とは、究極の謎からわれわれを守る防御壁でもあるのだ。こうしてわれわれもまた、迂回路をたどったあげく、神秘あるいは秘密としての謎のもとへと送り返された。

筆者は以前、殺人が起こるわけでもない「群集の人」において、なぜ冒頭に死のイメージが喚起されるのか、という問いを立てた――死を前にしても語れないほどの恐怖にみちた秘密とは、隠された犯罪とは何なのか。そしてそれは他者の欲望の模倣の果てにたどりつく匿名の死であるとした。都市においてはだれもがだれもの分身であり、もはや自律的な存在ではありえない。ガス灯に照らされて、真夜中にも絶えることのない群集は、個人を殺すことで集団としての生のエネルギーを得ている。群集の中では、だれもが殺人者であり、犠牲者なのだ（西山 一三）。語り手はいわば鏡像をみるように自分（自分という主体の死）をみたのだが、それを自分だとは気づかなかった。だが、神秘あるいは秘密としての謎——解読を許さぬ謎——とは、この欲望の相互模倣の果ての死という以上のものを暗示しているようでもある。そこに含まれている、人間の存在としての究極の謎、という強いニュアンスは、相互模倣の欲望のレベルに回収しきれないものを含むからである。

ジラールにおいて主体の欲望が他者の欲望の模倣であるといわれるとき、モデル＝ライヴァル関係が熾烈になる「他者」とは、共同体内部の他者であった。また「欲望」とは、（食欲や性欲といった「欲求」とは区別される）恋愛や野心や虚栄といった形而上的欲望であった。共同体内部の他者と模倣しあう欲望はつねに鏡のように反射し、増幅される。だが、ポーの「群集の人」には、そういう模倣の欲望の相とともに、それを超えた欲望の相――それが「群集の人」の無気味さと謎の核を形づくっているように思える――をも読み取る必要がありそうだ。ポーの語り手の前に「悪魔」の形象のごとく現れ、それが同時に抗いがたい魅力であるような人物とは、共同体内部の他者を超えた〈力〉としての他者、ラカンの言うところの大文字の他者でもある。

ここで、やや煩瑣になるが、ラカンによる〈象徴界〉〈想像界〉〈現実界〉という概念を導入しよう。日常の世界は言語という象徴によって覆われている(象徴界)が、この象徴化の作用からはたえず洩れ落ちる部分(現実界)が存在する。〈現実界〉は原初の生命のエネルギーを保持しており、強烈な惹きつける力をもつ。世界内に現れるときは、象徴化できないものとして、不在の点、欠如の印として出現する。現実界との遭遇は、主体にはトラウマ的な経験を残す(フロイトにおけるイルマの注射の夢)。一方、われわれが実在の世界として想像するのは、世界内の他者(小文字の他者)との相互作用によって成立する世界(想像界)である。そこでは自己のイメージは、他者との同一化によって鏡像的に織り上げられている。ジラールによって三角形的欲望と呼ばれた主体・対象・媒介をめぐる関係とは、ラカンに照らせば、〈想像界〉の関係であろう。そこでは、対象自体の魅力は媒介者がいるからこそかき立てられた。

しかし、主体から発しないことは同じであっても、〈想像界〉の他者の模倣としてではなく、別の源泉から発して主体を惹きつける抗いがたい力がある。それは〈現実界〉に起源をもつ力である。それが引き起こす欲望とは、形而上的欲望よりもさらに深層のレベルの欲望である。ポーのいう「天邪鬼の精神」もそういう種類の欲望であった(西山「黒猫の棲む領界」)。ポーの語り手は、ある夕暮れ、未知の老人に〈現実界〉のかけらを見いだし、惹きつけられて追跡を始めた。(この同じ力が、冒頭の謎めいた言葉によって読者の欲望の運動にも火をつけた)。[8] そして、〈想像界〉の模倣の果ての姿を、想像界の互いに反射しあうまなざしでは見えない相において――想像界を住処とする人間には見えない相において――ヴィジョンとして眼前にした。しかし、そのエッセンスは表現を試みても象徴化からこぼれ落ちるもの(「解読を許さぬ書」)であり、われわれに剰余として無気味な感覚を残すのである。[9] 探偵小説が不可解で危険なものを社会のなかから名ざし排除しようとするものだとすれば、それは同時に社会に何か不穏なものがあることをたえず繰り返し喚起する仕組みでもあり、「探偵小説のレントゲン写真」としての「群集の人」も、この無気味さを分かちもっている。この点で、レスリー・フィードラーの言うように、探偵小説は都市のゴシックなのである(四九五一九六)。

個々人がその中においては顔を失っていく群集が、まとまりとしてはひとつの生命体として都市に息づき蠢いている。「群集の人」では、ガス灯の異様な光や降りしきる雨のなかを泳ぐように進む人の群れが、群集の底に流れる不穏なエネルギーを表していた。群集は、その中においては相互模倣の暴力を秘めている。が同時に、群集を外から眺めるときわれわれが感知する不安や恐ろしさの根源には、生命体としての群集の無気味さがある。つまり、群集の無気味さには二つのレベルがあり、ポーの短編は、差異が消失し混沌と化す群集の危険性・暴力性の予感を暗示するとともに、異常なまでに語り手を惹きつけるその強さにおいて、さらに深い無気味さ――〈現実界〉の瞥見――を暗示していたと言える。こうした群集の惹きつける力に敏感だったのは、「群集の人」の語り手だけではない。デュパンは夜の闇を愛し、日暮れてから遅くまで街を歩いては、「ただあの静かな観察のみが与えてくれる無限の精神的興奮を、人口稠密な都会の、凶暴な光と影のなかに求めたのである」(「モルグ街」一四)。本稿ではこの点についてじゅうぶん論じることはできないが、ポーの他の作品とジャンルを超えて通底する重要な点として指摘しておきたい。

■註

(1)ブランドは語り手の追う未知の男がベンヤミンのいう badaud（野次馬、物見高い人）だとする。（ブランド 八四）

(2)これ以外に〈人間＝書物〉というテクスト論からのアプローチもある。

(3)ジラールの欲望の三角形の図式の整理にあたっては、作田啓一『個人主義の運命』（岩波新書、一九八一年）を参考にしている。

(4)ポーは一八四四年五月二十七日付の記事で、近く行われる大統領選を前に政治的興奮が一段落していること、それに関連して、フィラデルフィアで起きた大きな暴動（mob-disorder）――アメリカ国民党とアイルランド系カトリックの衝突――がようやく終息したことに触れている。（九六）

(5)トクヴィルとジラールを結びつけて個人主義と自由・平等について考察する西永良成『個人主義の行方――ルネ・ジラールと現代社会』（大修館書店、二〇〇二年）を参考にした。

(6)井上健は、ベンヤミンがポーの bazar という語を「百貨店」と誤解していることを指摘している。（井上、四二）

(7)デュボアは謎一般にénigmeの語を充て、後者の謎に mystère、secret の語を使っている。（一四六－四七）

(8)ジジェク（Slavoj Žižek）は、この同じメカニズムについて、古典的探偵小説とハードボイルドの違いをラカン的な欲望の理論で説明している。（一一八－二一）彼によれば、古典的探偵小説の最大の魅力は、冒頭で依頼人が語る物語の無気味で夢のような性質にある。

そこには強烈なリビドー的力が作用しており、探偵の機能とはわれわれをその呪縛から解き放つ（〈現実界〉との遭遇から守る）ことにある。古典的探偵は金銭的報酬を受け取ることでこのリビドーの回路に巻き込まれずにすむが、ハードボイルドの探偵は金を軽蔑するため、巻き込まれ、たいていは「宿命の女」によって危険な目に遭遇する。

（9）エルマー（Jonathan Elmer）はポーの文学を「社会の閾（social limit）」にある文学と位置づけ、「閾」を形成する概念にラカン―ジジェクあるいはコプチェク（Joan Copjec）を導入している。（一七三）

第七章　共感する「わたし・たち」

ヘンリー・ジェイムズの政治性《ポリティックス》

難波江仁美

1　はじめに

ヘンリー・ジェイムズは、二十世紀の幕開けとともに『鳩の翼』、『使者たち』、そして『黄金の杯』を次々と発表した。F・O・マシーセンがこの時期をジェイムズの「円熟期」と呼び、彼の小説芸術の結実をこれらの三作品に論じたのは一九四七年である。以後ジェイムズは、人生を芸術に捧げた象牙の塔の作家、あるいは社会や政治とは無縁の文学の「巨匠」として位置づけられてきた。しかし一九八〇年代以降、文学批評に人種・ジェンダー・民族・国家といったイデオロギー的視点が持ち込まれ既存の文学史が修正されると、ジェイムズは難解な心理描写に秀でた技巧の小説家ではなく、むしろアメリカ文化論や自伝文学、さらにはゲイ文学における「巨匠」として蘇った。また二〇〇一年の9・11事件以降の政治的意識の高まりの中で文学研究者たちは、これまでの派閥的イデオロギー批評を見直し、感覚・身体・主体といった観点から文学研究を社会やコミュニティとの関係の中に再び位置づけようとしている。ジェイムズ研究においてもそれは例外ではない。(1)

そうした批評の流れをふまえながら、マシーセンが語らなかった二十世紀のジェイムズに焦点をあててみようと思う。ジェイムズは「円熟期」以降長編小説を完結することはなかったが、それは必ずしも彼の作家人生の終焉を意味するものではない。彼はそれまでの作品を改訂編纂して序文を付け加えたニューヨーク版の刊行、旅行記、自伝、また多くの評論やエッセイなどに精力的に取り組み、十九世紀から二十世紀へと急展開する時代に敏感に反応しながら新しい表現形式を模索し続けた。特に第一次世界大戦が始まると、負傷兵や難民への深い共感から、それまでの彼には想像もできなかったようなプロパガンダ記事を新聞や雑誌に寄せるようになる。彼の語りはフィクションからドキュメンタリーへと向かい、彼のプロパガンダには、戦争という暴力による分離や破壊に抵抗し、連帯と再生を希求する彼の個人的な立場が明白に露呈されるようになる。ジェイムズは、不安定な時代に生きる人々のアイデンティティの根拠を、共感によって生み出される「わたし・たち」というローカルなコミュニティの連帯意識に見いだそうとしたのである。(2)

この論考では、ジェイムズの政治性と語りとの関係を探るために、まずプライベートな手紙で彼が演出する「わたし・たち」という同胞意識を促す語りに注目する。さらに、ホイットマンの詩集および書簡集の書評と『自伝』にジェイムズの政治的関心が一貫して認められることを確認した上で、その政治性がどのように彼の最晩年のパブリックな「わたし・たち」の語りに継承されていくのかを跡づけてみたい。

2　触れる、感じる、創造する——「わたし・たち」の語り

『鳩の翼』脱稿後の一九〇四年、ジェイムズは二十年ぶりに故郷アメリカを訪れた。二十世紀のアメリカは彼を刺激し、実験的創作へと彼を駆り立てた。短編集『ファイナー・グレイン』(一九〇九)には早々と「コダック」、「飛行機」、「シネマトグラフ」、「スナップショット」といった新語が導入されている(ティントナー『二十世紀』二)。ま

た各地で行った講演は成功で、兄ウィリアムは、人前で話しをすることが弟の「(難解な文章を読むよりもよくわかるので) 新たな天職かもしれない」と手紙に書いたほどであった (『ジェイムズ・ファミリー』六三九)。

人前で話すという弁舌の才能は、ジェイムズにとっても思わぬ発見であったに相違ない。一八九五年に劇作を試みて失敗し、彼は観客の前で屈辱的なブーイングを経験していた。観客の前に自らを晒すことは彼が得意とすることではなかった。しかもジェイムズには吃音の傾向があったのである。しかしアメリカは、彼の雄弁がパブリックな場での交流に寄与しうるという自信を彼に取り戻させた。イーディス・ウォートンは、ジェイムズが朗々と詩を朗読し、そのとき「魔法のように彼の吃音はなくなった」と書き留めている (『バックワード・グランス』一八五)。後になって第一次大戦中のエピソードだが、ジェイムズはフランスについて書いた自分のエッセイが一般読者に理解してもらえるかどうか心配になり、友人ヴァイオレット・ハントにそれを読んで聞かせたことがある。(3) 感動してふるえながら朗読する彼にハントは思わず、「ミスター・ジェイムズ、あなたがこんなに情熱的だなんて知りませんでした」と叫んだという (ハント 二六六 強調原文)。ハントを感激させたジェイムズは、自分が発することばを介して「わたし」と「あなた」が共感しあえるという作家冥利にも尽きる至福を味わったに違いない。このときジェイムズは、顰め面のように見える彼独自の「笑み」を浮かべていたとハントは記録している（二六六）。

プライベートな私信、特に若い男性の友人たちへ宛てた手紙では、ジェイムズの「わたし」は、コケティッシュで機知に富む親しい友人、あるいは先輩や兄、さらには心配性の母にもなって、「わたし」と「あなた」との親しい関係をなんとか作り出そうと努力する。[4]手紙は友人たちとのことばによるふれあいの場であり、ジェイムズは文字通り「タッチ」や「手」ということばを使いながら「わたし」と「あなた」の距離を縮めて「わたし・たち」という一体感を達成しようとする。ことばを介して友人たちと経験を共有し、互いに共感し合えることに、ジェイムズは精神的充足感を見いだしていたのであり、それは同時に彼の創作への原動力にもつながっていた。

若く野心的な彫刻家ヘンドリック・アンデルセン宛にジェイムズが書いた一九〇二年の手紙には次のような一節がある。

何よりわたしを悩ませるのは、わたしがあなたを助けてあげられない、会って話しをして、あなたに触れ《タッチ》、しっかりと長い間抱いて、わたしのもとで安心させて、そしてわたしが深く関わっている、と感じることができないことです。あなたを、そしてわたしを思って心が痛みます。……わたしの手があなたに触れることができたら……。（ベル xiv 強調原文）

ジェイムズの手紙は、彼とヘンドリックを結びつけ、互いが「深く関わっている」という感覚をジェイムズに確信させる。勿論実際には遠く離れているのだが、手紙はペンを握るジェイムズの手の延長として彼の「タッチ」をヘンドリックに伝える。ことばによって喚起される「タッチ」の感触がジェイムズを「安心」させる。だからこそ、腱鞘炎もあってタイピストの口述筆記に頼っていた一九一二年のタイプ打ちの手紙には直筆で、「親愛なるヘンドリック、非人間的な機械（タイプライター）ではわたしの想いの……半分も伝わらないとあなたはおわかりですね」という「追伸」が添えられるのである（『書簡集』四巻　六四二）。

このタイプ打ちの手紙は、実はヘンドリックの芸術感に賛同できないジェイムズの意見を伝えたものである。ここでは「関係」や「タッチ」ということばが彼の創作信念を語る重要な意味を担っている。

わたしは現実という強烈な状況に生きていますから、芸術作品というものが、そこに開かれてくる何らかの人生のかたちと直接関係しながら、一片ずつ、少しずつ《タッチ・バイ・タッチ》おのずから生み出されていくものだと思っています。（六四二　傍線論者）

触れて感じることから創造が始まるとジェイムズはいう。彼にとっては、人間同士の関係も、作家と作品との関係も、本質的には同じ有機的な成長のプロセス、つまりどちらもジェイムズが自分の「手」で「少しずつ」触れながら、愛おしんで形づくっていくものなのである。このとき、ヘンドリックが当時考えていた大規模な建築計画にジェイムズは不満を表したのであった。[5]テクノロジーを駆使した機械的な創作行程は、「わたし」や「あなた」の「手」の痕跡を必要としないからである。ジェイムズにとって「芸術」表現は、現実と「強烈」に関わる個人的な体験から始まらなければならない。手書きの「追伸」を書き加えることでジェイムズは、自らの「手」で触れて感じることが経験の基本であり、そこから人生も創作も始まるという彼の信念を若い芸術家の友人に感じ取って欲しいと願ったのである。
手紙の語りで自由に自らを演出するジェイムズは、しばしば自分の写真を友人宛の手紙に同封した。大作家の自己主張かもしれないが、ジェイムズは、鏡では見ることのできない自分の姿に見知らぬ自分を発見して興味を惹かれ、友人と共にそれを楽しもうと考えたのかもしれない。肖像写真という視覚的補足物は、手紙とは違って瞬時に直接的な印象を与える。とりわけ親しい人の顔の表情に意外な側面を発見することは、互いの関係を活性化するきっかけにもなるだろう。例えば、ジェイムズのタイピストであったボサンクエットの一九〇八年の日記には次のような記述がある。

ジェイムズ氏のもっとも大当たりのクリスマスの仮面は、巻き毛の付いた老婦人の顔でした。みんながあまりに興奮して騒ぐので、氏は鏡を持ってこさせました。「なるほど」と彼は言いました。「わたしたちみんな洋服のように仮面をかぶってそれを付け替えたりしているのではないかね?」(カプラン 一)

ここでジェイムズは「仮面をかぶったわたし」の鏡像を「あなた」と共に客観視して、

「わたし・たち」という共有されたアイデンティティを会得している。愉快に笑いあうという行為によって彼は友人たちとの一体感を経験する。ジェイムズは「仮面」を衣服に喩えて、日常においても誰もが様々な役割を演じなければならないことに言及しているが、同時にこのエピソードは、「仮面」が必ずしも決まり切った役割や関係を規定するものではなく、それが思いがけない関係を創造する媒体でもあることを語っている。「老婦人の仮面」は、友人たちのみならずジェイムズにとっても興味をそそる瞬間を創造し、さらに即興的な台詞を彼に語らせることにもなったのである。(6)

「仮面」を眺めるジェイムズには、仮面や衣装、そして適切な台詞によって「わたし・たち」という一体感が演出可能であることが解っていたであろう。残念ながら実際の劇場における劇作には失敗したが、彼は「わたし・たち」という語る主体を工夫することによって語り手と読者との共有体験を語りの中で実現しようとしていた。それがジェイムズ晩年のプロパガンダ記事における「わたし・たち」の語りへと踏襲されていくのだが、その検討に入る前に、形式においても内容においても彼に影響を与えたと思われるホイットマンについて論じておかなければならない。

3　ホイットマン、南北戦争——「わたし・たち」のアメリカ

ゲイ批評家エリック・サヴォイは、一九八〇年以降のゲイ・レズビアン文学研究によって「作家と作家をつなぐ回路（影響関係や受容のダイナミックス）」の再構築が可能になり、その結果ウォルト・ホイットマンとヘンリー・ジェイムズとの間の「イデオロギー的関係」も議論できるようになったと述べた（三）。確かに文学批評の一つの方法としてのゲイ・レズビアンの視点は、思いもかけなかった作家同士の関係を探ることで新しい解釈の地平を開いたといえる。ジェイムズとホイットマンがそれまであまり議論されなかったのは、二十三歳のジェイムズがホイットマンの『ドラム・タップス』を「野卑」であるとして批判的な書評を書いたことが災いしたのかもしれない（『リタラリー・クリティシズム』六三三）。しかし、ホイットマンの詩集や書簡集をジェイムズは最後まで所有していたし（ティントナー「ヘンリー・ジェイムズと第一次世界大戦」一七四）、六十二歳のジェイムズは、ホイットマンを「アメリカで最も偉大な詩人」と評価していた（『バックワード・グランス』一八六）。ジェイムズとホイットマンを結ぶ回路も定着した今、「ゲイ」という視点からだけではなく、ジェイムズのホイットマン評を「アメリカ」をめぐる歴史、政治的視点から再検討する必要があるだろう。

一八九八年にジェイムズは、ホイットマンと若い労働者との書簡集『カラムス』を書評し、階級や生い立ちにとらわれないホイットマンの自由さに感銘を受け、彼の同性の若い友人との往復書簡を「歓喜に満ちた」ものだと述べている。

ホイットマンは友人に、彼等が共に見て触れた体験、人々の極悪さ、つらい仕事、たいくつな娯楽、よくない食事について書いている。そしてなにか神秘的な作用によって、その記録はとても歓喜に満ちた読み物となっている。なぜか——それはまた別の時代に明らかになるだろう。とにかくその謎はデモクラシーのスフィンクスが提示するしゃれたものだ。(『リタラリー・クリティシズム』六六二)

なぜ「歓喜に満ちた」ものなのかという理由をジェイムズは説明しない。スフィンクスの謎にかけて、その答えを「人間《マン》」とすれば、同胞への人間賛歌とも彼のホモセクシュアルな愛情表現とも解釈できるだろう。当時『カラムス』は、アーサー・シモンズを始めイギリスの同性愛者たちの間で話題となり、シモンズはホイットマンに彼のセクシュアル・アイデンティティを問いただす手紙まで出している。(7) ジェイムズに同様の関心がなかったとは言い切れないが、彼はホイットマンのプライベートな性生活の真相にではなく、むしろプライベートな手紙をパブリックな発言として世に問うホイットマンの作家、そして編集者としての着想に注目していたのではないか。書簡集『カラムス』は、私信であると同時にアメリカのデモクラシーとは何か、アメリカ人とは何か、といったアメリカ社会における根本概念を問いかける公の書として読むことができるからである。ホイットマンは労働者の青年との往復書簡を通して、階級、職種、性別、そして人種による境界を超えた関係、共通の体験から生まれる同胞意識にデモクラシーの本質を見る。彼の書簡集は、「わたし」と「あなた」の体験を「わたし・たち」という二斉唱で謳い、さらなる同胞の読者の共感を誘う。ジェイムズは、ホイットマンの情熱あふれたことばに詩人の個人的な体験だけではなく、「わたし・たち」のアメリカ体験を再発見したのではないだろうか。ジェイムズの「歓喜に満ちている《ディライトフル》」ということばは、思わぬ心の暗闇に光があたったという彼の驚きと歓びを語っている。

　同年、ジェイムズはホイットマンの詩集『傷を癒す者《ウーンド・ドレッサー》』についても書評を書いた。彼は、ホイットマンの詩は読者の「心を動かす」と語る。「痛ましく」、「みじめなほどによく理解した」、「何の覆いもない」、そして「一般大衆に迎合することのない」表現で、ホイットマンは南北戦争当時のアメリカ人の苦しみや悲しみを謳っているとジェイムズは評している（六七一）。さらに、『カラムス』と同様この詩集が「ドキュメンタリー」であり「真実の書」だと指摘し、彼はホイットマンの詩集を「アメリカ人の辛い日々や犠牲」という忘れられた歴史を映しだす「曇った鏡」と喩える。最後に彼は次のような感想を付け加えている（六七二）。

ウォルトは、故郷のこころ――憐れみと戦慄とどうしようもなさとを謳っている。それはあたかも生長した息子たちを思ってむせび泣く母の声のようだ。そして今のところこの小さな本は間違いなく雑多な本にあふれる愛国心文学の棚に見いだされるであろう。（『リタラリー・クリティシズム』六七二）

「ウォルト」と親しく呼びかけ、あたかもジェイムズはホイットマンと経験を共にする同胞である。ここで興味深いのは、ジェイムズがホイットマンに「母」の「むせび泣く」声を聞きとっていることである。兵士たちを謳う詩人の声に、彼等の安否を気づかう「母」の愛情溢れる音調が重なって聞こえてきたのであろう。(8)しかし最後に皮肉な調子で、この「小さな本」が「雑多な本にあふれる愛国心文学の棚にみいだされる」とジェイムズは結んでいる。

一八九八年は、米西戦争にアメリカが勝利し、領土を太平洋へとさらに西へ拡大した年である。ジェイムズはこの年、イギリスの文芸雑誌『文学』に「アメリカ文芸便り」を春と夏に連載した。『傷を癒す者』の書評はその五月七日号に掲載されている。その二週間前の四月二十三日号でジェイムズは、「デモクラシーとセオドア・ルーズベルト」と題してルーズベルトのエッセイ集を書評し、ルーズベルトが乱発する「アメリカ人」ということばに一般市民を扇動するような論調があると述べている。ルーズベルトは、米西戦争で義勇騎兵隊を率いて功績をあげた国民的英雄である。(9)しかし覇者ルーズベルトが「アメリカ人」の理想だとすれば、アメリカの貧しい労働者、負傷した兵士、そして悲しむ母はその範疇からは除外されるであろう。強い国をめざすルーズベルトのアメリカは、弱者の立場に共感する余裕はない。従ってルーズベルトとホイットマンは、互いに相容れない「愛国心」の理想を語っていることになる。彼等の本が同じ書棚に並ぶとすれば、それは確かに「雑多な」印象を評者ジェイムズに与えたであろう。彼が先述の書評の最後でホイットマンが体現する「デモクラシー」の「謎」を意味ありげに言及したのも納得がいく。米西戦争の勝利でアメリカが勢いづく一八九八年に、ジェイムズが南北戦争の記憶を映し出すホイットマンの「曇った鏡」の歴史性を評価したのは、アメリカのデモクラシーの光と陰を捉える重要な指摘である。

ジェイムズは、ホイットマンの詩や手紙のことばに、アメリカの歴史に深く関わる「わたし・たち」の経験を読み取った。一九〇四年にアメリカを再訪したジェイムズは、ホイットマンの何にも「迎合することのない」率直な「わたし」の表現に倣うかのように、アメリカの印象を記録した。[10] さらに彼は、アメリカの歴史を強く意識しながら自伝の執筆にとりかかり、かつて彼がホイットマンの作品に認めた「ドキュメンタリー」としての側面を強く持つ「わたし・たち」の物語を書き始める。

通称『自伝』は、一九一〇年に亡くなった兄ウィリアム・ジェイムズの回想記という構想から始まって家族の物語へと発展した作品である。執筆中ジェイムズはそれを「ファミリー・ブック」と呼んでいた。[11] 彼は保管されていた家族の手紙などの資料をアメリカから取り寄せ、その手紙の引用を織り交ぜながら「わたし・たち」の物語に着手した。ジェイムズは甥ハリーに、「(家族の古い) 手紙を手で触れ《タッチ》ながら読むと「多くの特徴《タッチ》や声色《トーン》」が感じられること、そしてそれらがかつてとは「違った光の中」で彼と家族との再会を可能にしてくれることなどを手紙で説明している(『書簡集四』八〇二)。触る《タッチ》、聞く《トーン》という感触を介して手紙を読むことで、ジェイムズは家族との新しい関係を見いだし、それを物語に書き下ろしていったのである。

『自伝』の第二部、青年期の思い出を扱った『息子と弟の覚書』(一九一四、以下『覚書』)の時代背景は南北戦争である。ジェイムズは戦場で戦うことはなかったが、武器を持たずして戦争を語ったホイットマンに倣って自らの戦争経験を振り返っている。[12] 南北戦争時における二人の共通体験は、収容所病棟である。ホイットマンは一八六二年、弟ジョージを探してブルックリンから首都ワシントンへ、ジェイムズは一八六三年に弟ウィルキーを探してニュー・ポートからロード・アイランドの病棟を訪ねた。二人が出会ったことはない。しかし『覚書』でホイットマンに「親愛なるウォルト」と親しく呼びかけ、ジェイムズはホイットマンの経験を試金石にしながら、当時の自分の経験を再評価する。「ウォルト」は、病棟の「友人たち」と「共有するアメリカ気質」に心動かされ、後にその経験を詩に謳った。しかし二十歳のジェイムズは、

「アメリカ兵」の「アメリカ気質」に「生々しい異様さ」を感じ取り、衝撃を受け不安に襲われた（四二四）。「生々しさ」とは、ロマンチックな英雄としてのアメリカ兵ではなく、傷ついた身体そのもの、露呈された傷口、うめき声や臭いである。[13] ただジェイムズが誇りに思うのは、「三、四時間」のことではあったがその場に留まり、「彼等（アメリカ兵）」の側に歩み寄って「関係を成立」させ、「友情」ともいえるほどの親密な感情を抱いたという経験である（四二五 傍線原文）。ホイットマンと同様の戦争経験を共有していたことを確認して、ジェイムズは「少し喜ばしい」と記すのである（四二四）。

　ホイットマンは、南北戦争中に通算約六百回にわたって各地の収容所病棟を訪れた。「わたしたちの傷つき病に苦しむ兵士たち」（『ニューヨーク・タイムズ』一八六四年）は、その経験を語った新聞記事である。[14] ここでホイットマンは病院で若い兵士たちにお菓子や果物を配ったり、故郷の母親への手紙の代筆をしたりした経験を紹介している。しかし彼の記事の目的は単なる報告ではなく、見舞いや看護には「知恵」と「技芸《アート》」の心得が必要であることを読者に教え諭すことにある。「知恵」とは「鋭い鑑識力」と「人間的な共感と限りない愛情」から会得するものであり、「技芸」とは個人を尊重して対応することのできる「適応性」を意味している。さらにホイットマンは、一五歳から二十歳の兵士たちに必要なのは母のような愛情であると強く主張する。彼等を見舞うホイットマンが自らをナースと呼ぶとき、彼は自分が看護婦《ナース》としての「適応性」を備えていると同時に養育する乳母《ナース》としての「愛情」にも溢れていることを自覚している。男性でありながらこの両方のナースを演じることができるのは、ホイットマンの才能である。

母の愛への言及は、自我を抹消した一九世紀的理想の女性像を強化する男性的な言説、あるいは女性の役割をも侵犯する暴力的な行為と解釈できるかもしれない。しかしここでは、母の愛という隠喩を用いることでどのような関係が語りの中で可能になるのかについて考えたい。ホイットマンは、負傷兵を看護すると同時に、彼等の物語を語り伝える詩人である。先に指摘したように、ジェイムズはホイットマンの詩に「むせび泣く母の声」を聞き取っていた。母のような愛情で兵士たちに接したホイットマンは、彼等の痛みに共感し、かつそれを語ることができた。彼等に優劣を見いだすことなく、それぞれの個性を尊重して彼等一人一人を語るといういわばデモクラティックな物語が、母の意識という語りのモデルを介して実現されるのである。

ジェイムズが「ファミリー・ブック」と呼ぶ自伝の語り手の意識にも、母の意識がそのモデルとして想定されているように思われる。確かに『覚書』にはほとんどジェイムズの母メアリは登場しない。彼女の手紙も引用されない。他の家族によって言及されることはあっても、彼女自身は沈黙している。しかし、ジェイムズにとって母は不在ではない。母は常に家族の中心に位置し、彼女が家族を見守ってくれていたからこそ、家族は一つに和合していたという。その「母の意識」をジェイムズは、「家族の姿が華麗に刺繡されていくキャンバスそのもの」と表現する（三四四）。家族のことだけを思って生きた母メアリの「母の意識」を家族の物語を描く「キャンバス」に見立て、ジェイムズは家族それぞれの姿をそこに描いたのである。語り手ジェイムズの記憶装置は、古いフィルムを映す映写機のような冷たい機械ではなく、愛情ある暖かい生地《キャンバス》の感触を持つ「母の意識」である。そして『覚書』の終わりにジェイムズは、自らの語る意識を「この不十分なキャンバス」と呼ぶ（五二二）。[15] 彼の「キャンバス」が「不十分」なのは、語り手であり編集者を自覚するジェイムズの意識が「母の意識」のように自我を抹消した意識ではありえないからである。「触れるだけでぶんぶん音を立てない（記憶の）バネはない」と彼がいうように、彼の意識は活発である（四四六）。

それを抑制しつつ、家族の物語を一つの「キャンバス」に収めるために、彼は「自分の複雑な見解を控えて」「アピアランス」の記述に徹すると宣言している（四七四）。そして、こうして自分の役割を主張することで、実はジェイムズは自分の姿も家族の一員として「キャンバス」に描き加えている。『自伝』は、家族それぞれの「わたし」という声が響き合う「わたし・たち」の物語なのである。

「母の意識」という語りのモデルは、「わたし」の物語をつなぎ合わせて「わたし・たち」という多声の物語を可能にする。さらに、個々の人生をあるがままに許容するその語りの意識は、人種、階級、セクシュアリティ、ネイションといったイデオロギーから免れた共感による連帯を語る方法としても有効となるだろう。第一次世界大戦が勃発すると、ジェイムズは個人的な家族の物語を中断し、国家と民族を超えたトランス・アトランティックな連帯について書き始めた。そして彼のプロパガンダでは、生命を与え育む隠喩として「母」が重要な役割を担うようになる。

4 第一次世界大戦とプロパガンダ——語りと再生

第一次世界大戦が始まるとジェイムズはアメリカの友人に「わたしたちの文明の崩

壊です……暗黒の中のかすかな光といえば、行動とこの国が断固たる合意で結束することです」と書き送った(『ヘンリー・ジェイムズ──伝記』二巻 七七五)。そして彼は行動した。レベッカ・ウェストは、ジェイムズを「精神的兵士《スピリチュアル》」と呼び、彼がフランスやベルギーの難民や兵士を見舞い、贈物や金銭的援助をし、「長年愛した国(イギリス)の為に命を落とした者たちを弔った」と述懐している(二一六)。

一九一五年三月二十一日付け『ニューヨーク・タイムズ』に「フランスでのアメリカ人ボランティア自動車援助隊」という記事が掲載された。[16] 副題に「沈黙を破る異例の発言──著名な文壇の大家が語る」とあるように、この記事は、ジャーナリズムを批判し続けたジェイムズが「異例」にも応じたインタビューであった。彼は当時務めていた自動車援助隊の会長の立場から、戦場での負傷兵輸送を援助してくれる青年ボランティアを募るために「新聞の助け」を借りて「宣伝活動」に乗り出したのである(一四〇)。しかしジェイムズは、自分のインビュー記事を新聞社任せにはしなかった。彼は記事の最終原稿に目を通し、数日かけてそれを修正、再度口述筆記させたのである(ウォーカー xxiv、ティントナー「第一次世界大戦」一七二)。[17] 彼の演出した記事には「句読点」や「ダッシュ」の重要性について大作家が説いて聞かせるといったユーモアある場面もあり、自動車援助隊会長としてのジェイムズは、親しみやすい口調でアメリカ人読者に向かってヨーロッパでの窮状を訴えている（一四二）。

インタビュー記事でジェイムズは、海を隔てて何不自由なく生活するアメリカ人に危機感を感じてもらい、さらに戦場へと赴かせるために、彼等の無関心（アメリカの参戦は一九一七年）を指摘するのではなく、彼等の情に訴えるという方法を取る。戦況を説明し、憐れみを喚起し、正義感を呼び覚まして、彼等を行動へ向かわせようと誘いかける。さらに彼は、戦争に参加することによって精神的成長が約束されるという恩恵まで約束する。「与える者、奉仕する者、援助する者」が「世界が経験したことのないような悲惨な」光景を目にして「知的な人間の憐れみの感情」が啓発されれば、それは「みごとにポリティカル」、つまり賢明な市民としてふさわしい行為だと説く（一四三）。そして援助活動について次のように説明する。

おしつけがましいことをして気の毒な負傷兵たちに感謝してもらおうというのではありません。不安な子供たちが彼等の母親を信頼するように、彼等にわたしたちの腕や膝を信頼してもらうようにしたいのです。（一四四）

前述したように、半世紀前に同じ『ニューヨーク・タイムズ』でホイットマンは、負傷兵には「母」のように接しなければならないと述べた。ジェイムズも若いアメリカの青年たちに向かって、ヨーロッパの負傷兵たちが安心できるように「わたしたち」が彼等の「母親」の役を演じましょうと誘いかける。ここで重要なのは、アメリカの青年たちに「あなたがた」と呼びかけていたジェイムズが、彼等と一緒になって「わたしたち」と言い始めることである。海を隔てたイギリスからアメリカの読者に語りかけるのではなく、ジェイムズはアメリカ側に立って、読者と共にヨーロッパの窮状を心配する。こうして「わたし」と「あなた」との距離は縮められ、語りの中で「わたし・たち」の視点が創造されるのである。

先の引用にある「母に抱かれる子供」というイメジは、「連帯」と「信頼」を象徴するだろう。母マリアと幼子キリストという図像も連想される。しかし、ここで「腕と膝」という「母」の身体の部位に具体的に言及することによって、ジェイムズは宗教的精神主義や感傷性を否定しているように思われる。命ある身体あってこそ精神性も意味を持つ。母と子が共に生きていてこそ「連帯」と「信頼」は現実のものとなる。

インタビューの最期を彼は次のように締めくくっている。

この惨事のさなかで……ことばをつかうことは難しくなりました。戦争はことばを使い尽くしてしてしまいました。ことばはその力を弱められました。ことばは車のタイヤのように摩滅してしまいました……今直面しているのは用語の価値低下、つまり、足の負傷者の増加による表現の喪失です、となれば、将来どういった幽霊が歩き回れるというのでしょうか。（一四四－四五）

ジェイムズは、自動車と戦場とに言及しながら、悲惨な状況の下ではことばも意味を失うと訴える。ジェイムズの喩えはグロテスクともいえないし、滑稽とはとうてい言い難い。足をもぎ取られて命を落としてしまっては、負傷兵は痛みを訴えることばも失う。そして、足を失った死人は幽霊になっても「歩いて」出てくることもできないという。つまり、戦争による物理的損傷（身体）は、文明（ことば）の崩壊を招き、さらにそれは記憶や歴史（幽霊《ゴースト》＝精霊）の消失を意味する。身体・ことば・幽霊こそ、ジェイムズにとっての三位一体なのである。友人への手紙にジェイムズは、戦争が始まって以来「インク壺」から「弾薬の臭い、血の臭い」ばかりが漂ってくると書いた（『ヘンリー・ジェイムズ――伝記』二巻 七七四）。先の引用文にある「足の負傷者の増加による表現の喪失」とは、兵士たちと同様ことばも「足」に傷を負っているために、その歩調（脚韻）が乱れて表現もおぼつかないという意味であろう。調子よく雄弁をふるうこともできず、従って思いも十分伝えられないジェイムズの心境が、文字通りことばで実践的に演じられている。彼の「インク壺」には、弾薬で傷つき脚韻を踏むこともできないことばしか見つからないからである。

ことばの不毛を補うかのように、ジェイムズは慰問活動に力を注いだ。彼は、ホイットマンのいうナースとしての「適応性」を発揮する。そして彼の「技芸」は会話であり、励ましの手紙を書くことである。例えば手紙で彼は次のように報告している。

（病院で）多くのベルギー人の負傷者や病人に講演をしました（彼等と親しく話のできる人がほとんどいません）痛みに苦しむ兵士たちにうまく話しかけて彼等をうち解けさせることがわたしの天職ではないかと思ったくらいです……。（ウォールポール宛一九一四年十一月二十一日付『書簡集』四巻 七二九）

ジェイムズは、可能な限り病院や収容所に通い、英語の通じないフランスやベルギーの難民にフランス語で話しかけ、戦場の兵士たちへ必需品を送り、自宅を一時宿泊所として提供した（ハイド 二五七―五八）。未発表のジェイムズの書簡の中には、例えば次のような兵士たちからの礼状も含まれている。

工兵トーマス・ウィリアムズから（一九一五年二月十六日付）

再度わたしの歯の治療代のことでお礼申し上げます。きょう新しい歯が入りました。ありがたいことにこれでだいぶ楽になりました。

運転手ビセットから（一九一五年一月二十一日付）

ハンカチの小包を受け取りました。ありがとうございます。小包の中身があなたからのものだと知ってとても驚きました。あなたの親切な手紙を読み、あなたがわたしの短い礼状を受け取って、それを気に入ってくれたのだと知り、うれしいです。どこへいってもあなたの手紙をいつも大切にし

ます。(18)

ジェイムズは、兵士に自分の歯医者を紹介して治療費も負担した。まるで母親のように戦地へ赴いた青年たちを心配した彼の心境の伺える手紙である。

そうした援助活動の経験から、一九一五年十月十七日付『ニューヨーク・タイムズ』にジェイムズは、「著名な小説家が、ベルギー難民の救済活動の興味深いそして果敢な様子に感銘を受ける」と題された記事を寄稿した。別称「イギリスにおける難民たち」と呼ばれるこの記事は次のように始まる。(19)

これは事件の報告《レポート》ではありません。……国家のそして市民の平穏な生活が非道な事態に屈してしまうという悲劇的光景に心を痛める一人の隣人そして観察者の意見書《ステートメント》です。(一六一)

この記事の目的は、アメリカに参戦を促すことである。アメリカが、その経済力をもって連合国側を援助すれば、戦争が速やかに終決するとジェイムズは考えた。そこで彼は、アメリカの読者にヨーロッパの戦況を理解してもらうために、「悲劇的光景」

を目撃した一人の「隣人」として「意見」したのである。

　ジェイムズのロンドンの住まいがあったチェルシー地区のクロスビー・ホールがベルギー難民たちの避難所として開放されることになり、彼も「隣人」として援助活動に参加した。「イギリスにおける難民たち」では、彼はクロスビー・ホールの歴史から語り始める。ジェイムズの説明によれば、この建物は一五世紀のヒューマニスト、トーマス・モア卿の庭園から移築したもので、商業的展示場として使われ、俗物主義の巣窟と化していた。しかし、戦争という状況の中で難民の避難所として利用されることになり、地域の人々も援助活動に参加し、クロスビー・ホールはコミュニティの中心として生気を取り戻したというのである。ジェイムズは、クロスビー・ホールをあたかも移植された木が新しい土地に根をはり周囲の環境に適応してみごとに枝を広げていくように記述する。そしてこのホールのたどった運命は、難民たちの運命にも重ねられる。ホールも難民たちもいわば共に移動を余儀なくされた流浪の者同士であり、共に新しい土地で再生するという可能性を秘めているからである。

　このエッセイの冒頭におけるトーマス・モア卿への言及が、彼の著書『ユートピア』

を連想させるとすれば、クロスビー・ホールは、人間を信頼し庇護と安心を保証する理想郷として想定されているのかもしれない。しかし、ジェイムズが主張したいのは、このホールだけでは実際に難民をすべて救うことはできないという事実である。小さなコミュニティにおける理想的な連帯を語っても、第一次世界大戦は解決しない。庇護と安心は戦時下という状況の中でますます不安定なものでしかないからである。ジェイムズはこの記事を、サセックスのライの自宅で目にした次のような光景で締めくくる。

ある夜遅く、町の人々が難民たちをどこかへ誘導していく騒がしい行列が通った……その中に女性の声がかすかに識別された……幼子を抱えて、そして多くの人たちに支えられた若い母親の声だった……そのむせび泣く響きは……古い石畳の通りに響く歴史の声そのものであった……そのむせび泣く声は……彼女の苦悩ではなく、ほんとうに安心できる庇護のもとに身を寄せることができたことが信じられないという思いを表現しているようだった……それから何ヶ月かたった、あのとき彼女は何百人のうちの一人だったが、いまでは数万人の中の一人になった。しかし彼女の泣き声はいまだにわたしの耳に響いている……。

（二六八）

ジェイムズは、無数の難民の中の無名の一人でしかない若い母親の声を記憶している。子を抱く母の姿はここでも「連帯」と「信頼」を象徴するだろう。しかし、国を追われた彼等難民の母と子にそれらを保証したのは、彼等を支えるライの町の人々の腕の感触《タッチ》であり、彼等に供給された物質的援助である。そしてジェイムズは、増え続ける難民たちに庇護と安心のさらなる保証を与えるために、アメリカの資本力に期待し、支え合う「隣人」の輪がアメリカにも拡がることを願ってこの記事を書いたのである。先に自動車援助隊会長へのインタビュー記事を引用した際、ジェイムズが用いた「ポリティカル」ということばをその語源的意味を読み取って「賢明な市民としての行為」と補ったのだが、それはジェイムズが一市民として「意見」するというきわめてデモクラティックな記事を書いたと考えるからである。彼のプロパガンダ記事は、被害者の苦しみに共感する「隣人」としての証言の重要さを語っている。

しかし、アメリカが参戦する様子はなく、ジェイムズの危機感はつのった。一九一五年七月二十六日、彼は遂にイギリスに帰化した。彼は甥ハリーへの手紙にその理由を説明して、今後アメリカに戻ることは考えられないこと、四十年に渡るイギリスでの生活を通してイギリスとの「実際的」「精神的」「感情的」な関係を築いてきたことなどを述べている(『書簡選集』四二七)。国籍離脱者という自由な立場を維持してきたジェイムズは、戦争という状況の中で自らのアイデンティティを問いなおす必要に迫られた。帰化の理由を問うヴァイオレット・ハントにジェイムズは、「進軍の話題が出たときに『わたしたち』とはっきり言いたいからです」と答えたという(六八 傍線原文)。このとき彼にとって「わたしたち」と互いに呼び合って語り合えるところはイギリスだったのである。

5 「連帯するアウトサイダー」の政治性《ポリティックス》

ジェイムズがイギリスに帰化する数ヶ月前に書かれたエッセイ「境界の内側で」は、アイデンティティの変遷を述べた彼のアポロギアである。[20] この冒頭で彼は美しい自然に囲まれたライの浜辺に佇み、イギリス国境の「内側」から戦闘の行われている海峡の向こう側を見ている。イギリスの「大地、水、空」は、彼の「魂」の深部へと「浸透」して彼の内面世界を形成してきた。そこに「歴史の声」がこだまして記憶が様々に呼び覚まされていく。言うまでもなくジェイムズには四十四年前の南北戦争の記憶が蘇ってくる。そして彼は、〈いま・ここ〉における自分の「アイデンティティの再構築」の必要性を感じている（一七九）。

ジェイムズはちょうど十年前の一九〇四年から五年にかけて祖国を二十年ぶりに訪れ、異国のような祖国を「落ちつかない分析家」として経験した（『アメリカの風景』三）。再発見された多くのアメリカの印象の中でもとりわけ彼を驚かせたのは、ニューヨークで目にした移民たちであった。ジェイムズは彼等を、「科学的な力学」によって「アメリカン・アイデンティティ」の型を押しつけられてアメリカ人に作り替えられていく「エイリアン」と呼んだ。しかしその光景は彼にアメリカ人とは何かを考えさせることになり、「アメリカン」と烙印を押されても「エイリアン」たちが祖国から背負ってきた「頑固な、交換不可能な残り物」が完全に消え去ることはないだろうと彼は最終的に予測したのであった（二二四–二二九）。

〈いま〉ライの浜辺に立つジェイムズが意識するのは、ニューヨークの移民たちがそうであったように、「残り物」を内に抱えている自分自身の姿である。過去の経験の痕跡は、異国に住み、国籍が変わったとしても消えることはない。ただ、アメリカでは瞬時のうちに機械的に「アメリカン・アイデンティティ」が産出されていたが、〈ここ〉イギリスの境界線上に立つジェイムズのアイデンティティは、四十年という時間をかけ、周囲の自然が彼の「魂」のかたちを徐々に変容させるという有機的な営みによって形づくられてきた。過去を振り返りながらジェイムズは、母なるイギリスの自然の懐に自らのアイデンティティ創造の場を見いだしている。

ここでジェイムズは、「精神の家」の「構造的改築」の必要性を感じている(一八〇)。彼は自らの「精神」を安心して住まわせる「家」を、周囲の環境にあわせて「改築」しなければならない。彼が住まうその場所には、彼を「まっすぐ見て独自の笑顔でにっこりしてくれる」隣人たちがいる(一八四)。従って、ジェイムズの新しいアイデンティティは、共感からおのずと「笑顔」が生まれるような隣人たちのコミュニティに依拠するものである。彼等と「直感と理想、人種とことばのやりとり、気質と伝統」を共有するために、彼は〈いま・ここ〉に自分の帰属する場を定める決心をしている。

二十世紀初頭、ヨーロッパが築いてきた世界地図が崩壊し始める歴史の転換期に遭遇したジェイムズは、「境界の内側で」において、連帯する社会と文化の存続を願い、隣人同士の「笑顔」を媒体にして顔の見える、触れあえるコミュニティに彼の新しいアイデンティティの拠り所を見いだした。「笑顔」は、先に言及したクリスマス会でジェイムズがかぶっていた「おばあさんの仮面」のように、そして思いが伝わった歓びを表現して友人ハントに向けたジェイムズの顰め面の「笑顔」のように、共感を誘発して親密な関係を生み出す媒体である。共感しあう隣人たちのコミュニティという理想は、ジェイムズの自らの経験に即した実際的かつ実質的な提言であり、二十世紀を見越す先見的な展望であったといえるだろう。[21]〈いま・ここ〉は場所を特定するものではないが、偶然にも居合わせた〈いま・ここ〉に自分を位置づけ、そこで隣人としての責任を引き受けるという生き方は、難民が常態となり、難民と共に生きる方法を考えなければならない二十一世紀の人間にとってもなお示唆的である。

ジェイムズは、「境界の内側で」の最後に新しい自分のアイデンティティの誕生を喜んで引き受ける。しかし、彼はそれを国籍や民族で定義することはく、ここで彼は自分を「連帯するアウトサイダー」、「厳密にはエイリアン」と呼ぶ。捨象することのできない「残り物」を抱えた「エイリアン」であることを自覚してはいても、彼は、社会から身を引いた孤高の「アウトサイダー」ではない。〈いま・ここ〉において彼が共感を覚えるイギリスの人々と同じ立場に立つ「連帯するアウトサイダー」である。隣人たちが構成するコミュニティに彼は参与している。国籍離脱者として見なされるジェイムズの姿勢は、どの社会体系にも与することのない自由な「ノンアイデンティティ・ポリティックス」と呼ばれてきた（ペスノック参照）。しかし、戦争という状況の中で、〈いま・ここ〉に自らのアイデンティティの場を見いだす覚悟を決めた最晩年のジェイムズは、プライベートな自分の立場を明らかにし、現実を見据えるリアリストとして、そして共感し合う隣人たちのコミュニティを代表する「わたし・たち」としてパブリックに発言し始めていたのである。

スーザン・ソンタグは『他者の苦痛へのまなざし』（二〇〇四）の中で、エスカレートする報道写真、映像、記事に用いられる一人称複数形の主体のありようを問題にした。その冒頭部分で彼女は、「一九一五年に他ならぬヘンリー・ジェイムズ、多弁な魔術師の技で現実をことばのなかに幾重にも包み込む巨匠ヘンリー・ジェイムズ」がニューヨーク・タイムズに記事を掲載した、と意外であるかのようにジェイムズに言及している(二五)。彼女は、耽美主義の作家と思われがちなジェイムズに倫理性と政治性を見いだし、文明の危機に敏感な作家同士として彼に大いに共感したのであろう。二〇〇一年九月十一日以降、庇護と安心がますます見失われ、負傷兵や難民が後を絶たない今の時代において、ソンタグは、「苦痛へのまなざし」、すなわち世界の惨事や人々の「苦痛」をいかに語り伝えることができるのかという報道する主体の倫理性について読者の注意を促したのである。そしてこの問題意識は、まさにジェイムズのものでもある。第一次世界大戦勃発時、文明の危機に直面した彼は、そのプロパガンダ記事において〈共感する「わたし・たち」〉という語る主体を構想した。ソンタグのいう「苦痛へのまなざし」を伝える報道主体の一つの実践例をここに見いだすことができるだろう。ジェイムズの政治性《ポリティックス》は現在形である。

■註

(1)ピエール・ウォーカーは″Henry James's *The Portrait of a Lady* as a Political Novel″において、政治小説としての『ある婦人の肖像』」の冒頭で、一九八〇年代半ば以降の北米におけるジェイムズ研究の主流はジェイムズの唯物的、政治的問題に関与するものだと概観している(一八九)。

(2)パメラ・サーシュウェルは、プロパガンダを本来コミュニティ形成のためのパーフォーマンス的スピーチ・アクトと定義し、その観点からジェイムズのエッセイを論じ示唆的である（"Henry James's Lives during Wartime," *Literature, Technology and Magical Thinking*, 2001 参照）。マシーセンは『ジェイムズ・ファミリー』（一九四七）の中で、父ヘンリーや兄ウィリアムと比較してジェイムズの政治性は「浅薄」だと判断している（六五一）。一人称複数形は原文では「わたし・たち（we）」であるが、本論では個人の集合としての複数形を強調するために「わたし・たち」と表記することにした。

(3)ウィルフレッド・スティーヴンス編の『ブック・オブ・フランス』（一九一五）の中のエッセイ「フランス」のこと。死後出版された『「境界の内側で」その他　一九一四―一九一五』（一九一八）所収。

(4)ヘンドリック以外にもジェイムズは女性を含めて多くの友人たちに自らを演出する遊技的な手紙を書いている。エデル、ホーン編の書簡集の他に、若い男性たちへの書簡を集めたものとして、*Dearly Beloved Friends: Henry James's Letters to Younger Men*, 2001、女性たちへは、*Beloved Boy: Letters to Hendrik C. Andersen, 1899-1915*, 2004、*Henry James and Edith Wharton: Letters, 1900-1915*, 1990 がある。

(5)オトレット、クッシングらの「ワールド・センター・オヴ・コミュニケーション」構想に当時アンデルセンも関わっていた。彼は後にムッソリーニにも注目され一度面談している。ベル「序文」参照。

(6)ジェイムズの作品をホモセクシュアリティとの関連で論じた先駆者であるセジウィックは、『タッチング・フィーリング』(*Touching, Feeling—Affect, Pedagogy, Performativity*, 2003) の第一章「気恥ずかしさ、演劇性、そしてクイアなパーフォーマティヴィティ：ヘンリー・ジェイムズの『小説の技巧』」で、ジェイムズのニューヨーク版「序文」のクイアなパーフォーマティヴィティについて論じている。オースティンのスピーチ・アクト、バトラーのパーフォーマティヴィティ、さらにアフェクト、タッチ、シェイムなどに関する最新の精神分析批評の成果を統合したセジウィックの論は示唆的である。クイアなパーフォーマティヴィティとは勿論ジェイムズのホモセクシュアリティを意味するのではなく、彼の演出的な語りの持つ自己創造性を検証するための批評的枠組みである。彼女が題名に用いた「タッチング」「フィーリング」ということばは、身体的感覚的ふれあいを通して生み出される他者との関係性の中で自らのアイデンティティを構築しようとするジェイムズの晩年の文体の特徴を明解に語っている。

(7)シモンズのホイットマンへの関心については、チャーレリー・シヴェリ *Calamus Lovers: Walt Whitman's Working-Class Camerados*, 1987 (二五一二九)参照。

(8)アメリカと戦争を扱った反戦を伝えるドキュメンタリーフィルム Voices in Wartime (Two Careys Productions, 2005) で、『ベトナムのアキレス』(一九九四)の著者ジョナサン・シェイは、戦場での兵士たちは互いに互いの母のよう接して「母と子」のような関係を築くと語っている。

(9)一八八九年シカゴのハミルトンクラブでルーズベルトは「不屈の人生」(“Strenuous Life”)と題して演説をし、前進し戦う強いアメリカとその物質的繁栄を讃えた。彼はジェイムズと出会ったときの印象を「たくましい精神にまったく欠けている……繊細、女性的」と語った(ハラルソン引用 三九)。

(10)サヴォイは、ジェイムズがホイットマンを意識して『アメリカの風景』(一九〇七)でニューヨークを描いたと指摘する。“Reading Gay America: Walt Whitman, Henry James, and the Politics of Reception” (1992) 参照。

(11)一九一三年十一月十五—十八日付甥ハリー宛の手紙(『書簡集四』八〇〇一八〇二)参照。『自伝』の成り立ちについては、市川美香子「解説」『ヘンリー・ジェイムズ自伝』(四〇〇-〇七）参照。

(12)ジェイムズは消火活動中に受けた「傷」のために戦争には参加しなかった。ホフマンらによれば、一八六三年のニューポート・マーキュリーに徴兵の決まった青年の一人としてヘンリー・ジェイムズの名前があり、その後ジェイムズ他八名が身体的理由で入隊を拒否された旨の記載があるという。"Henry James and the Civil War" (1989) 参照。ジェイムズの「傷」については多く論じられているが、例えばスーザン・グリフィン "Scar Texts: Tracing the Marks of Jamesian Masculinity" (1997) 参照。

(13)ホイットマンは当時の病院施設の不衛生で不十分な状況を書き留めている。病院が「肉屋の作業場」のようであること、臭い、うめき声、そして戸外には切り取られた手足が積み上げられていたことなどである。『戦中のメモランダ』(一八七六) 参照。

(14)一八六四年一二月一一日の記事。引用は『ニューヨーク・タイムズ』ウェブ・アーカイヴによる。記事のいくつかのセクションは後『メモランダ』に収集。

(15)ジェイン・トムキンズの"Redemption of Time in Notes of a Son and Brother" (1973) 参照。母メアリ像についてはジェイムズ・アンダーソン"In Search of Mary James" (1979) 参照。

(16)『境界の内側で』(一九一八) には「フランスにおけるアメリカ人ヴォランティア自動車衛兵隊」という題名で所収。本論文の引用は「ヘンリー・ジェイムズ最初のインタビュー」と題されて採集されたウォーカー編『ヘンリー・ジェイムズ、カルチャーを語る』による。

(17)ジェイムズはタイピストのボサンクエットに「インタビューされた者がインタビューを全部口述筆記させたとは誰も気づかないだろうね」と語ったという (ティントナー『ヘンリー・ジェイムズと二十世紀』一七一)。

(18)ネブラスカ州クレイトン大学のヘンリー・ジェイムズ・センター所長グレッグ・ザカラ

イアス教授のご厚意により、ジェイムズ宛の未完の手紙の一部をここに掲載させて頂いた。
(19)一九一六年三月二十三日『タイムズ・リタラリー・サプルメント』掲載。『境界の内側で』では「チェルシーの難民たち」として所収。引用は「イギリスの難民たち」として採集されたウォーカー編による。
(20)アーツ・ファンド援助のために一九一五年二月に執筆されたが出版されなかった。ジェイムズの死後『境界の内側で』(一九一八)に所収。引用はウォーカー編による。
(21)ジェイムズの描くコミュニティ像は、ベネディクト・アンダーソンが、新大陸アメリカでの国家形成を歴史的に振り返り、「想像されたコミュニティ」と呼ぶ「国家」像にも通じるだろう。アンダーソンによれば「国家」とは本来「深く浸透し横に拡がる仲間意識」を基本とするものであり、それを成立させるのは「友愛(フラタニティ)」だという。『想像されたコミュニティ』(七)参照。

2003.
Thurschwell, Pamela. "Henry James's lives during wartime." *Literature, Technology and Magical Thinking, 1880-1920*. New York: Cambridge UP, 2001, 65-113.
Tintner, Adeline. "Henry James and the First World War: the Release from Repression." Ed. Elizabeth Welt Trahan. *Literature and War: Reflections and Refractions*. Monterey, Calif.: Division of Languages and Humanities Monterey Institute of International Studies, 1985, 169-84.
___. *The Twentieth-Century World of Henry James: Changes in His Work after 1900*. Baton Rouge: Louisiana State UP, 2000.
Tompkins, Jane. "Redemption of Time in Notes of a Son and Brother." *Texas Studies in Language and Literature*. 4 (1973): 681-90.
Walker, Pierre A. "Henry James's *The Portrait of a Lady* as a Political Novel." *Anglistica*. 6.1 (2002), 189-208.
West, Rebecca. *Henry James*. New York: Henry Holt, 1916.
Wharton, Edith. *A Backward Glance* [1934]. New York: Scribner, 1964.
Whitman, Walt. Ed. Peter Coviello. *Memoranda During the War* [1876]. New York: Oxford UP, 2004.
____. "Our Wounded and Sick Soldiers: Visits among Army Hospitals, at Washington, on the Field, and here in New-York." *New York Times*. Dec. 11, 1864; 7 Sept. 2004 <http://pqasb.pqarchiver.com/nytimes/advanced-search.html>.
市川美香子「解説」、ヘンリー・ジェイムズ『ヘンリー・ジェイムズ自伝――ある少年の思い出』船阪洋子・市川美香子・水野尚之訳、臨川書店、1994年、400-07。

___. *Henry James Letters*. Ed. Leon Edel. Cambridge, Mass.: Harvard UP, 1974-84.
___. *Henry James on Culture: Collected Essays on Politics and the American Social Scene*. Ed. with Intro. Pierre A. Walker. Lincoln: U of Nebraska P, 1999.
___. *Henry James: Selected Letters*. Ed. Leon Edel. Cambridge: Harvard UP, 1987.
___. *Within the Rim, and Other Essays, 1914-15*. London: Collins, 1918.
Kaplan, Fred. *Henry James: The Imagination of Genius: A Biography*. New York: Morrow, 1992.
Matthiessen, F. O. *Henry James, the Major Phase*. London, New York: Oxford UP, 1944.
___. *The James Family: Including Selections from Writings of Henry James, Senior, William, Henry & Alice James*. 1947. New York: Knopf, 1961.
Pesnock, Ross. *The Trial of Curiosity: Henry James, William James, and the Challenge of Modernity*. New York: Oxford UP, 1991.
Roosevelt, Theodore. Ed. Louis Auchincloss. *Theodore Roosevelt: Letters and Speeches*. New York: Library of America, 2004.
Savoy, Eric. "Reading Gay America: Walt Whitman, Henry James, and the Politics of Reception." Ed. Robert K. Martin. *The Continuing Presence of Walt Whitman: The Life after the Life*. Iowa City: U of Iowa P, 1992, 3-15.
Sedgwick, Eve Kosofsky, and Frank, Adam. "Shame, Theatricality, and Queer Performativity: Henry James's *The Art of the Novel*." *Touching Feeling: Affect, Pedagogy, Performativity*. Durham: Duke UP, 2003, 35-66.
Shively, Charlery. *Calamus Lovers: Walt Whitman's Working Class Camerados*. San Francisco: Gay Sunshine P, 1987.
Sontag, Susan. *Regarding the Pain of Others*. New York: Picador,

Cain, William E. "Criticism and Politics: F. O. Matthiessen and the Making of Henry James." *The New England Quarterly*. 60.2. (1987): 163-86.

Edel, Leon. *The Life of Henry James 2*. Harmondsworth, Middlesex: Penguin, 1977.

Griffin, Susan M. "Scar Texts: Tracing the Marks of Jamesian Masculinity." *Arizona Quarterly: A Journal of American Literature, Culture, and Theory*. 53.4. (1997): 61-82.

Haralson, Eric Iron. "Henry, or James Goes to War." *Arizona Quarterly: A Journal of American Literature, Culture, and Theory*. 53.4. (1997): 39-59.

Hoffmann, Tess and Hoffmann, Charles. "Henry James and the Civil War." *The New England Quarterly*. 62.4. (1989): 529-52.

James, Henry. Eds. Leon Edel and Mark Wilson. *Literary Criticism: Essays on Literature; American Writers; English Writers*. New York: Library of America, 1984.

___. *The American Scene*. Ed. Leon Edel. Bloomington: Indiana UP, 1968.

___. *Beloved Boy: Letters to Hendrik C. Andersen, 1899-1915*. Ed. Rosella Mamoli Zorzi. Charlottesville: U of Virginia P, 2004.

___. *Dearly Beloved Friends: Henry James's Letters to Younger Men*. Ed. Susan E. Gunter, and Steven H. Jobe. Ann Arbor: U of Michigan P, 2001.

___. *Dear Munificent Friends: Henry James's Letters to Four Women*. Ed. Susan E. Gunter. Ann Arbor: U of Michigan P, 1999.

___. *Henry James: Autobiography* [1913, 1914, 1917]. Ed. with Intro. Frederick W. Dupee. Princeton: Princeton UP, 1989.

___. *Henry James: A Life in Letters*. Ed. Philip Horne. London: Allen Lane, 1999.

Whalen, Terence. *Edgar Allan Poe and the Masses: The Political Economy of Literature in Antebellum America*. Princeton: Princeton UP, 1999.

Willis, Nathaniel Parker. "Open-Air Musings in the City." *Writing New York: A Literary Anthology*. Ed. Phillip Lopate. The Library of America, 1998.

Žižek, Slavoj. *Looking Awry: An Introduction to Jacques Lacan through Popular Culture*. Cambridge: The MIT Press, 1991. スラヴォイ・ジジェク『斜めから見る――大衆文化を通してラカン理論へ』鈴木晶訳、青土社、1995年。

井上健「翻訳された群衆――『群衆の人』の系譜と近代日本」、『比較文学研究』69号、東大比較文学会、1996年11月。

作田啓一『個人主義の運命――近代小説と社会学』岩波新書、1981年。

___.『生の欲動――神経症から倒錯へ』みすず書房、2003年。

富永茂樹「催眠と模倣――群衆論の地平で」、『思想』岩波書店、1986年12月。

西山けい子「分身と死――"William Wilson"と"The Man of the Crowd"をめぐって」、『アメリカ文学研究』29号、日本アメリカ文学会、1992年。

___.「黒猫の棲む領界」、『Becoming』第3号、BC出版、1999年。

第七章

Anderson, James William. "In Search of Mary James." *Psychohistory Review* 8 (1979): 63-70.

Bell, Millicent. "Introduction." Henry James. *Beloved Boy: Letters to Hendrik C. Andersen, 1899-1915*. Ed. Rosella Mamoli Zorzi. Charlottesville: U of Virginia P, 2004, ix-lv.

& Edgar Allan Poe. Stanford: Stanford UP, 1995.

Fiedler, Leslie A. *Love and Death in the American Novel*. New York: Scarborough House, 1982. レズリー・A・フィードラー『アメリカ小説における愛と死』佐伯彰一他訳、新潮社、1989年。

Gilmore, Michael T. *American Romanticism and the Marketplace*. Chicago: U of Chicago P, 1985.

Girard, René. *Mensonge romantique et vérité romanesque*. Paris: Bernard Grasset, 1961. ルネ・ジラール『欲望の現象学』古田幸男訳、法政大学出版局、1971年。引用頁は訳書に拠る。

____. *Des choses cachées depuis la fondation du monde*, Paris: Editions Grasset & Fasquelle, 1978. ルネ・ジラール『世の初めから隠されていること』小池健男訳、法政大学出版局、1984年。引用ページは訳書に拠る。

Gleber, Anke. *The Art of Taking a Walk: Flanerie, Literature, and Film in Weimar Culture*. Princeton: Princeton UP, 1999.

Poe, Edgar Allan. *Edgar Allan Poe: Tales & Sketches*: Vol 3. Ed. Thomas Ollive Mabbott. Harvard UP, 1978. 本文中のポーの引用で頁数のみ記すものは、この版に拠る。「群集の人」、『ポオ小説全集2』中野好夫訳、創元推理文庫、1974年。

____. "Doings of Gotham," *Writing New York: Literary Anthology*. Ed. Phillip Lopate. The Library of America. 1998.

____. *The Letters of Edgar Allan Poe*. Vol. 2. Ed. John Ward Ostrom. New York: Gordian Press, 1966.

____. *Edgar Allan Poe: Essays and Reviews*. Ed. G. R. Thompson. The Library of America, 1984.

Tester, Keith. "Introduction." *The Flaneur*. Ed. Keith Tester. London: Routledge, 1994.

Tocqueville, Alexis de. *Democracy in America*. Trans. Gerald E. Bevan. Penguin Classics, 2003. A・トクヴィル『アメリカの民主政治』井伊玄太郎訳、全3巻、講談社学術文庫、1987年。

効果——アメリカ文学の水脈』南雲堂、2000年、119-47。

八木敏雄「解説」、ハーマン・メルヴィル『白鯨（下）』岩波文庫、2004年、429-69。

吉田喜重「死の美学——その偽りの表現」、蓮實重彦編『変貌の倫理』青土社、2006年、167-89。

第六章

※本文中の引用頁数は、以下に断りのない限り、原著あるいは英語版に拠っている。邦訳がある場合には使用させていただいた。

Benjamin, Walter. *Charles Baudelaire: A Lyric Poet in the Era of High Capitalism*. Trans. Harry Zohn. London: Verso, 1983. 『ボードレール　新編増補（ベンヤミン著作集6）』野村修他訳、晶文社、1975年。
Brand, Dana. *The Spectator and the City in Nineteenth-Century American Literature*. New York: Cambridge UP, 1991.
Byer, Robert H. "Mysteries of the City: A Reading of Poe's 'The Man of the Crowd'." Eds. Sacvan Bercovitch and Myra Jehlen. *Ideology and Classic American Literature*. New York: Cambridge UP, 1986.
Copjec, Joan. *Read My Desire: Lacan against the Historicists*. Cambridge: The MIT Press, 1994. ジョアン・コプチェク『わたしの欲望を読みなさい——ラカン理論によるフーコー批判』梶理和子他訳、青土社、1998年。
Dubois, Jacques. *Le roman policier ou la modernité*. Paris: Nathan, 1992. ジャック・デュボア『探偵小説あるいはモデルニテ』鈴木智之訳、法政大学出版局、1998年。引用頁は訳書に拠る。
Elmer, Jonathan. *Reading at the Social Limit: Affect, Mass Culture*

____. *The Piazza Tales and Other Prose Pieces 1839-1860*. Ed. Harrison Hayford, Alma A. Macdougall, and G. Thomas Tanselle. Evanston: Northwestern UP and The Newberry Library, 1987.

Parker, Hershel. *Herman Melville: A Biography. Vol. 2, 1851-1891.* Baltimore: The Johns Hopkins UP, 2002.

____. "The 'Sequel' in 'Bartleby.'" Ed. M. Thomas Inge. *Bartleby the Inscrutable: A Collection of Commentary on Herman Melville's Tale "Bartleby the Scrivener."* Hamden: Archon Books, 1979, 159-65.

Post-Lauria, Sheila. *Correspondent Colorings: Melville in the Market Place*. Amherst: U of Massachusetts P, 1996.

Reynolds, David S. *Beneath the American Renaissance: The Subversive Imagination in the Age of Emerson and Melville.* Cambridge: Harvard UP, 1988.

Sattelmeyer, Robert and James Barbour. "The Sources and Genesis of Melville's 'Norfolk Isle and the Chola Widow.'" *American Literature* 50.3 (1978): 398-417.

Sealts, Jr., Merton M. *Melville's Reading.* Revised and enlarged edition. Columbia: U of South Carolina P, 1988.

Stowe, Harriet Beecher. *Uncle Tom's Cabin*. Ed. Elizabeth Ammons. New York: W. W. Norton, 1994.

Tompkins, Jane. *Sensational Designs: The Cultural Work of American Fiction 1790-1860*. New York: Oxford UP, 1985.

笠原和夫、荒井晴彦、絓秀実『昭和の劇——映画脚本家　笠原和夫』太田出版、2002年。

寺田建比古「メルヴィルについて」、ハーマン・メルヴィル『魔の群島・バートルビイ』英宝社、1957年、207-25。

西谷拓哉「『バートルビー』と同語反復」、『論集』第46巻、神戸大学教養部、1990年、53-74。

武藤脩二「憂鬱と印象——メルヴィルの『バートルビー』」、『印象と

in New York City. New York: Oxford UP, 1998.
Wineapple, Brenda. *Hawthorne : a life.* New York : Alfred A. Knopf, 2003.
島田福安「千年期」、『新キリスト教辞典』いのちのことば社、1991年、86-865。
増永俊一『アレゴリー解体——ナサニエル・ホーソーン作品試論』英宝社、2004年。

第五章

Bell, Michael Davitt. "Women's Fiction and the Literary Marketplace in the 1850s." *Culture, Genre, and Literary Vocation: Selected Essays on American Literature.* Chicago: U of Chicago P, 2001. 134-86.
Dryden, Edgar A. "Death and Literature: Melville and the Epitaph." Ed. Wyn Kelley. *A Companion to Herman Melville.* Malden: Blackwell, 2006, 299-312.
Higgings, Brian. *Herman Melville: An Annotated Bibliography. Vol. I: 1846-1930.* Boston: G. K. Hall, 1979.
Kim, Sharon. "Puritan Realism: *The Wide, Wide World* and *Robinson Crusoe.*"*American Literature* 75.4 (2003): 783-811.
Leavis, Q. D. "Melville: The 1853-6 Phase." Ed. Faith Pullin. *New Perspectives on Melville.* Edinburgh: Edinburgh UP, 1978. 197-228.
Melville, Herman. *Correnspondence.* Ed. Lynn Horth. Evanston: Northwestern UP and The Newberry Library, 1993.
____. *Moby-Dick.* Ed. Harrison Hayford, Hershel Parker, and G. Thomas Tanselle. Evanston: Northwestern UP and The Newberry Library, 1988.

Democratic Review. vol. 16, 376-84, 1845.

___. "Annexation." *The United States Magazine and Democratic Review*. vol. 17, 5-10, 1845.

___. "The Report in Favor of the Abolition of the Punishment of Death by Law." (New York: J. & H. G. Langley, 1841). Collected in *Capital Punishment in the United States: A Documentary History*. Westport: Greenwood Press, 1997. Ed. Bryan Vila & Cynthia Morris.

Pease, Donald E. *Visionary Compact: American Renaissance Writings in Cultural Context*. Madison: U of Wisconsin P, 1987.

Reid, Margaret. *Cultural Secrets as Narrative Form: Storytelling in Nineteenth-Century America*. Columbus: Ohio UP, 2004.

Reynolds, David S. and Debra J. Rosenthal, *The Serpent in the Cup: Temperance in American Literature*. Amherst: U of Massachusetts P, 1997.

Reynolds, Larry J. "*The Scarlet Letter* and the Revolution Abroad." *American Literature* 77 (1985): 44-67.

Rothman, David J. *The Discovery of the Asylum: Social Order and Disorder in the New Republic*. Boston: Little Brown and Company, 1990.

___. "Perfecting the Prison: United Stages, 1789-1865." Ed. Norval Morris & David J. Rothman. *The Oxford History of the Prison: The Practice of Punishment in Western Society*. New York: Oxford UP, 1998.

Smith, Timothy L. *Revivalism and Social Reform: American Protestantism on the Eve of the Civil War*. Baltimore: Johns Hopkins UP, 1980.

Tompkins, Jane. *Sensational Designs: The Cultural Work of American Fiction 1790-1860*. New York: Oxford UP, 1985.

Widmer, Edward L. *Young America: The Flowering of Democracy*

___. "Young Goodman Brown." *Mosses from an Old Manse*. Columbus: Ohio State UP, 1974. 74-90. Vol. 10 of *The Centenary Edition of the Works of Nathaniel Hawthorne*.
___. *The American Notebooks*. Columbus: Ohio State UP, 1972. Vol. 8 of *The Centenary Edition of the Works of Nathaniel Hawthorne*.
___. *The Letters, 1843-1853*. Columbus: Ohio State UP, 1985. Vol. 16 of *The Centenary Edition of the Works of Nathaniel Hawthorne*.
___. *The Scarlet Letter*. Columbus: Ohio State UP, 1962. Vol. 1 of *The Centenary Edition of the Works of Nathaniel Hawthorne*.
Hofstadter, Richard. *Anti-intellectualism in American Life*. New York: Alfred A. Knopf, 1963. リチャード・ホーフスタッター『アメリカの反知性主義』田村哲夫訳、みすず書房、2003年。
Kirkpatrick, Frank G. "Millennialism and Adventism." *Encyclopedia of the United States in the Nineteenth Century*. Vol. 2, 331-32.
Loving, Jerome. *Lost in the Customhouse: Authorship in the American Renaissance*. Iowa City: U of Iowa P, 1993.
Marx, Leo. *The Machine in the Garden: Technology and the Pastoral Ideal in America*. New York: Oxford UP, 1964.
Matthiessen, F. O. *American Renaissance: Art and Expression in the Age of Emerson and Whitman*. New York: Oxford UP, 1941.
Mellow, James R. *Nathaniel Hawthorne in His Times*. Baltimore: Johns Hopkins UP, 1980.
O'Sullivan, John Louis. "Introduction." *The United States Magazine and Democratic Review*. vol. 1, 1-15, 1837.
____. "Democracy and Literature." *The United States Magazine and Democratic Review*. vol. 11, 196-200, 1842.
____. "Nathaniel Hawthorne." *The United States Magazine and*

Society in Mid-Nineteenth-Century America New York: Harper & Row, 1974.

Gilmore, Michael T. *American Romanticism and the Marketplace*. Chicago: U of Chicago P, 1985.

Gusfield, Joseph R. *Symbolic Crusade: Status Politics and the American Temperance Movement*. Urbana: U of Illinois P, 1963.

Hall, David. *Worlds of Wonders, Days of Judgment: Popular Religious Belief in Early New England*. Cambridge: Harvard UP, 1989.

Hawthorne, Nathaniel. "Ancient Pilgrims." *The American Magazine of Useful and Entertaining Knowledge*. Vol. II, Boston: The Boston Bewick Company, 1836.

___. "The Celestial Rail-Road." *Mosses from an Old Manse*. Columbus: Ohio State UP, 1974. 106-206. Vol. 10 of *The Centenary Edition of the Works of Nathaniel Hawthorne*.

___. "The Christmas Banquet." *Mosses from an Old Manse*. Columbus: Ohio State UP, 1974. 284-305. Vol. 10 of *The Centenary Edition of the Works of Nathaniel Hawthorne*.

___. "Earth's Holocaust." *Mosses from an Old Manse*. Columbus: Ohio State UP, 1974. 381-404. Vol.10 of *The Centenary Edition of the Works of Nathaniel Hawthorne*.

___. "The Hall of Fantasy." *Mosses from an Old Manse*. Columbus: Ohio State UP, 1974. 172-85, 634-39. Vol. 10 of *The Centenary Edition of the Works of Nathaniel Hawthorne*.

____. "The New Adam and Eve." *Mosses from an Old Manse*. Columbus: Ohio State UP, 1974. 247-67. Vol. 10 of *The Centenary Edition of the Works of Nathaniel Hawthorne*.

____. "A Rill from the Town-Pump." *Twice-Told Tales*. Columbus: Ohio State UP, 1974. 141-48. Vol. 9 of *The Centenary Edition of the Works of Nathaniel Hawthorne*.

Shanley, J. Lyndon. *The Making of Walden*. Chicago: U of Chicago P, 1957.

Shepard, Ordell. *The Heart of Thoreau's Journals*. New York: Dover, 1961.

Thoreau, Henry D. *Walden: Annotated Text*. Walter Harding (ed.) New York: Houghton Mifflin, 1995. このテキストへの本文中の引証は頁数のみを示す。

第四章

※本文中の引用頁数は原著に拠っている。また、邦訳のある場合には参照させていただいた。

Arac, Jonathan. "The Politics of *The Scarlet Letter*." *Ideology and Classic American Literature*. Eds. Sacvan Bercovitch and Myra Jehlen. New York: Cambridge UP, 1986.

Bell, Michael Davitt. *The Development of American Romance: The Sacrifice of Relation*. Chicago: U of Chicago P, 1980.

Bercovitch, Sacvan. "The Problem of Ideology in American Literary History." *Critical Inquiry* 12 (Summer 1986), 631-53.

____. *The Office of The Scarlet Letter*. Baltimore: The Johns Hopkins UP, 1991.

Bunyan, John. *The Pilgrim's Progress*. 1678-85; London: J.M. Dent & Sons Ltd., 1951.

Crévecoeur, J. Hector St. John de. *Letters from an American Farmer and Sketches of Eighteenth-Century America*, 1782; New York: Penguin Books, 1986.

Fletcher, Angus. *Allegory: The Theory of a Symbolic Mode*. Ithaca: Cornell UP, 1964.

Gaustad, Edwin S., ed. *The Rise of Adventism: Religion and*

命』高梨良夫訳、南雲堂、2001年。

藤田佳子『アメリカ・ルネッサンスの諸相——エマスンの自然観を中心に』あぽろん社、1998年。

第三章

Borst, Raymond R. *The Thoreau Log: A Documentary Life of Henry David Thoreau 1817-1862*. New York: G. K. Hall, 1992.
Donoghue, Denis. *The American Classics: A Personal Essay*. New Haven and London: Yale UP, 2005.
Gilmore, Michael T. *American Romanticism and the Marketplace*. Chicago: U of Chicago P, 1985.
Harding, Walter. *The Days of Henry Thoreau: A Biography*. Princeton: Princeton UP, 1962.
Hawthorne, Nathaniel. *The Blithedale Romance and Fanshawe*. William Charvat et al. (eds.) *The Centenary Edition of the Works of Nathaniel Hawthorne*. Vol. III. Columbus: Ohio State UP, 1964.
Male, Roy R. *Hawthorne's Tragic Vision*. Austin: U of Texas P, 1957.
Matthiessen, F. O. *American Renaissance: Art and Expression in the Age of Emerson and Whitman*. New York: Oxford UP, 1941.
Parrington, V. Louis. *Main Currents in American Thought: An Interpretation of American Literature from the Beginnings to 1920*. One Vol. Edition. New York: Harcourt and Brace, 1930.
Paul, Sherman, ed. *Thoreau: A Collection of Critical Essays*. Englewood Cliffs, N. J.: Prentice-Hall, 1968.

第二章

Bloom, Harold. *Agon: Towards a Theory of Revisionism*. New York: Oxford UP, 1982.

___. *Poetry and Repression: Revisionism from Blake to Stevens*. New Haven: Yale UP, 1976.

Buell, Lawrence. *Emerson*. Cambridge, Mass.: Belknap Press of Harvard UP, 2003.

Cavell, Stanley. *This New Yet Unapproachable America*. Albuquerque, N.M.: Living Batch P, 1989.

Emerson, Ralph Waldo. *Emerson's Prose and Poetry*. Eds. Joel Porte & Saundra Morris. New York: Norton, 2001.

Hawthorne, Nathaniel. *Mosses from an Old Manse*. Columbus: Ohio State UP, 1926-97.

Leyda, Jay. *The Melville Log*, Vol. 1. New York: Gordian Press, 1969.

Patterson, Anita Haya. *From Emerson to King: Democracy, Race, and the Politics of Protest*. New York: Oxford UP, 1997.

Poirier, Richard. *Poetry and Pragmatism*. Cambridge, Mass.: Harvard UP, 1992.

___. *The Renewal of Literature: Emersonian Reflection*. New York: Random House, 1987.

Porte, Joel, ed. *Emerson in His Journals*. Cambridge, Mass.: Belknap Press of Harvard UP, 1982.

Richardson, Robert D. *Emerson: The Mind on Fire: A Biography*. Berkeley: U of California P, 1995.

Whicher, Stephen E., ed. *Selections from Ralph Waldo Emerson*. Boston: Houghton Mifflin Company, 1960.

Wider, Sarah Ann. *The Critical Reception of Emerson: Unsettling All Things*. Rochester: Camden House, 2000.

スティーヴン・E・ウィッチャー『エマソンの精神遍歴――自由と運

Renaissance Reconsidered. Baltimore: Johns Hopkins UP, 1985, 90-112.

Ransom, John Crowe. *The New Criticism*. Norfolk, Conn.: New Directions, 1941.

Reising, Russell. *The Unusable Past: Theory and the Study of American Literature*. New York: Methuen, 1986. ラッセル・J・ライジング『使用されざる過去――アメリカ文学理論／研究の現在』本間武俊他訳、松柏社、1993年。引用の訳は日本語版による。

Ruland, Richard. *The Rediscovery of American Literature*. Cambridge: Harvard UP, 1967.

Spiller, Robert E. Rev. of *American Renaissance: Art and Expression in the Age of Emerson and Whitman*, by F. O. Matthiessen. *Saturday Review of Literature* (June 4, 1941), 6.

Wise, Gene. *American Historical Explanations: A Strategy for Grounded Inquiry*. 2nd and rev. ed. Minneapolis: U of Minnesota P, 1980.

オルテガ・イ・ガセット『大衆の反逆』神吉敬三訳、筑摩書房、1995年。

舌津智之「マシーセンの万華鏡」、亀井俊介監修／平石貴樹編『アメリカ――文学史・文化史の展望』松柏社、2005年。

ドレスデン・S『ルネサンス精神史』高田勇訳、平凡社、1983年。

マルクス／エンゲルス『ドイツ・イデオロギー』古在由重訳、岩波書店、1956年。

村山淳彦「米文学史の戦後構想からバーコヴィッチまで」、『アメリカ――文学史・文化史の展望』松柏社、2005年。

第一章

Bercovitch Sacvan., gen. ed. *The Cambridge History of American Literature*. Vol. 8. Cambridge: Cambridge UP, 1996.

Brooks, Van Wyck. *The Flowering of New England*. New York: E. P. Dutton, 1936.

Buell, Laurence. "American Literary Emergence as a Postcolonial Phenomenon." *American Literary History* 4 (Fall 1992): 411-42.

Gunn, Giles. *F. O. Matthiessen: The Critical Achievement*. Seattle: U of Washington P, 1975.

Hyde, Louis, ed. *Rat and the Devil: Journal Letters of F.O. Matthiessen and Russell Cheney*. Hamden, Conn.: Archorn Books, 1978.

Malraux, André . "Our Cultural Heritage." Translated by Kenneth Douglas. *Yale French Studies* 18 (Winter 1957): 31-38.

Matthiessen, F. O. *Translation: An Elizabethan Art*. Cambridge: Harvard UP, 1931.

____. *American Renaissance: Art and Expression in the Age of Emerson and Whitman*. New York: Oxford UP, 1941.

____. *Theodore Dreiser*. New York: Williams Sloane Associates, 1951.

____. "Marxism and Literature." *Monthly Review* 4 (March 1953): 398-400.

Mumford, Lewis. *The Golden Day*. New York: Boni & Liveright, 1926.

Michaels, Walter Benn, and Donald E. Pease, eds. *The American*

Gilmore, Paul. "Romantic Electricity, or the Materiality of Aesthetics." *American Literature*. Vol. 76. No. 3 (Sept., 2004), 467-94.

Kramer, Michael. "Imagining Authorship in America: 'Whose American Renaissance?' Revisited." *American Literary History* 13 (Spring 2001), 108-25.

Loving, Jerome. *Lost in the Customhouse: Authorship in the American Renaissance*. Iowa City: U of Iowa P, 1993.

Matthiessen, F. O. *American Renaissance: Art and Expression in the Age of Emerson and Whitman*. New York: Oxford UP, 1941.

Michaels, Walter Benn and Pease, Donald E. eds., *The American Renaissance Reconsidered*. Baltimore: Johns Hopkins UP, 1985.

Pease, Donald E. *Visionary Compact: American Renaissance Writings in Cultural Context*. Madison: U of Wisconsin P, 1987.

___. "Author." Frank Lentricchia and Thomas McLaughlin eds. *Critical Terms for Literary Study*. Illinois: U of Chicago P, 1990.

Reising, Russell. *The Unusable Past: Theory and the Study of American Literature*. New York: Methuen, 1986.

Reynolds, Davids. *Beneath the American Renaissance: The Subversive Imagination in the Age of Emerson and Melville*. Cambridge: Harvard UP, 1988.

Tompkins, Jane. *Sensational Designs: The Cultural Work of American Fiction, 1790-1860*. New York: Oxford UP, 1985.

参考文献

序章

Baym, Nina. "Dialogue/Debate/Dissent; Forum on the 'American Renaissance': Past, Present, and Future." *Anglistica*. Vol. 6 (2002), n. 1, 213-18.

Bellis, Peter. *Writing Revolution: Aesthetics and Politics in Hawthorne, Whitman, and Thoreau*. Athens: U of Georgia P, 2003.

Bercovitch, Sacvan. "The Problem of Ideology in American Literary History." *Critical Inquiry* 12 (Summer 1986), 631-53.

Buell, Lawrence. American Literary Emergence as a Postcolonial Phenomenon." *American Literary History* 4 (1992), 411-42.

Castiglia, Christopher and Catronovo, Russ. "A 'Hive of Subtlety': Aesthetics and End(s) of Cultural Studies." *American Literature*. Vol. 76, No. 3 (Sept., 2004), 423-35.

Corona, Mario and Izzo, Donatella eds. "Intersecting Discourses in the 'American Renaissance' (and beyond)." *Anglistica*. Vol. 6 (2002), n. 1, 5-208.

Crews, Frederick. "Whose American Renaissance?" *The New York Review of Books* (Oct. 27, 1988), 68-81.

Feidelson, Jr., Charles. *Symbolism and American Literature*. Chicago: U of Chicago P, 1953.

あとがき

本書は、マシーセンの『アメリカン・ルネサンス』をひとつのランドマークとして据え、十九世紀アメリカ作家を中心に、時代と文学表現の交差するところに眼差しを注ごうとするものである。本書全体の方向性については、既に「序章」で明らかにしたつもりであるので重複は避けたいが、文学もまた歴史と政治の一部であるという事実を踏まえた上で、それぞれの作家に固有の表現なくしてキャノンはキャノンたり得ないという、ある意味で自明のことを執筆者は共有している。ポーとジェイムズについては、マシーセンの五人の作家には含まれてはいないが、この「文芸復興」が一過性の現象として消え去るのではなく、アメリカの国家としての歩みの中で連続性を保ち、ひとつの文化的遺産として継承されているとの思いから、その範囲を広げたものである。

一方、マシーセンのキャノンであるホイットマンについては、独立した章を設けることは叶わなかった。構想の段階ではその可能性を模索したが、マシーセンのキャノンをそっくりそのままなぞることは必ずしも本書が意図するところではなく、また、時間的制約など諸般の事情もあり、実現するには至らなかった。ただ、ホイットマンをまったく顧みなかったわけではない。第七章の「共感する〈わたし・たち〉――ヘンリー・ジェイムズの政治性」が論じるように、ホイットマンの文学的遺産は確かに後のジェイムズへと受け継がれ、その表現の内にホイットマンの声を聞きつけるとき、十九世紀アメリカの「文芸復興」というものの連続性が、むしろそこに顕わとなるのではないだろうか。

周知の通り、昨年十一月に行われたアメリカの中間選挙では、民主党が大方の予想通り下院議席を大幅に伸ばし、更には上院でも民主党が過半数を占めるに至った。もはや泥沼と化したイラク戦争の成り行きに対するアメリカ国民の有する強い危機感がこの投票結果となって現れたわけだが、ジョージ・ブッシュはその世論に抗うかのように、イラクへの兵員増派を強行しようとしている。南北戦争を目前に控えたキャノン作家たちがその表現において模索したコンセンサス希求の営為は、アメリカにとって今まさに現在形なのである。

本書は、もともと二〇〇四年十二月に京都女子大学で開催された日本アメリカ文学会関西支部大会のフォーラム〈「アメリカン・ルネッサンス」2004――言語表現の現在形〉をその出発点としている。本書執筆陣七名の内では、小田、難波江、西谷の各氏と私がフォーラムのディスカッサントであったが、本として纏めるにあたり、発表当時の内容からはそれぞれ大幅に加筆修正したものとなっている。さらに、この企画に賛同した丹羽、前川、西山の各氏が加わり、新たな視野を切り開くことが出来たのは幸いであった。

支部大会のフォーラムからは、相当の時日が経過してしまった。果てしない改革運動の渦中にあって、一向に落ち着きを取り戻せない昨今の大学が置かれている状況やその他の事情のため、大幅な発刊遅延となってしまったが、覚束ない編者の力不足でもある。その間出版の進捗状況を気に掛けて下さる方もあり、また執筆者もお互いを励まし合いながら漸く刊行の運びとなった。感謝したい。

激動する十九世紀アメリカにあって、時代との関わりをそれぞれ固有の表現を通して模索した作家たちと、やはり否応なく第二次世界大戦下という時代との対峙を迫られた批評家マシーセンの眼差し。編者としては、本書の各論考が現在と共鳴し、9・11以降のアメリカと現在の世界を取り巻く状況について、「共感」の在り方をキーワードに、何らかのパースペクティヴを拓くものであることを願うばかりである。

出版事情が険しい中、本書の出版を引き受けて下さった松柏社の森信久氏には、有り難く思う。忍耐強く原稿の完成を待ち、いくつかの要望にも適切に応えてくれた。さらに、支部大会で私たちの討議に質問をしてくださった方々など、貴重な学問的刺激があって本書はある。それらの全てに感謝しつつ、「あとがき」の筆を置きたい。

二〇〇七年三月

編者

ルター、マルティン　Martin Luther (1483-1546)　28
レイノルズ、デイヴィッド　David S. Reynolds (1948-)　5-6, 146, 175
ローウェル、ジェイムズ　James Russell Lowell (1782-1861)　191-92
ロレンス、Ｄ・Ｈ　D. H. Lawrence (1885-1930)　17
　『アメリカ古典文学研究』*Studies in Classic American Literature*　17
ロングフェロー、ヘンリー・Ｗ　Henry W. Longfellow (1807-82)　95, 139, 158
ロンドン、ジャック　Jack London (1876-1916)　193
　『野性の呼び声』*The Call of the Wild*　193-94
若きアメリカ　145, 162
ワーズワス、ウィリアム　William Wordsworth (1770-1850)　173

『ピエール』*Pierre; or, The Ambiguities*　47, 167-68
「エンカンタダス、あるいは魔の群島」"The Encantadas, or Enchanted Isles"　188, 190-91
「コケコッコー」"Cock-A-Doodle-Doo!"　182-87, 196-98
「ノーフォーク島と混血の寡婦」"Norfolk Isle and the Chola Widow"　188-89, 196-200
「バートルビー」"Bartleby, the Scrivener"　97-8, 167, 176-77, 181-83, 197, 200
「ベニート・セレーノ」"Benito Cereno"　170
モア、トーマス　Sir Thomas More (1478-1535)　266-67
『ユートピア』*Utopia*　267
モンテーニュ、ミシェル・ド　Michel de Montaigne (1533-92)　23, 27-9
八木敏雄 (1930-)　181
有機体説　92-3, 96
遊民　201, 204-06, 216, 227-29
ユーゴー、ヴィクトール　Victor Hugo (1802-85)　215-16
『ノートルダム・ド・パリ』*Notre-Dame de Paris*　215-16
ユートピア　28, 36, 38, 116, 124-25, 164
欲望　10, 76, 201-38
吉田喜重 (1933-)　172
ライジング、ラッセル　Russell Reising (1952-)　15-6
ラカン、ジャック　Jacques Lacan (1901-81)　234, 237
ランサム、ジョン・クロウ　John Crowe Ransom (1888-1974)　17
『新批評』*The New Criticism*　17
リーヴィス、Q・D　Q. D. Leavis (1906-81)　167
隣人　105, 110, 123, 265-66, 268, 271-73
ルーズベルト、セオドア　Theodore Roosvelt (1858-1919)　252, 276

「美の芸術家」"The Artist of the Beautiful"　77
「僕の親戚、モリヌー少佐」"My Kinsman, Major Molineux"　79
「町のお喋りポンプ」"A Rill from the Town-Pump"　145-46
「昔の巡礼者」"Ancient Pilgrims"　132
「若いグッドマン・ブラウン」"Young Goodman Brown"　164
ボードレール、シャルル　Charles Baudelaire (1821-67)　201-06, 224-26
ホートン・ミフリン社　Houghton Mifflin　113, 127
マークス、レオ　Leo Marx (1919-)　130-31, 141
マシーセン、F・O　F. O. Matthiessen (1902-50)　2, 13, 14-51, 52-89, 90-103, 114-15, 118-19, 124, 148-49, 166-67, 239-40, 275
『アメリカン・ルネサンス』*American Renaissance: Art and Expression in the Age of Emerson and Whitman*　1, 3, 14, 16-20, 24-7, 29-31, 33, 43, 45-8, 50-1, 54, 58, 90, 167
『ジェイムズ・ファミリー』*The James Family*　242, 275
『セオドア・ドライサー』Theodore Dreiser　46
『ヘンリー・ジェイムズ——円熟期』*Henry James: The Major Phase*　240
『翻訳——エリザベス朝の芸術』*Translation: An Elizabethan Art*　22-5
マルクス、カール（マルクス主義）　Karl Marx (1818-83)　17-8, 44-5, 48-9, 51
マルロー、アンドレ　André Malraux (1901-76)　43-5
明白なる宿命　153, 165
メルヴィル、ハーマン　Herman Melville (1819-91)　5, 7, 10, 17, 29-37, 47, 58, 61, 77, 91, 99, 101, 167-200
『十字架の島』*The Isle of the Cross*　18
『白鯨』*Moby-Dick; or, The Whale*　167, 174, 180-81

47-51, 52, 91-2, 96, 241, 247-56, 261, 263, 276-77
暴力　36, 38, 209-10, 219, 223, 228-29, 236, 240
ポー、エドガー・アラン　Edgar A. Poe (1809-49)　8, 92, 95-6, 139, 201-38
「ウィリアム・ウィルソン」"William Wilson"　213, 221
「群集の人」"The Man of the Crowd"　10, 201-38
「盗まれた手紙」"The Purloined Letter"　209
「マリー・ロジェの謎」"The Mystery of Marie Roget"　209, 216, 228
「ミイラとの論争」"Some Words with a Mummy"　217-18
「メロンタ・タウタ」"Mellonta Tauta"　218-19
「モルグ街の殺人事件」"The Murders in the Rue Morgue"　209
ポスト＝ローリア、シーラ　Sheila Post-Lauria (1955-)　174-79, 182
ホーソーン、ナサニエル　Nathaniel Hawthorne (1804-64)　4-5, 7-9, 17, 35-7, 51, 56-89, 91, 93, 101, 124-26, 129-66, 189
『アメリカン・ノートブックス』*The American Notebooks*　129-30
『旧牧師館の苔』*Mosses from an Old Manse*　62, 75, 138-40, 144
『大理石の牧神』*The Marble Faun*　58
『緋文字』*The Scarlet Letter*　57, 62, 83, 156-63
『ブライズデイル・ロマンス』*The Blithedale Romance*　124-26
「新しいアダムとイヴ」"The New Adam and Eve"　155
「旧牧師館」"The Old Manse"　56, 61-8, 75-7, 80-2
「空想の殿堂」"The Hall of Fantasy"　62, 136-48, 153-55
「クリスマスの宴」"The Christmas Banquet"　155
「税関」"The Custom-House"　9, 156-66
「生命の行列」"The Procession of Life"　75-80, 87
「地球の大燔祭」"Earth's Holocaust"　144-48, 155, 165
「天国行き鉄道」"The Celestial Rail-Road"　129-37, 144, 148, 151, 164

『パトナムズ』*Putnum's Monthly Magazine*　118, 175-76, 178, 188, 196
バニヤン、ジョン　John Banyan (1628-88)　131-38
　『天路歴程』*The Pilgrim's Progress*　131-38, 164
『ハーパーズ』*Harper's Monthly Magazine*　175-76, 183, 186, 196
パリントン、ヴァーノン　Vernon L. Parrington (1871-1929)　90-1, 94, 101, 124
犯罪　3, 165, 209, 228-29, 232-33
反ファシズム　43
ピーズ、ドナルド　Donald Pease (1931-)　4, 7, 50, 163
ヒットラー、アドルフ　Adolf Hitler (1889-1945)　35
ビュエル、ローレンス　Lawrence Buell　6. 50, 61
ピューリタン（ピューリタニズム）　18, 36, 38, 57-8, 66, 95, 97, 159-60
ファシズム　34-5
フィードラー、レスリー　Leslie Fiedler (1917-2003)　235
無気味　202, 204, 210, 224, 234-36
藤田佳子 (1940-)　61
ブルックス、ヴァン・ワイク　Van Wyck Brooks (1886-1963)　16, 22
ブルーム、ハロルド　Harold Bloom (1930-)　57-60
フロイト、ジークムント　Sigmund Freud (1856-1939)　36, 211-12, 234
米西戦争　252-53
ベイム、ニナ　Nina Baym (1936-)　7, 11
ベル、マイケル　Michael Davitt Bell (1941-97)　176, 244
ベンヤミン、ヴァルター　Walter Benjamin (1892-1940)　203-10, 224-26, 229, 237
ポアリエ、リチャード　Richard Poirier (1925-)　59-60, 88
ホイットマン、ウォルト　Walt Whitman (1819-92)　1, 5, 7, 10, 17,

超絶主義（トランセンデンタリズム）　31-2, 38, 59, 62, 95, 107, 109, 115, 123, 127, 134-35, 148, 164
ディケンズ、チャールズ (1812-70)　215, 230-31
　『ボズのスケッチ集』*Sketches by Boz*　215
ディセンサス　9, 129, 160, 164
デフォー、ダニエル　Daniel Defoe (1660-1731)　190
　『ロビンソン・クルーソー』*Robinson Crusoe*　189-90
デモクラシー（民主主義）　4, 15, 18, 30, 33, 37, 41, 43-5, 49, 52, 92-3, 149-53, 155, 202, 217, 221, 224
『デモクラティック・レビュー』*The United States Magazine and Democratic Review*　149, 151-53, 155, 165-66
寺田建比古 (1916-)　193
トクヴィル、アレクシス・ド　Alexis de Tocqueville (1805-59)　18, 55, 219-24, 237
都市　10, 53, 201-38
トムキンズ、ジェイン　Jane Tompkins (1940-)　5, 152, 175, 182, 186-87, 277
　『煽情的な構図』*Sensational Designs*　5, 175, 182-83
ドライデン、エドガー　Edgar A. Dryden　173
奴隷制　96, 117, 119, 141, 143, 148
謎　63-4, 209-10, 216, 226, 228, 230-35, 237, 249, 253
ナチズム　18, 44
南北戦争　3-4, 10, 41, 94, 147, 163, 216, 248, 251, 253-55, 270
ニュー・アメリカニスト　3
人間中心主義　27-9, 36-7
パーカー、ハーシェル　Hershel Parker　167-68, 178
バーコヴィッチ、サクヴァン　Sacvan Bercovitch (1933-)　163-64
パターソン、アニータ　Anita Haya Patterson (1961-)　60

『アンクル・トムの小屋』*Uncle Tom's Cabin* 96, 182-87, 199-200
スピラー、ロバート Robert E. Spiller (1896-1988) 14-7, 50
政治（性） 4-5, 9-10, 14-5, 34, 36-9, 41, 43-6, 51, 60, 79, 142, 148-49, 151-53, 159, 162-63, 175, 183, 218, 239-78
セジウィック、キャサリン Sedgwick, Catherine Maria (1789-1867) 139, 275-76
千年王国論 154-55
ソロー、ヘンリー・D Henry David Thoreau (1817-62) 5, 7, 17, 29, 51, 91, 98-9, 101-28, 158
『ウォールデン』*Walden, or Life in the Woods* 9, 90-128
『カナダのヤンキー』*A Yankee in Canada* 118
『コンコード川とメリマック川の一週間』*A Week On The Concord and Merrimack Rivers* 106
『市民の反抗』*Civil Disobedience* 101
『日記』*Journal* 104, 106-07, 116-17, 127
「マサチューセッツにおける奴隷制」"Slavery in Massachusetts" 117
ソンタグ、スーザン Susan Sontag (1933-2004) 273-74
『他者の苦痛へのまなざし』*Regarding the Pain of Others* 273
第一次世界大戦 11, 38, 240, 242, 248, 258-59, 267, 274
大恐慌 18
ダンテ・アリギエーリ Dante Alighieri (1265-1321) 27, 29, 138
探偵 228-30, 235
チャニング、ウィリアム William E. Channing (1780-1842) 95, 151, 158
「国民文学論」"Remarks on National Literature" 95
「ボルティモア説教」"Baltimore Sermon" or "Unitarian Christianity" 95

個人主義　27, 33-6, 48, 55, 60-1, 74, 101, 212, 219, 237
コミュニティ　240-01, 266-67, 271-73, 275, 277
コモン・マン　41
コールリッジ、サミュエル　Samuel T. Coleridge (1772-1834)　28, 54-5, 92
再生　12, 17, 19-21, 25, 28, 43, 49, 88, 98-100, 103-04, 115-16, 119-23, 159, 241, 266
シェイクスピア、ウィリアム　William Shakespeare (1564-1616) 29-31, 55, 93, 138
　『リア王』*King Lear*　30, 50, 93
ジェイムズ、ウィリアム　William James (1842-1910)　52, 253
ジェイムズ、ヘンリー　Henry James (1843-1916)　5, 8, 10-1, 239-78
　『黄金の杯』*The Golden Bowl*　239
　『使者たち』*The Ambassadors*　239
　『鳩の翼』*The Wings of the Dove*　239, 241
　『ファイナー・グレイン』*The Finer Grain*　241
　『息子と弟の覚書』*Notes of Son and Brother*　254
ジェイムズ・マンロー社　James Munroe and Co.　113
ジェイムズ、メアリ　Mary R. Walsh James (1910-77)　257, 277
市場　28, 70, 118-19, 128, 196, 206, 225-26, 229-30
資本主義　35, 44, 97, 99, 118, 122, 206, 225
社会改良（社会改良運動）　6, 134-36, 141-44, 147-49, 162, 164, 183
ジラール、ルネ　René Girard (1923-)　210, 212, 222-23, 229, 233-34, 237
新批評　15-7, 91-2
進歩（進歩主義）　38, 41, 134-35, 142, 149, 153-55, 158, 164
ストウ、ハリエット・ビーチャー　Harriet Beecher Stow (1811-96) 5, 96, 182-83

『自然』*Nature* 55, 62, 71-3, 82-3
『代表的人間像』*Representative Men* 26, 93, 127
「アメリカの学者」"The American Scholar" 95
「経験」"Experience" 59, 65, 69, 80-5
「自己信頼」"Self-Reliance" 53, 60, 64, 67-74, 78-9, 83
「詩人」"The Poet" 60-2, 65-7, 77, 82
「超絶論者」"The Transcendentalist" 58-9, 62, 67-69, 71-5, 88
エンゲルス、フリードリヒ Friedrich Engels (1820-95) 18, 49, 51
オサリヴァン、ジョン John L. O'Sullivan (1813-95) 143, 149-53, 155, 165
オルテガ・イ・ガセット Ortega y Gasset (1883-1955) 39-41
『大衆の反逆』*The Revolt of the Masses (La Rebelión de las Masas)* 39, 51
カウンター・プログレシヴ 41
笠原和夫 (1927-2002) 171
キャノン 2, 4-8, 11, 16-7, 91
「９・１１」 11-2, 163, 240
共感 10-2, 42, 48, 56, 161, 163, 188, 195-96, 201-02, 221-22, 239-78
キリスト教 28-9, 33-7, 41, 45, 55, 57, 61, 87, 190
ギルモア、マイケル・T Michael T. Gilmore 7, 118-19, 128, 157, 226
クーパー、ジェイムズ・フェニモア Cooper, James Fenimore (1789-1851) 95, 139
『革脚絆物語』*Leather-Stocking Tales* 95
クレイマー、マイケル Michael Kramer 3-5
クレヴクール、ジョン J. Hector St. John de Crèvecoeur (1731-1813) 141
群集 10, 40, 78, 201-38
ゴシック 137, 202, 235

索　引

※人名の生没年は調べのつく限りを明記した。

アイデンティティ　61, 100, 231, 241, 247, 250, 269, 270-76
アラク、ジョナサン　Jonathan Arac (1945-)　3, 166
アレゴリー　13, 66, 80, 131, 136, 160, 219
イギリス・ルネサンス　22-3, 29
イタリア・ルネサンス　29
イデオロギー　12, 48, 51, 122, 155, 166, 178, 217, 239-40, 248, 258
ウィッチャー、スティーヴン　Stephen E. Whicher (1915-61)　57, 88
ウィドマー、エドワード・L　Edward L. Widmer　151
ウィリス、ナサニエル・パーカー　Nathaniel Parker Wills (1806-67)　216
ウィルソン、エドマンド　Edmund Wilson (1895-1972)　18
　『フィンランド駅へ』*To the Finland Station*　18
ウォートン、イーディス　Edith Wharton (1862-1937)　242
　『バックワード・グランス』*A Backward Glance*　242, 248
ウォーナー、スーザン　Susan Warner (1819-85)　5, 190
　『広い、広い世界』*The Wide, Wide World*　190
エリオット、T・S　T. S. Eliot (1888-1965)　15, 45, 48, 58
エイリアン　270, 272-73
エマソン、ラルフ・ウォルド　Ralph W. Emerson (1803-82)　1, 4-8, 17, 25-37, 48, 52-88, 91-5, 101, 107, 117-18, 122, 127, 129, 143, 158, 162

●執筆者紹介

小田敦子　おだ・あつこ
1956年生まれ。三重大学教授。
共著書に『文学と女性』（英宝社、2000）、論文に「"My Kinsman, Major Molineux"再読――エマスンの観点から」（Philologia 37号、2006）など。

難波江仁美　なばえ・ひとみ
1958年生まれ。神戸市外国語大学教授。
共著書に『ヘンリー・ジェイムズと華麗な仲間たち――ジェイムズの創作世界』（英宝社、2004）、*Lafcadio Hearn in International Perspective*（Global Oriental、2007）など。

西谷拓哉　にしたに・たくや
1961年生まれ。神戸大学准教授。
共著書に『緋文字の断層』（開文社出版、2001）、『二〇世紀アメリカ文学を学ぶ人のために』（世界思想社、2006）など。

西山けい子　にしやま・けいこ
1959年生まれ。龍谷大学准教授。
論文に「黒猫の棲む領界」（『龍谷紀要』21巻1号、1999）、「生成する天使――メルヴィル「バートルビー」を読む」（『Becoming』8号、2001）など。

丹羽隆昭　にわ・たかあき
1944年生まれ。京都大学教授。
著書に『恐怖の自画像――ホーソーンと「許されざる罪」』（英宝社、2000）、共訳書に『蜘蛛の呪縛――ホーソーンとその親族』（開文社出版、2001）など。

前川玲子　まえかわ・れいこ
1952年生まれ。京都大学教授。
著書に『アメリカ知識人とラディカル・ビジョンの崩壊』（京都大学学術出版会、2003）、共著書に『アメリカの文明と自画像』（ミネルヴァ書房、2006）など。

増永俊一　ますなが・としかず　※編著者
1956年生まれ。関西学院大学教授。
著書に『アレゴリー解体――ナサニエル・ホーソーン作品試論』（英宝社、2004）、共著書に『共和国の振り子――アメリカ文学のダイナミズム』（英宝社、2003）など。

アメリカン・ルネサンスの現在形

増永俊一 編著

2007年11月1日　初版第1刷発行

発行者　森 信久
発行所　株式会社 松柏社
〒102-0072　東京都千代田区飯田橋1-6-1
TEL. 03-3230-4813（代表）　FAX. 03-3230-4857

装幀　熊澤正人（Power House）
印刷・製本　モリモト印刷株式会社

ISBN978-4-7754-0140-8
Printed in Japan